suhrkamp taschenbuch 5197

AF185327

Beim Joggen macht Caitlin eine grausige Entdeckung: Ein toter Mann liegt im Gebüsch vor ihr. Und er ist kein Unbekannter. Bei der Leiche handelt es sich um ihren Exmann, den sie gehofft hatte nie wieder sehen zu müssen. Vor Kurzem erst ist sie von London in die schottischen Highlands gezogen, um vor ihm und ihrer Vergangenheit zu fliehen. Doch wer hätte ein Motiv haben können, ihn zu töten – außer Caitlin selbst?

Zoë Beck zählt zu den wichtigsten deutschsprachigen Krimiautor*innen und wurde mit zahlreichen Preisen, unter anderem mit dem Friedrich-Glauser-Preis, dem Radio-Bremen-Krimipreis und dem Deutschen Krimipreis, ausgezeichnet. Sie ist außerdem Übersetzerin (u. a. Sally Rooney, Amanda Lee Koe und James Grady), Verlegerin (CulturBooks) und Synchronregisseurin für Film und Fernsehen.

Zuletzt erschienen: *Die Lieferantin* (st 4964), *Paradise City* (st 5157), *Das zerbrochene Fenster* (st 5196), *Das falsche Leben* (st 5198) und *Das alte Kind* (st 5199).

Zoë Beck

DER FRÜHE TOD

Thriller

Suhrkamp

Der vorliegende Text ist eine durchgesehene Version
des 2011 unter demselben Titel bei Bastei Lübbe, Köln,
erschienenen Romans.

Dieses Buch wurde klimaneutral produziert.

Klimaneutral
Druckprodukt
ClimatePartner.com/14438-2110-1001

Erste Auflage 2022
suhrkamp taschenbuch 5197
Neuausgabe
© Suhrkamp Verlag AG, Berlin, 2022
Alle Rechte vorbehalten.
Wir behalten uns auch eine Nutzung des Werks
für Text und Data Mining im Sinne von § 44b UrhG vor.
Umschlaggestaltung: zero-media.net, München
Umschlagabbildungen: Dakai Zhang/Getty Images (Edinburgh
Clock Tower, Royal Mile); FinePic©, München (Wolken, Rastertexture)
Druck und Bindung: CPI books GmbH, Leck
Printed in Germany
ISBN 978-3-518-47197-5

www.suhrkamp.de

DER FRÜHE TOD

Fünf Monate zuvor ...

»Einige werden sterben«, sagte sein Vater.

Er sah ihn an. In den letzten zehn Monaten war er schneller gealtert als in den zehn Jahren davor. »Dann sterben sie eben. Sie verpassen nichts mehr in ihrem Leben. Falls das jemand Leben nennen will.«

Sein Vater schüttelte den Kopf und trat ans Fenster. »Wann bist du nur so zynisch geworden?«

»Haben wir eine Wahl?« Er schob die Hände in die Hosentaschen. »Ich besorge sie dir, und dann kannst du weitermachen.«

Sein Vater ließ sich langsam nach vorne fallen, bis seine Stirn die Fensterscheibe berührte.

Der alte Mann wird senil, dachte er. Es wird Zeit, dass wir es hinter uns bringen. Hoffentlich hält er noch durch.

»Ich will damit aufhören«, sagte sein Vater leise. »Das kann so nicht weitergehen.«

»Seit wann hast du Skrupel?«

Der Alte drehte sich mit einem Ruck zu ihm um. »Ich weiß, dass es falsch ist, was ich mache. Ich will nicht ...«

Er unterbrach ihn. »Du hast die Grenze schon längst überschritten. Es macht keinen Unterschied mehr, ob es drei oder dreizehn sind.«

»Oder mehr.«

»Oder mehr. Ich besorge dir neue. Überlass alles mir. Ich weiß, wer uns helfen wird. Alles, was wir brauchen, ist Geld.«

»Und Zeit.«

»Haben wir nicht. Wir haben Geld.«

Sein Vater drehte ihm den Rücken zu, ließ sich wieder langsam nach vorne fallen, bis seine Stirn die Glasscheibe berührte. Dann begann er, mit den Fingern sacht gegen das Glas zu trommeln.

»Ich werde sie töten ...«

MONTAG

1

Caitlin ahnte die Leiche mehr, als sie zu sehen. Sie war noch am Anfang ihrer morgendlichen Laufrunde – um Punkt sieben Uhr zehn Meilen am Ufer von Loch Katrine entlang –, und sie konnte nicht sagen, was es war, das sie aus dem Takt brachte, sie stolpern und drei Schritte zurückgehen ließ. Ob es nur ein Gefühl war. Ob vielleicht die Luft vom Tod ein paar Grad kühler war. Sie stolperte, hielt inne, ging drei Schritte zurück und sah sich so lange um, bis sie ihn entdeckte. Eine innere Stimme warnte sie. *Lauf weg!*

Nur eine Hand ragte aus dem Ufergestrüpp hervor, der Ehering funkelte im noch schwachen Licht. *Weiterlaufen!*, rief ihr die Stimme zu, aber sie bog stattdessen die Zweige auseinander.

Lauf weg!

Sein rechtes Bein zeigte zum Wasser, der handgenähte schwarze Schuh berührte die Wasseroberfläche. Das linke Bein war angewinkelt, dieser Schuh fehlte. Beide Arme waren vom Körper abgespreizt, als hätte er sie hochgerissen. Vorsichtig stieß sie ihn mit der Spitze ihrer Laufschuhe am Rumpf an, um den letzten Zweifel auszuräumen.

Geh, bevor dich jemand sieht!

Sie blieb. Behutsam schob sie das Geäst weiter zur Seite und sah in sein Gesicht. Er lag auf dem Rücken, das Jackett aufgeknöpft, die Dior-Krawatte verrutscht, die Augen geöffnet, den Blick zur Seite gerichtet, weil sein Kopf nach links gedreht war.

Sein Mund stand offen, und Caitlin konnte die Zunge sehen. Ihre Augen wanderten zum Hals und zu den schmalen, dunkel verfärbten Striemen. Sie wollte sich hinabbeugen, schreckte aber zurück, als vor ihr etwas in die Luft stob.

Sie hatte Fliegen aufgescheucht, die ersten Besucher nach dem Tod. Sie hatten sich in seinem Haar versteckt, saßen auf seinem Blut. Caitlin sah sich um. Niemand. Sie sollte einfach weiterlaufen. Jemand anderes würde ihn finden. Es war noch früh, die Morgensonne warf lange Schatten, die Gipfel der Trossachs zeigten sich mit weichen Konturen im pudrigen Licht. Später würden Wanderer vorbeikommen. Sie könnten ihn finden.

Aber dann verwarf sie diesen Gedanken, nahm ihr Handy aus der Innentasche ihrer Trainingsjacke, rief die Polizei und anschließend im Büro an, um zu sagen, dass sie später kommen würde.

Zwanzig Minuten brauchten die Polizisten, und Caitlin nutzte die Zeit, um sich ihre Worte zurechtzulegen.

Als die Polizei eintraf, schenkte man ihr kaum Beachtung. Jemand legte ihr eine Decke um die Schultern und gab ihr süßen Tee, ein anderer notierte sich ihren Namen und ließ sie auf dem Parkplatz stehen, der jetzt zu einer Art Stützpunkt für das Team der Spurensicherer geworden war. Sie öffnete die Tür ihres Wagens und hockte sich auf den Fahrersitz, beobachtete das Treiben und klammerte sich an den Plastikbecher. Ein paar Uniformierte sperrten den Weg ab. Frauen und Männer in weißen Anzügen schleppten große Koffer zum See. Ein Wagen parkte, und ein großer dunkelhaariger Mann mit einer Arzttasche in der Hand stieg aus. Nach einer Weile kam er den Fußweg vom See wieder zurück, um wie sie mit geöffneter Fahrertür in seinem Auto zu warten. Er füllte Formulare aus, manchmal telefonierte er, manchmal warf er ihr einen ausdruckslosen Blick zu. Erst als ein Vauxhall neben ihr parkte und ein Endvierziger in Anzug und Krawatte ausstieg, änderte sich die Atmosphäre: Wichtig, dachte Caitlin. Wenn ich mit jemandem reden muss, dann mit dem. Sie stand auf und ging auf ihn zu, aber er sah an ihr vorbei.

Ein uniformierter Sergeant rief: »Detective Inspector Reese? Ich bin Sergeant Kerr. Wenn Sie mir folgen wollen ...«

»Entschuldigung«, versuchte sie, sich bemerkbar zu machen, aber niemand kümmerte sich um sie. Die beiden Männer verließen den Parkplatz und folgten dem Fußweg. Caitlin starrte ihnen nach, als jemand zu ihr sagte: »Kann ich Ihnen helfen?«

Sie drehte sich um und sah dem Arzt auf die Brust. Er musste gute zwei Meter groß sein. Caitlin ging einen Schritt zurück, um ihm ins Gesicht schauen zu können, ohne sich den Hals zu verrenken.

»Ich hätte gern mit jemandem von der Polizei gesprochen«, erklärte sie.

»Hat man sich Ihre Personalien noch nicht notiert?«

»Darum geht es nicht.«

Er schwieg einen Moment, bevor er sagte: »Dr. Iain Balfour, ich bin der Polizeiarzt. Worum geht's denn?«

Sie hob die Schultern. »Ich dachte, es spricht noch jemand mit mir.«

»Wenn man Ihre Personalien aufgenommen hat, wird

man sich mit Ihnen in Verbindung setzen. Sie können jetzt nach Hause. Das wollten Sie doch wissen? Ob Sie fahren können?« Er lächelte aufmunternd. »Das war sicher ein Schock für Sie. Falls Sie sich nicht in der Lage fühlen, Auto zu fahren, frage ich gern nach, ob man Sie nach Hause bringen kann. Oder soll ich Ihre Angehörigen verständigen, damit man Sie abholt?«

Caitlin schüttelte den Kopf. »Ich dachte, es spricht jemand mit mir«, wiederholte sie. »Wegen des Toten. Es weiß doch niemand, wer er ist.«

»Das wird die Polizei schon herausfinden«, sagte Balfour und wollte noch etwas hinzufügen, hielt aber inne, als Caitlin sich von ihm wegdrehte und zurück zu ihrem Auto ging. Sie zögerte, überlegte, ob sie mit ihm reden sollte.

Balfour nahm ihr die Entscheidung ab. »Sie kennen den Mann.« Es war mehr Feststellung als Frage.

Sie nickte, ohne ihn anzusehen. Kämpfte zum ersten Mal mit Tränen. Schwieg.

»Soll ich den Inspector holen?«, fragte Balfour.

Caitlin setzte sich in ihren Wagen. »Sagen Sie ihm, er soll sich bei mir melden. Der Tote ist mein Exmann.« Schnell schlug sie die Autotür zu und startete den Motor. Sie fuhr mit durchdrehenden Reifen an, nur um den Arzt nicht sehen zu lassen, dass ihr Tränen über das Gesicht liefen, würgte den Motor ab, noch bevor sie zwanzig Meter gefahren war, und heulte los.

»Und das konnten Sie uns nicht gleich sagen?« Inspector Reese gab sich keine Mühe, rücksichtsvoll zu sein.

»Ich habe versucht, mit Ihnen zu reden, aber Sie haben

mich nicht mal angesehen«, sagte Caitlin. »Und Ihr Sergeant hat mich keinen einzigen Satz zu Ende reden lassen, nachdem er meinen Namen und meine Adresse hatte.«

»Kerr!« Reese brüllte nach dem Sergeant, der sofort in sein Büro gerannt kam und seine Uniform stramm zog. »Ich weiß nicht, wie ihr das hier so handhabt, aber bei uns in Stirling lässt man Zeugen ausreden, egal, was sie vor lauter Wichtigtuerei schwafeln.«

Kerr nickte eifrig zu allem, was der Inspector vom Criminal Investigation Department sagte, und lief dunkelrot an.

»Gut. Der Tote heißt Thomas West. Ist Anderson Ihr Mädchenname?«

»Der meiner Großmutter.«

Er stutzte, entschied sich aber offenbar, seine Verwunderung vorerst zu ignorieren. »Adresse?«

»Gloucester Road in Kew. London.« Sie sah seinen goldenen Ehering.

»Wie lange sind Sie schon geschieden?« Reese wedelte Kerr mit der linken Hand aus dem Raum.

»Ein halbes Jahr.«

»Seit wann sind Sie in Schottland?«

»Einen Monat. Ich arbeite für die We-Help-Stiftung.«

»Der Gutmenschenverein, der sich um Straßenkinder kümmert?«

Caitlin nickte. »*Auch* um Straßenkinder. Sie sind kein großer Freund der Stiftung?«

Der Inspector zuckte nur mit den Schultern. »Schön, wenn man den Armen und Schwachen helfen will. Es wird nur nichts nützen«, sagte er gelangweilt.

»Wird es nicht? Und warum nicht?«, fragte Caitlin, um eine ruhige Stimme bemüht.

»Es zwingt sie ja keiner, Drogen zu nehmen und sich dumm zu saufen«, erklärte Reese. »Ich kenne die Kids. Das ist meine Kundschaft von morgen. Irgendwann bringen sie jemanden um, weil sie nicht wissen, wie sie sonst an Geld kommen sollen.«

»Wir kümmern uns gezielt um diese Kinder, damit sie eine Chance haben.«

»Super. Meinen Segen haben Sie. Aber seien Sie nicht enttäuscht, wenn Sie merken, dass Ihre Bemühungen umsonst sind. Wenn Sie die Kids nicht gleich nach der Geburt aus ihrem Elend rausholen, haben Sie schon verloren. Die werden wie ihre Eltern. Oder wie ihre Kumpels, die so geworden sind wie ihre Eltern.« Er dachte kurz nach. »Nein, stimmt nicht. Nicht nach der Geburt.«

»Sie geben den Kindern doch noch eine Chance, auch wenn sie schon älter als ein paar Wochen sind?«

»Ich gebe auch Neugeborenen keine Chance. Die kommen als Junkies auf die Welt, weil ihre Mütter während der Schwangerschaft weiter trinken und rauchen und koksen und Tabletten nehmen.«

»Sie sind vermutlich für Geburtenkontrolle bei Sozialhilfeempfängern«, vermutete Caitlin.

»Arbeiten Sie mal zwanzig Jahre mit denen. Wäre interessant, sich dann mit Ihnen zu unterhalten. Wenn Sie so alt sind wie ich. Falls Sie es so lange durchhalten.«

»Ist das unser Thema?«, fragte sie scharf.

Er lächelte gelangweilt. »Was genau machen Sie bei der Stiftung? Sie sehen nicht aus wie eine Sozialarbeiterin.«

»Wie genau sieht eine Sozialarbeiterin aus?«

Reese verdrehte die Augen. »Sie sind keine, okay? Also, was machen Sie da? Ich *weiß*, dass Sie im Büro sitzen.«

Caitlin hob die Augenbrauen. »Ach, und woher *wissen* Sie das?«

»Das ist mein Job.« Reese beugte sich vor. »Also?«

»PR«, gab Caitlin zu.

»Sehen Sie«, triumphierte Reese und lehnte sich wieder in seinem Stuhl zurück. »Sie wohnen zur Miete in Callander?«

Sie nickte.

»Wollen Sie umziehen? Näher zum Büro? Die Stiftung ist am Loch Lomond, richtig? Wie lange fahren Sie da jeden Morgen? Eine Stunde?«

»Nicht ganz«, antwortete Caitlin. »Warum fragen Sie das alles?«

Er schüttelte den Kopf. »Sie wohnen hier seit vier Wochen, und dann finden Sie eines Morgens die Leiche Ihres Londoner Exmanns. Da darf ich mir ein Bild von Ihnen machen. Warum war Mr West hier? Geschäftlich?«

Caitlin schüttelte den Kopf. »Er arbeitete für eine Bank in London.« Sie nannte ihm den Namen der Bank. »So etwas wie Geschäftsreisen hat er nie unternommen. Selbst wenn er jetzt eine gemacht hätte, kann ich mir nicht vorstellen, was er am Loch Katrine zu suchen hatte.«

»Vielleicht Sie?«

Auf diese Frage war sie vorbereitet. »Sicher nicht. Thomas wusste nicht, wo ich war, und ich habe dafür gesorgt, dass er keine Möglichkeit hatte, mich ausfindig zu machen. Hätte er mich wider Erwarten doch gefunden, hätte er sich bei mir gemeldet, denken Sie nicht?«

»Hat er?«

»Natürlich nicht«, sagte sie ungeduldig.

Er sah sie mit einem Blick an, als sei er von ihren Lügen angeödet. »Hatte er Freunde oder Bekannte hier in der Nähe?«

»Nein.«

»Hatte er Feinde?«

»Vermutlich. Aber ich könnte Ihnen keine Namen nennen.«

Kerr kam mit einem Stapel ausgedruckter Seiten zurück. Er gab Reese ein Zeichen, dass er ihn unter vier Augen sprechen wollte. Caitlin wartete, um Ruhe bemüht. Kerr hatte mit Sicherheit in London angerufen und sich alles über sie und ihren Exmann schicken lassen. Sie würden Bescheid wissen, und Caitlin war selbst schuld daran, weil sie nicht einfach weitergelaufen war. Weil sie die Polizei gerufen hatte. Sie hatte keine Ahnung, wie sie dem begegnen sollte, was in Gestalt von Reese, der den Papierstapel schwenkte, auf sie zukam.

»Ms Anderson, Caitlin. So wollen Sie seit sechs Monaten genannt werden.«

»So heiße ich seit meiner Scheidung.«

»Ich denke, wir wissen beide, worüber wir als Nächstes reden werden.« Er setzte sich wieder auf seinen Stuhl und legte die Unterlagen vor sich auf den Tisch, ohne den Blick von ihr zu nehmen.

Caitlin beschloss die Flucht nach vorne. »Darüber, dass ich das stärkste Motiv hatte, meinen Exmann umzubringen.«

»Ms Anderson, wo waren Sie gestern zwischen zehn Uhr abends und zwei Uhr morgens?«

»Ich habe kein Alibi, wenn Sie das meinen.«

»Das meinte ich.«

»Gut. Und jetzt? Nehmen Sie mich fest?«

2

Das Fax, das am Sonntag gekommen war, ging Ben im Grunde nichts an. Er war nur zufällig in der Redaktion gewesen, als es kam, weil er den Dienst für einen Kollegen übernommen hatte. Eigentlich war Ben Edwards Gerichtsreporter, aber das sollte sich ändern. Fand er. Deshalb sprang er bei jeder Gelegenheit für Kollegen ein, um zu beweisen, dass er mehr konnte. Und dieses Fax verhieß eine Geschichte, wie sie sein sollte: groß, schmutzig, *heikel.* Mit dem heiklen Teil allerdings hatte er so seine Probleme.

Ben nahm sein Handy, verließ die Redaktionsräume des *Scottish Independent* und ging vor die Tür, um in Ruhe zu telefonieren. Er wählte die Durchwahl, die er sich notiert hatte, bekam aber immer nur den Anrufbeantworter dran und versuchte es über die Zentrale. Er hörte dem Besetztzeichen eine Weile zu, ließ dabei den Blick über das gegenüberliegende Gebäude des Scottish Parliament wandern, ohne wirklich aufzunehmen, was er dort sah, bis ihn die quietschenden Reifen eines Taxis in die Realität zurückholten: Fast hätte ein Pulk japanischer Touristen dran glauben müssen. Wieder wählte er, hörte eine Stimme, fragte nach Caitlin Anderson und wurde an den persönlichen Assistenten des Stiftungsleiters verwiesen.

»Termine außer Haus«, seufzte Lenny McGarrigle am anderen Ende, als man Ben schließlich zu ihm durchgestellt hatte. »Kann *ich* Ihnen helfen?«

Ben präsentierte ihm seine Ausrede, er wolle ein Feature über die Stiftung schreiben, und der persönliche Assistent versprach ihm einen Rückruf von Ms Anderson.

Immer noch keinen Schritt weiter, dachte Ben. Gestern hatte ihn schon die Projektleiterin in Edinburgh, eine Dr. Angela Keane, an die Pressesprecherin verwiesen.

Ben nahm sich das Fax noch einmal vor:

Es wird Sie interessieren, dass das We-Help-Projekt bereits gescheitert ist, bevor es richtig angefangen hat: Drei Kinder sind in Edinburgh gestorben, und dabei wird es nicht bleiben.

Anonym gesendet von einer Nummer in Edinburgh. Die Nummer gehörte zu einem Internetcafé am Grassmarket. Dort rief er als Nächstes an. Die Mitarbeiterin, die zu der Zeit Dienst hatte, als das Fax gesendet wurde, war jetzt wieder im Laden.

»Keine Ahnung, wir hatten eine deutsche Reisegruppe hier ... Schüler auf Klassenfahrt. Alle Rechner waren besetzt. Und dann sind auch noch Franz Ferdinand vorbeigekommen.«

Die Band war aus ihrem Tourbus gestiegen, um in einem Hotel in der Victoria Street einzuchecken. Das hatte so ziemlich alle in Aufregung versetzt, wer hätte da noch aufs Faxgerät geachtet. Alle hatten sie an der Fensterscheibe geklebt oder waren rausgerannt, um sich Autogramme geben zu lassen. Ausnahmezustand. Glück für den anonymen Absender. Ben bedankte sich bei dem Mädchen und beendete enttäuscht das Gespräch.

Seit gestern versuchte er, etwas über ungeklärte Todesfälle von Jugendlichen herauszufinden, die in Zusammenhang mit der Stiftung standen, aber auch da hatte er bislang keinen Erfolg gehabt. Was nichts heißen musste. Für solche Fälle waren investigative Journalisten zuständig: Zusammenhänge ans Licht holen, statt nur die Informationen wiederzugeben, die ohnehin für jeden zugänglich waren. Das eine war echter Journalismus. Das andere Berichterstattung. Ben wollte den Schritt zum echten Journalismus schaffen. Ob es bei dieser Sache etwas ans Licht zu holen gab oder diese Dinge besser im Dunkeln blieben, das galt es herauszufinden.

»Du willst mit dem Herausgeber sprechen?« Der Chef vom Dienst glotzte ihn ungläubig an. »Was sind das für Methoden? Du kannst mit mir reden, mit dem Redaktionsleiter, aber warum muss es der Herausgeber sein? Haben wir dich schlecht behandelt? Bist du von der Praktikantin sexuell belästigt worden? Hast du schlecht geschlafen?«

»Mach nicht so 'nen Wind«, murmelte Ben. »Es geht um eine Geschichte.«

»Ja. Klar. Am besten lassen wir ab jetzt auch noch die Partnerschaftsanzeigen von ihm absegnen.«

Okay, es hatte schon bessere Montage gegeben, aber Ben ließ sich nicht abwimmeln. »Die Geschichte betrifft ihn persönlich.«

Der Chef vom Dienst sah ihn mit zusammengekniffenen Augen an. »Wie? Persönlich? Steht er vor Gericht, oder was?«

»Nein, ich meine persönlich persönlich.«

»Persönlich persönlich?«, wiederholte der andere zunehmend gereizter.

»Hey, Mann, ehrlich, ich will keinen Stress machen, ich will nur mit ihm reden. Um ganz sicher zu sein.«

So ging es noch ein paar Minuten hin und her. Der Chef vom Dienst wollte wissen, um was genau es sich handelte, Ben verriet es ihm nicht, dann wurden sie beide laut, und schließlich verließ Ben türenschlagend das Büro, die Privatnummer des Herausgebers auf einem abgerissenen Zettel in der Hosentasche. Wieder ging er zum Telefonieren vor die Tür, und zehn Minuten später saß er im Auto auf dem Weg nach Merchiston, wo Cedric Darney, Herausgeber des *Scottish Independent*, vor einem Dreivierteljahr eine Villa bezogen hatte. Seinem Vater hatte ein schlossähnliches Anwesen irgendwo in Fife gehört, bis er unter – wie es hieß – mysteriösen Umständen verschwunden war und sein Sohn kommissarisch seinen Platz einnehmen musste. Mysteriöse Umstände wohl kaum, dachte Ben. Bis zum Hals und tiefer hatte Darney senior in Geschäften mit der organisierten Kriminalität gesteckt.

Und Cedric Darney, damals noch Student in St. Andrews, hatte als Allererstes eine Titelstory daraus gemacht.

Man bekam ihn kaum zu Gesicht, er überließ die Geschäfte denen, die – wie man ihn zitierte – mehr davon verstanden als er selbst. Außerdem wurden ihm gewisse Eigenarten nachgesagt, aber die Gerüchte blieben vage. Vielleicht, weil man es nicht genau wusste, vielleicht, weil nichts dran war.

Ben klingelte an der Tür der edwardianischen Villa, und Cedric Darney selbst öffnete ihm. Ben hatte Personal erwartet. Den Herausgeber des *Scottish Independent* kannte er von Bildern. Auch im echten Leben wirkte er zerbrechlich und angreifbar. Die zehn Jahre, die er jünger war als Ben, waren nicht zu übersehen, und einzig seine aufrechte, fast strenge Haltung verlieh ihm eine natürliche Autorität. Darney war genau die Sorte schwindsüchtiger, dekadenter Aristokratensohn, die man aus viktorianischen Romanen kannte. Wenn man ihn sah, wusste man, warum das blaue Blut regelmäßig eine bürgerliche Frischzellenkur brauchte. Er musste an Dorian Gray denken und konnte sich gut vorstellen, dass Cedric Darney auf dem Speicher ein Bild von sich hatte, das für ihn alterte. Vielleicht, weil er so perfekte Gesichtszüge hatte, als sei er selbst ein Gemälde. Ben konnte aber nicht behaupten, dass der junge Mann ihm unsympathisch war. Im Gegenteil.

Cedric Darney ging durch die Halle voran und öffnete eine der hinteren Türen. Der Raum war im Bauhausstil eingerichtet, und die Möbel standen irritierend geometrisch. Nirgendwo Unordnung, nirgendwo Dreck oder auch nur ein Körnchen Staub. Also doch Personal, dachte Ben zufrieden.

Er wartete, bis Darney ihn bat, sich zu setzen, und hatte den Eindruck, dass der seinen Platz strategisch an ihm ausrichten wollte. Steckte eine bestimmte Psychologie dahinter? Irgendein Trick, den Ben nicht kannte?

»Sie sind auf eine Geschichte gestoßen, die Sie mit mir besprechen wollen«, sagte Cedric Darney ohne Umschweife. »Handelt es sich dabei um meinen Vater?«

»Nein, Mr Darney«, antwortete Ben.

»Cedric.«

Ben bemerkte, dass seine Hände ineinander verflochten waren und er zusammengekauert dasaß. Schnell änderte er seine Sitzposition, um nicht mehr ganz so angestrengt zu wirken. »Es geht um We Help. Das sagt Ihnen sicher etwas?«

Cedric sah ihn abwartend an.

»Ich – oder vielmehr die Redaktion – habe ein anonymes Schreiben erhalten, dass bei der Stiftung nicht alles mit rechten Dingen zugehen würde.«

»Inwiefern?«

»Es habe Todesfälle gegeben. Kinder, die am Programm der Stiftung teilgenommen hatten, seien gestorben. Drei. Ich habe versucht, mehr darüber zu erfahren, bin aber bisher noch nicht sehr weit gekommen.«

»Haben Sie die Polizei verständigt?«

Ben starrte Cedric einige Sekunden an: »Warum hätte ich das tun sollen?«

»Wer außer Ihnen hat dieses Schreiben noch gesehen?«

»Außer mir? Niemand. Ich war gestern in der Redaktion und stand direkt neben dem Faxgerät, als es kam.«

»Kann ich es sehen?«

Ben zog es aus dem Rucksack, den er immer mit sich herumtrug, und hielt es Cedric hin.

»Legen Sie es auf den Tisch«, sagte Cedric, beugte sich vor und las die knappen Zeilen durch, ohne das Papier anzufassen. »Das ist nicht viel«, murmelte er.

»Aber wenn was dran ist …«, begann Ben.

»Wissen wir, ob andere Zeitungen ebenfalls informiert wurden?«, fragte Cedric.

Ben schüttelte den Kopf.

»Ich habe mich umgehört. Es scheint nur bei uns eingegangen zu sein. Wer es abgeschickt hat, konnte ich noch nicht rausfinden.«

»Haben Sie schon mit jemandem von der Stiftung gesprochen?«

»Gestern konnte ich kurz mit der Leiterin des Edinburgh-Projekts reden. Die Pressesprecherin habe ich auf Rückruf. Aber ich dachte, vielleicht ist es besser, erst mit Ihnen zu reden, bevor ...« Er ließ den Satz in der Luft hängen und wartete auf Cedrics Antwort. Wartete und dachte: Verdammt, was mach ich hier eigentlich?

Endlich sagte Cedric: »Reden Sie mit den Leuten. Warum auch nicht? Bestimmt ist an dieser Geschichte gar nichts dran, und irgendjemand will sich wichtigmachen.«

»Und wenn doch?«

»Dann wäre es gut, wenn Sie darüber schreiben. Oder dachten Sie, ich hätte etwas dagegen?«, hakte Cedric nach.

Ben entschied sich für die Wahrheit. »Ihnen gehört der Laden.«

Cedric schüttelte den Kopf. »Der Laden, wie Sie es nennen, gehört mir nicht. Streng genommen gehört mir gar nichts, sondern meinem Vater. We Help ist eine Tochtergesellschaft von Duncan Livingston Pharmaceutics, einer Aktiengesellschaft, an der wiederum mein Vater beteiligt ist. Das meinten Sie, nehme ich an?«

Ben nickte. »Wenn die Stiftung Negativschlagzeilen macht, gehen die DLP-Aktien runter. Jeder weiß, wie das zusammenhängt. Man kann ja in keine Apotheke gehen, ohne dass man mit Werbebotschaften von DLP belästigt wird: Für jedes gekaufte Medikament aus dem Hause DLP gehen zwanzig Pence direkt an die Stiftung, und die hilft vor Ort in Schottland.«

»Und Sie dachten: Lieber einen Skandal vertuschen als das Darney-Vermögen gefährden?«

»Ich dachte: Lieber rechtzeitig Bescheid geben, bevor die Aktien fallen.«

Cedric lächelte. »Das ist fast rührend, wäre es nicht auf eine gewisse Art unverschämt. Ich bin mir sehr wohl bewusst, was für einen Ruf mein Vater hat. Aber dieser Ruf hat bisher niemanden daran gehindert, sein Geld zu nehmen. Einzig mit seinem Namen will man sich nicht mehr schmücken. Nein, Ben, wenn an dem Ganzen etwas dran ist, sollten wir es so schnell wie möglich herausfinden.«

Es war nicht die Antwort, mit der Ben gerechnet hatte. Aber hätte er nicht genau damit rechnen müssen bei dem Mann, der die Verbrechen seines eigenen Vaters auf die Titelseite gebracht hatte? Trotzdem regte sich Misstrauen in ihm. Er ließ es sich nicht anmerken.

»Gut.« Ben stand auf. »Ich sehe mir die Sache näher an. Sobald ich mehr weiß … informiere ich Sie?«

»Sehr gern.«

»Und … dann?«

»Dann werden Sie darüber berichten. Das ist doch Ihre Aufgabe, oder nicht?«

»Eigentlich bin ich Gerichtsreporter.«

»Eigentlich.«

»Na ja. Ja.«

»Dann rufe ich Ihren Chef an und sage ihm, er soll Sie bis auf Weiteres freistellen, weil Sie für mich an einer Geschichte arbeiten.« Er lächelte und führte Ben zur Haustür.

Cedric forderte ihn auf, an dem Ast zu sägen, auf dem er saß. Oder saß Ben auf dem Ast und wusste es nur nicht? Er verließ die Villa mit einem Gefühl der Benommenheit, und als er wieder in seinem Auto saß, kam er sich vor, als bewege er sich auf dünnem Eis.

3

Caitlin ließ die Polizisten in ihrem Haus allein. Sie wusste, sie würden nichts finden, solange sie nicht ihren Laptop untersuchten. Sie rechnete damit, dass sie sich lange genug mit der Hausdurchsuchung aufhalten würden, und diese Zeit würde sie nutzen, um die letzten Spuren ihres Exmanns zu verwischen.

Nachdem man ihr Auto untersucht und freigegeben hatte, fuhr sie zur Arbeit. Sie gratulierte sich selbst, dass sie den Laptop übers Wochenende im Büro gelassen und nicht wie sonst mitgenommen hatte.

Es war eine Fahrt von einer Dreiviertelstunde. Sie führte über die schmalen, sich windenden Straßen in südwestlicher Richtung zum Südzipfel des Loch Lomond. Das Gebäude, in dem die Stiftung untergebracht war, lag nicht weit von Balloch Castle entfernt. Es war unscheinbar genug, um das Desinteresse der Touristen zu garantieren. Darin zu arbeiten war deutlich attraktiver: Aus Caitlins Büro sah man über den See. Viele Touristen würden für diese Aussicht bedenkenlos Eintritt zahlen. Caitlin nahm sie heute nicht mal wahr. Sie stürmte zu ihrem Schreibtisch, fuhr den Laptop hoch und trommelte ungeduldig mit den Fingern auf der Tischplatte herum.

»Ich habe allen gesagt, du seist krank«, murrte Lenny, der persönliche Assistent des Stiftungsleiters, ohne von dem Modemagazin aufzusehen, das er durchblätterte. Sie teilten sich das Büro. Caitlin konnte sich nicht erinnern, wann sie sich jemals auf Anhieb so gut mit jemandem verstanden hatte, und sie glaubte zu wissen, dass es Lenny ähnlich ging.

»Spontane Wunderheilung«, gab sie zurück und suchte die Mail, die sie so dringend löschen musste. »Ich hab doch angerufen und gesagt, dass ich später komme.«

»Aber nicht, warum. Und ich weiß, dass ich recht habe, wenn ich sage: Es lag nicht an einem Mann.«

»Falsch. Es lag an einem Mann.« Sie schob die Nachricht in den Papierkorb.

»Unmöglich. Du siehst so ungefickt aus wie eh und je.«

»Sagt der Richtige. Du hattest am Wochenende wohl kein Glück, oder warum weinst du beim Anblick von Unterhosenmodels?« Sie löschte den Inhalt des Papierkorbs. Die Warnung, dass damit alle darin befindlichen Mails unwiderruflich verloren seien, nahm sie dankbar zur Kenntnis.

»Vielleicht, weil ich ihn kenne.« Lenny hielt ihr die Seite hin, die er gerade aufgeschlagen hatte: ein durchtrainiertes Männermodel, noch keine zwanzig, schielte den Betrachter in James-Dean-Manier an.

Caitlin schüttelte den Kopf. »Wo findest du diese Typen? Für mich sehen sie alle gleich aus. Oder ist das derselbe wie letzte Woche?«

»Nein, der ist neu. Der von letzter Woche hat es nicht mal in die Zahnpastawerbung geschafft.« Lenny verdrehte die Augen und schlug die Zeitschrift zu. »Baby, jemand hat sich große Mühe gegeben, nach dir zu suchen.«

Bitte nicht das Pflegeheim, dachte sie. Ihre Mutter war seit Jahren ein Pflegefall, obwohl sie noch keine fünfzig war. Sie lag kaum ansprechbar und fern jeder Realität in einem Londoner Heim. Es gab immer wieder Wochen, in denen es aussah, als ginge es mit ihr zu Ende. Dann erholte sie sich wieder. Caitlin hatte schon längere Zeit keinen Anruf mehr vom Pflegeheim bekommen. Eine Nachricht war überfällig. Dann fiel ihr ein, dass sie bei den Schwestern nur ihre neue Handynummer hinterlassen hatte.

»Wer war's?«, fragte sie und versuchte, unverkrampft zu klingen.

»Ein Mann. Vielleicht der vom Wochenende?«

Unwillkürlich zuckte sie zusammen und griff nach der Schreibtischkante. »Wer?«

Lenny reichte ihr einen Zettel. »Ben Edwards vom *Scottish Independent*. Will ein Feature über die Stiftung machen und tat sehr wichtig. Vier Mal hat er angerufen. Und weil mir langweilig war, hab ich für dich nachgesehen: Der Süße ist eigentlich Gerichtsreporter. Will sich wohl mit was Neuem profilieren. Du weißt Bescheid?«

»Danke, ich kenne die Sorte«, log sie und nahm den Zettel mit der Telefonnummer. »Wieso hattest du Langeweile?«

»Der gute Dan hatte den ganzen Tag Meetings, Meetings, Meetings, und jemand musste auf das Telefon aufpassen, ohne zu stören, also durfte ich hier kuschelig im Warmen bleiben. Es ging sowieso nur darum, dass sich die einzelnen Projektleiter kennenlernen.«

Lenny sprach von den Kinderhilfsprojekten der Stiftung, die jetzt anliefen. Begonnen hatten sie in Stirling, dann war ein größeres in Edinburgh hinzugekommen, Aberdeen und Dundee waren in Planung, und ganze drei Projekte standen für Glasgow an. Die Stiftung finanzierte sich teils aus direkten Spenden, teils durch den Pharmakonzern Duncan Livingston Pharmaceutics, kurz DLP, dessen Hauptsitz im Nachbargebäude untergebracht war. Caitlins erste Pressemeldung war die Bekanntgabe der Spende-zwanzig-Pence-Aktion gewesen: Wer Produkte von DLP – meist Generika gängiger Mittel – kaufte, spendete damit gleichzeitig zwanzig Pence an die Stiftung. Diese Aktion machte We Help bekannt, und gleichzeitig erhoffte sich DLP bessere Verkäufe dadurch, dass die Konsumenten ihr schlechtes Gewissen beruhigen konnten und das Gefühl hatten, vor der eigenen Haustür etwas Gutes zu unterstützen. »Afrika ist zu abstrakt«, hatte Dan Wallace, Leiter der Stiftung, bei ihrem Bewerbungsgespräch gesagt. »Und die Menschen verstehen immer weniger, warum im eigenen Land nichts getan wird. Jedes dritte Kind in Großbritannien lebt in Verhältnissen unterhalb der Armutsgrenze. Es fehlt an allem: Kleidung, Essen, Ausbildung, oft genug sogar an einem Dach über dem Kopf. Und vor allem fehlt jemand zum Reden, der Hoffnung gibt und Perspektiven aufzeigt.«

Sie hatte sich sofort in die Sache der Stiftung verliebt – oder in Dan, das wusste sie noch nicht so genau. Jedenfalls hatte diese kurze Rede sie begeistert, und zum ersten Mal in ihrem Leben hatte sie das Gefühl, etwas Bedeutendes tun zu können. Vielleicht nicht an vorderster Front als Sozialarbeiterin, aber immerhin als Pressesprecherin. Eine verantwortungsvolle Aufgabe, wie Dan ihr bestätigt hatte, und sie hatte sich (und in gewisser Weise natürlich auch ihm) geschworen, alles zu tun, was nötig war, um noch mehr Menschen zu mobilisieren. Ein Feature in einer der wichtigsten und meistgelesenen Tageszeitungen Schottlands war eine große Sache, hatten die Zeitungen bisher doch gerade mal gekürzte Versionen ihrer Pressemitteilungen veröffentlicht. Ein Feature! Caitlin lächelte.

»Grundgütiger«, stöhnte Lenny. »Was findest du an dem Kerl?«

Caitlin hörte auf zu lächeln. »An wem?«

»Wie kann man sich in seinen Chef verknallen, das ist so ordinär. Oder nein: Es ist spießig. Genau. Du bist spießig.«

Sie ignorierte ihn und rief Ben Edwards an. Sie würden sich am nächsten Abend in Edinburgh treffen.

»Warum so schnell?«, fragte Lenny.

Caitlin verstand nicht, was Lenny an diesem Termin auszusetzen hatte. Sie war mit den Gedanken schon wieder bei Dan.

»Edwards will nicht *dich* treffen, er will was über die Stiftung erfahren. Er wird Fotos machen und mit Kindern reden wollen, die am Projekt teilnehmen. Schaffst du das bis morgen? Manchmal kommt es mir vor, als ob ich deine Arbeit noch mitmachen müsste«, jammerte er und wusste nicht, wie recht er hatte.

Caitlin hatte keine Sekunde darüber nachgedacht, was sie alles vorbereiten musste. »O bitte, selbstverständlich ist das alles zu schaffen, vorausgesetzt natürlich, man arbeitet nicht in deinem Tempo.«

Lennys Gesicht nach zu urteilen, hatte sie mit ihrer Bemerkung ins Schwarze getroffen. Gut gelaunt suchte sie die Nummer der Projektleiterin in Edinburgh heraus: Dr. Angela Keane. Sie schlug ihr vor, sich rechtzeitig vor dem

Termin mit Ben Edwards mit ihr zusammenzusetzen und geeignete Kinder auszuwählen, mit denen er sich später unterhalten könnte.

»Das wird nicht nötig sein«, sagte Dr. Keane. »Wir treffen ihn zu einem allgemeinen Gespräch. Bevor wir ihn auf die Kinder loslassen, sehen wir ihn uns erst einmal ganz genau an.« Dr. Keane hatte einen gepflegten schottischen Oberklasseakzent, und Caitlin fragte sich, wie das bei den Kindern wohl ankam, die solche Stimmen nur aus dem Fernsehen kannten – und deren Eltern ihnen eintrichterten, dass so nur einer klang: der Feind, der ihnen die Sozialhilfe kürzen wollte.

Wenn die Kids überhaupt Eltern hatten, die mit ihnen redeten, schoss es Caitlin durch den Kopf, und ihre Euphorie wich grimmiger Entschlossenheit, eines Tages (und zwar bald) mehr zu tun als nur Pressearbeit.

Die Polizei meldete sich auf ihrem Handy, um ihr mitzuteilen, dass man mit dem Haus fertig sei und bisher nichts gefunden habe, was die Verdachtsmomente gegen Caitlin erhärtete. Sie atmete auf, und zum ersten Mal heute glaubte sie wieder an sich und die Sache, für die es zu kämpfen galt: für diese Kinder und ihre Zukunft. Zufrieden nahm sich Caitlin die Unterlagen über das Projekt in Edinburgh vor.

»Feierabend«, frohlockte Lenny kurze Zeit später und klappte sein Modemagazin zu, von dem Caitlin schon lange vermutete, dass darin ein paar Seiten anspruchsvoller Lektüre verborgen waren, die Lenny hinter den halb nackten Jünglingen versteckte, um sein Image nicht zu gefährden.

»Wie du mich wieder ansiehst«, sagte Lenny spöttisch. »Versuchst du's jetzt schon bei mir? Ich verrat dir was, Schätzchen: Bei mir hast du's schwer. Dass ich dir das aber auch immer wieder erklären muss.«

»Ich bin halt schwer von Begriff.«

»Ich weiß«, flötete Lenny und warf ihr eine Kusshand zu. »Aber ich geb zu: Wäre ich an deiner Stelle und dürfte den ganzen Tag mit mir verbringen – ich würde wahrscheinlich mehr als nur einen Blick riskieren«, schnurrte er, während er schon den Raum verließ.

Sie sah ihm nach und war ganz in Gedanken versunken, als das Handyklingeln sie wieder zurückholte. Sie wühlte in ihrer Handtasche, fand das Gerät aber nicht auf Anhieb. Als sie es endlich zu fassen bekam und »Hallo« hineinrief, dachte sie schon, es sei zu spät. Sekundenlang war nichts zu hören. »Hallo«, sagte sie wieder und wollte schon auflegen, als eine Stimme fragte: »Victoria?«

Sie schluckte und musste sich setzen. »Sie ... Nein, Sie haben sich verwählt.«

»Victoria March«, sagte die Stimme, die ihr absurd vertraut schien, ohne dass sie hätte sagen können, warum oder woher.

»Nein ... hier ist nicht ...«

»Ich weiß, Caitlin. Ich weiß.«

Dann war die Leitung tot.

4

»Morgen Abend passt mir sehr gut«, bestätigte Ben. »Ich freu mich auf Sie und Dr. Keane.« Er konnte sich noch kein Bild von Caitlin Anderson machen. Ihre Stimme verriet nicht viel: Engländerin, Mittelschicht, jung, aufgeregt. Im Internet hatte er nichts über sie gefunden, aber über Dr. Keane hatte er Informationen gesammelt, und die offiziellen Daten über das We-Help-Projekt in Edinburgh konnte er auswendig. Zwei Stunden und ein Dutzend Telefonate später hatte er eine Mail mit sämtlichen Edinburgher Todesfällen der vergangenen drei Monate.

Ben sortierte die Namen derer aus, die über achtzehn waren. Dann ging er nach Postleitzahl vor. Das Büro der Stiftung und das dazugehörige Jugendzentrum waren in einem Gebäude in der Niddrie Mains Road untergebracht. Also waren Niddrie, Greendykes und Craigmillar interessant. In den letzten drei Monaten waren dort elf Kinder und Jugendliche gestorben. Ben hatte keine Ahnung, ob das viel oder wenig war. Er tippte auf viel. In mühevoller Kleinarbeit machte er sich daran herauszufinden, welche Todesfälle auch in den Polizeiberichten auftauchten: Ein sechzehnjähriger Junge war das Opfer einer Messerstecherei. Blieben noch zehn. Zwei Mädchen starben bei einem Autounfall auf dem Weg nach Glasgow.

Acht.

Davon waren drei Säuglinge, von denen der jüngste offenbar direkt nach der Geburt, der älteste nach acht Monaten gestorben war. Vielleicht Frühchen. Vielleicht Missbildungen. Vielleicht Infektionen.

Fünf.

Sie waren zwischen acht und fünfzehn, alle männlich: Der Achtjährige hatte sich an Glasscherben geschnitten und war verblutet, bevor ihn jemand fand. Der Neunjährige war aus dem Fenster seines Kinderzimmers im zehnten Stock gefallen. Der Zehnjährige war im Firth of Forth ertrunken. Der Zwölfjährige hatte mit der Waffe seines Vaters herumgespielt und im falschen Moment abgedrückt. Der Fünfzehnjährige war vom Dach des Wauchope House gestürzt – eine Mutprobe. Ben notierte sich jeweils Name, Alter und Todesart. Dann schaltete er den Computer aus.

Beim Rausgehen fiel sein Blick auf die halb geöffnete Tür zum Büro des Personalchefs. Er klopfte an den Türrahmen.

»Ben, wann hab ich dich zuletzt gesehen«, murmelte Gregg ohne Begeisterung. Was nicht an Ben lag. Gregg klang nie begeistert, selbst wenn er sich Mühe gab.

»Kannst du was für mich rausfinden? Ich treffe mich morgen mit der Pressesprecherin von dieser Stiftung, die sich um Schottlands verarmten Nachwuchs kümmert.«

»We Help? Meine Frau kauft jetzt immer die Pillen von DLP. Halsabschneider, wenn du mich fragst. Es kann mir keiner erzählen, dass die wirklich die Kohle an die Stiftung abgeben. Alles Betrug.«

»Möglich. Mich würde interessieren, ob du diese Pressesprecherin kennst? Ihr Name ist Caitlin Anderson. Sie kommt aus London. Du hast bestimmt eine Ahnung, wo man da nachschauen kann?«

Gregg legte die Stirn in Falten. »Anderson, Caitlin ... Warte mal ...« Er tippte auf seiner Tastatur herum, murmelte etwas vor sich hin und sagte endlich: »Hier ist sie. Hat sich kürzlich bei uns beworben. Ich darf dir das eigentlich gar nicht zeigen.« Gregg drehte den Bildschirm so, dass Ben freien Blick auf die Bewerbung von Caitlin Anderson erhielt. »Nettes Foto«, brummte er. »Deshalb interessierst du dich für sie, was?«

Ben zuckte die Schultern. »Ja, nett«, murmelte er abwesend. Ihn interessierte ihr Lebenslauf. Er versuchte, sich so schnell wie möglich so viele Fakten wie möglich daraus einzuprägen, bevor der launische Gregg den Bildschirm wieder wegdrehen und anfangen würde, etwas von Datenschutz zu faseln.

Gregg gab ihm noch zehn Sekunden, dann klickte er die Datei wieder weg. »Genug für heute, das war schon mehr als ein einfacher Gefallen. Bist mir was schuldig.«

Ben kannte diese Leier. »Du kriegst morgen eine Flasche Wein, ich versprech's. Und falls ich morgen nicht da bin, übermorgen. Okay?«

»Aber kein billiges Zeug. Was Gutes. Ich will die Verpackung sehen, wo du ihn gekauft hast, und wenn nicht Harvey Nichols Foodmarket draufsteht, kannst du ihn gleich wieder mitnehmen.«

»Du spinnst.«

»Nein, ich will nur, dass du blutest.«

Ben hörte Gregg noch lachen, als er schon fast das Treppenhaus erreicht hatte.

Er fuhr in seine kleine Wohnung in Duddingston, südöstlich des Holyrood Parks. Ben hatte die Zwei-Zimmer-Wohnung bezogen, als er den Job beim *Scottish Independent* bekommen hatte. Seit drei Jahren wohnte er jetzt in

Edinburgh, und er hatte nicht das Gefühl, die Stadt wirklich zu kennen. Sie überraschte ihn immer wieder. Aufgewachsen war er im Nordosten Englands. Das hatte es ihm in Schottland leichter gemacht. Dadurch galt er nicht als Engländer. Er wechselte bei Bedarf in den Akzent der Minenarbeiter des County Durham, was ihm die Sympathien der einfachen Leute sicherte. Die meisten erinnerten sich noch gut an die 80er Jahre, als dort alle ihre Arbeit verloren hatten. So wie Bens Vater und seine beiden Großväter und der älteste seiner drei Brüder. Ben war der Einzige, der das Abitur geschafft hatte. Mit einem Stipendium war er an die Universität in Newcastle gegangen. Und als Einziger hatte er heute Arbeit und eine eigene Wohnung. Für den Preis, dass seine beiden älteren Brüder nichts mehr mit ihm zu tun haben wollten. Verräter, hatten sie ihn genannt, als er zur Uni gegangen war. Hält sich für was Besseres, hatten sie zu Hause im Pub erzählt.

Bin ich ja auch, würde er heute sagen, und er hätte das besser auch damals schon gesagt, als er seinen BA in Geschichte machte. Er hatte Geschichte gewählt, weil das sein Lieblingsfach gewesen war – und weil ihn die Aussicht, studieren zu können, überwältigt hatte. So sehr, dass er gar nicht gewusst hatte, wofür er sich entscheiden sollte, bis ihm seine Lehrer geraten hatten: Nimm das, was dir Spaß macht. Nur dann kannst du gut sein.

Jedes Wochenende war er nach Hause gefahren, es war nicht weit von Newcastle. Mit der Bahn nach Durham und von dort aus weiter mit dem Bus. Nur, um zu beweisen, dass er sich nicht für was Besseres hielt, dass er immer noch einer von ihnen war. Deshalb hatte er nach seinem

Abschluss auch nicht weiterstudiert, wie es seine Professoren gewollt hatten. Bekniet hatten sie ihn, seinen Master zu machen, vielleicht sogar den Doktor. Eine akademische Karriere sagten sie ihm voraus. Ben wollte aber nicht, dass sie zu Hause noch schlechter von ihm dachten. Wie dumm man sein kann, dachte er heute, wie unendlich dumm, nur weil man Angst hat, irgendwann nicht mehr dazuzugehören.

Sein erster Job bei einer Zeitung war in Newcastle gewesen. Einer seiner Professoren hatte ihm die Stelle vermittelt. Versteck dich nicht, hatte er ihm gesagt. Wenn du schon nicht an der Uni weitermachst, dann werde Journalist, zeig, was du kannst, verändere die Welt, wenn es sein muss. Aber versteck dich nicht in deinem Dorf.

Diese Sätze hatten ihm Angst gemacht, aber dann hatte er den Job doch angenommen. Seht her, ich arbeite, ich bin kein Student mehr, hatte er zu Hause gesagt, aber seine Brüder hatten die Nase gerümpft und gesagt: Hält sich für was Besseres, der kleine Scheißer.

Und trotzdem hatte er ihnen angeboten, ihnen finanziell unter die Arme zu greifen. Was sie ablehnten, weil sie ihn ablehnten. Dreißig musste er werden, um zu verstehen, dass er einfach nicht dazugehörte. Nie dazugehört hatte. Nie dazugehören würde. Dann zog er nach Edinburgh und fuhr nie wieder nach Hause. Nicht an den Wochenenden, nicht an Weihnachten und schon gar nicht an Geburtstagen. Er schickte nicht mal Päckchen. Beantwortete keine Briefe (Mails schrieben sie nicht, obwohl sie Internet hatten – Mails waren was für Klugscheißer). Ging nicht ans Telefon, wenn er ihre Nummer sah. Stellte sich tot und fühlte sich zum ersten Mal im Leben frei.

Nicht einmal mit seiner damaligen Freundin hatte er richtig Schluss gemacht, aber deshalb hatte Ben kein schlechtes Gewissen. Sie hatte sich sowieso mehr für seinen ältesten Bruder interessiert. Wahrscheinlich vögelte sie längst mit ihm, obwohl er vier Kinder mit einer anderen Frau hatte. Es interessierte ihn nicht. Seine neue Freundin kam aus Edinburgh. Wie er hatte sie sie studiert. Nina wohnte in einer Eigentumswohnung in Bruntsfield. Sie lebte das Leben, das für ihn nicht in Frage gekommen war: Nina war an der Uni geblieben, um zu promovieren, und hatte jetzt einen Lehrauftrag. Philosophie. Er war stolz darauf, dass eine Frau wie sie sich mit einem Kerl wie ihm abgab.

Trotzdem würde er Nina heute Abend absagen, weil etwas anderes wichtiger war. Er zog sich um: die ältesten Jeans, ausgetretene Turnschuhe, ein Kapuzenshirt, darunter ein Shirt von der Band Maxïmo Park. Er steckte eine Zwanzig-Pfund-Note, ein paar Münzen und seine Schlüssel in die Hosentasche. Kurz überlegte er, das Handy in der Wohnung zu lassen, entschied sich dann aber, es mitzunehmen. Rasch überprüfte er sein Outfit im Spiegel, trank ein halbes Glas Olivenöl, rannte die Treppe runter und weiter zur Bushaltestelle, um nach Craigmillar zu fahren.

Es war nicht weit. Craigmillar grenzte südlich an Duddingston, und doch war es eine Reise in eine andere Welt. Alle Versuche der Stadt, die Wohnsituation zu verbessern, hatten bisher nur wenig gebracht. Aber man gab nicht auf. Mittelklassefamilien sollten angelockt werden, indem man neue Wohnsiedlungen mit Einfamilienhäusern baute und die technische wie auch die soziale Infrastruktur verbesserte. Die Sozialbauten reichten nun nicht mehr bis in den fünfzehnten, sondern nur noch bis in den zweiten Stock hinauf. Hier und da entstanden Grünflächen. Die verkommenen Hochhäuser, die man in den 50ern und 60ern in Craigmillar, Niddrie oder Greendykes errichtet hatte, waren bereits abgerissen worden oder standen leer, um in den nächsten Jahren dem Erdboden gleichgemacht oder komplett saniert zu werden. Edinburgh versuchte (mal wieder), aus den sozialen Brennpunkten etwas Besseres zu machen. Aber der schlechte Ruf blieb an den Stadtteilen kleben, und es würde Generationen dauern, bis er verschwand.

Ben ging ohne Ziel durch die Straßen. In Greendykes blieb er vor den Hochhäusern stehen, die für ihn zum Symbol der Armut geworden waren: Wauchope House und Greendykes House. Beide fünfzehn Stockwerke hoch, jeweils sechsundachtzig Wohnungen. Baujahr 1964. Hatte man damals wirklich geglaubt, den Menschen damit etwas Gutes zu tun? Man verschaffte ihnen Wohnraum, baute in die Höhe, um Platz zu sparen, obwohl es genügend gab. Dachte nicht daran, dass Menschen genauso reagieren würden wie Tiere in zu kleinen Käfigen: aggressiv. Hilflos richteten sie ihre Wut gegen sich selbst und andere. Ging ein Fünfzehnjähriger aufs Dach des Hauses, in dem er lebte, weil er eine Mutprobe bestehen wollte? Warum nicht, es gab in unmittelbarer Nähe so gut wie nichts. Die flacheren Häuser waren fast vollständig verlassen, nur ein oder zwei Parteien wohnten dort noch. Sonst gab es noch karge Felder ohne Herausforderungen für einen Jungen. Keine Geschäfte, keine Pubs, nichts war hier. Greendykes wirkte auf Ben wie das Ende der Stadt. Er war versucht, mit dem

Handy ein Foto zu machen. Wer wusste schon, wie lange die Türme noch dort standen. Aber irgendetwas hielt ihn davon ab: Angst? Oder Anstand? Ben ging zurück zur Hauptstraße, weiter nach Niddrie.

Die Männer, die ihm begegneten, ließen ihn in Ruhe. Die jungen Frauen, Mädchen eigentlich, die Kinderwagen vor sich herschoben, musterten ihn hoffnungslos, aber ohne Aggression. Wenn man wusste, wie man sich zu bewegen hatte, hörte diese Gegend auf, gefährlich zu sein. Die Anwohner rochen die Angst der Menschen, die nicht hier lebten. Es war wie mit den Studenten in Durham: Sie bekamen genaue Instruktionen, wo sie hingehen durften und wo nicht. Eine unsichtbare Linie teilte die kleine Stadt: bis hierhin *town*, dahinter *gown*. Die Pubs der Anwohner waren tabu – Studenten hatten ihre eigenen Kneipen. Natürlich übertraten immer wieder welche diese Grenze, gingen in die Pubs, in die sie nicht sollten. Beleidigten die Leute durch ihren Privatschulakzent, ihre teure Kleidung, ihre selbstherrliche Art. Kurze Zeit später fand man sich ganz demokratisch im Wartebereich des staatlichen Krankenhauses wieder, wo den Ärzten egal war, ob jemand privat versichert war oder nicht.

Ben war früher nur selten durch den historischen Stadtkern Durhams spaziert. Dabei hatte er sich heimlich die Namen der Colleges eingeprägt. Hier zu studieren, davon hatte er damals geträumt. Einige seiner Schulkameraden wussten nicht einmal, dass es eine fast tausend Jahre alte Kathedrale in Durham gab. Er gehörte nicht dorthin. Und als er sich an einer Universität bewarb, entschied er sich für Newcastle. Und für Leeds. Warum nicht Durham?, fragten seine Lehrer, aber er hatte nur den Kopf geschüttelt: Zwischen Studenten zu leben, die in einer Woche mehr Geld für Kleidung ausgaben, als er im Monat zum Leben hatte, kam für ihn nicht in Frage. Er war nicht wie seine Brüder, die die anderen hassen konnten. Er würde sich selbst dafür hassen, dass er so nicht leben konnte. Mittlerweile hatte er sich mit dem Status, den er erreicht hatte, arrangiert, auch wenn er sich hin und wieder ärgerte, vor fünfzehn Jahren ein zu großer Feigling gewesen zu sein, um sich in Durham zu bewerben. Heute Nacht aber war es ein Vorteil, dass er aus der Arbeiterschicht kam.

Er lief noch eine halbe Stunde herum, spähte unauffällig in hell erleuchtete Fenster und merkte sich die Straßennamen. Dann ging er in ein Pub in der Niddrie Mains Road. Ein Art-déco-Gebäude. Es hätte schön sein können, wenn man es gestrichen hätte – oder besser noch komplett renoviert. Der Putz bröckelte, und die Graffitis machten nicht den Eindruck, als ob sie sich von einer Schicht neuer Farbe beeindrucken ließen.

Ben betrat das Pub und machte sich so unsichtbar, wie er es draußen auf der Straße gewesen war. Niemand beachtete ihn, und als er an der Bar stand und sein Bier trank, war es, als sei er nie woanders gewesen. Unauffällig belauschte er die Unterhaltungen der Leute – die meisten sprachen über das neue Gesicht, das die Gegend bekommen sollte. Sie diskutierten, welche Gebäude man stehen lassen müsste und wie lange es noch dauern würde, bis der neue Supermarkt gebaut würde. Ob es gut war, die Mietshäuser aus den 30er Jahren plattzumachen. Keiner wusste genau, was jetzt kam. Von den Zeichnungen der Architekten und Städteplaner hielten sie nichts. So würde es hier nie aussehen, fanden besonders die Alten, denen es nicht gelang, sich die Gegend anders vorzustellen, als sie sie kannten. Es dauerte nicht lange, bis sie auch Ben nach seiner Meinung fragten.

»Bin zu Besuch«, redete er sich heraus, und schon ging es los: Ein Engländer. Hier. Na, wenigstens einer aus dem Norden. War er ein Geordie, wie man die Bewohner von Newcastle nannte? Durham kannten sie, manche waren mit dem Zug durchgefahren und erinnerten sich dunkel an eine Kathedrale.

Als das Pub schloss und Ben auf die Straße schwankte, hatte er über zwei der Jungen von seiner Liste etwas herausgefunden. Ein älterer Mann bot ihm an, ihn noch ein Stück zu begleiten. Ben lehnte höflich ab, stützte sich stattdessen aufstöhnend an einer Häuserwand ab. Der Mann lachte und zog mit seinen Freunden weiter. Als sie verschwunden waren und Ben sicher war, dass ihn niemand beobachtete, ging er mit raschen Schritten zur Bushaltestelle. Jetzt schwankte er nicht mehr.

Im Bus notierte er sich etwas in seinem Handy. Dann reckte er sich und gähnte herzhaft. In der Nähe seiner Wohnung stieg er aus und sprintete die Treppe hinauf.

Er hatte mehr erfahren als erhofft. Das Gespräch mit den Frauen von We Help versprach sehr interessant zu werden. Ben ignorierte das Blinken seines Anrufbeantworters – garantiert Nina – und setzte sich an seinen Laptop. Eine Sache gab es noch, die ihm keine Ruhe ließ: Caitlin Anderson, die sich als Journalistin beim *Scottish Independent* um einen Job beworben hatte, jetzt aber auf die an-

dere Seite des Schreibtischs gewechselt und Pressesprecherin der Stiftung war. Ms Anderson würde sich über die
Fragen von Ben Edwards nicht freuen.

5

Sie raste weit über dem Tempolimit nach Hause. Als sie Callander fast erreicht hatte, musste sie am Straßenrand halten, um tief durchzuatmen. Nach zwei Minuten merkte sie, dass ihre Hände noch immer das Lenkrad umklammert hielten und nicht aufgehört hatten zu zittern. Wenigstens hatten sich ihre Gedanken geordnet. Auch wenn sie gern auf diese Klarheit verzichtet hätte, mit der sie einsehen musste, dass es jemanden gab, der zu viel über sie wusste: ihren alten und ihren neuen Namen kannte. Und ihre Telefonnummer. Wer konnte das sein? Sie hatte keine Ahnung. Etwas in ihr hoffte, dass der Anruf ein übler Scherz der Polizei gewesen war. Caitlin klammerte sich an diesen Gedanken, während sie in die Sackgasse einbog, in der sie seit vier Wochen wohnte. In einem gemieteten, möblierten Haus. Es gab dort fast kein Stück, das ihr gehörte.

Sie blieb im Auto sitzen, weil sie sich vor der Einsamkeit in dem fremden Haus fürchtete. Sie konnte jetzt nicht hineingehen. Sie hatte Angst, dass sich dieser Anruf wiederholen würde und dass sie allein war, wenn er kam.

Es war die Polizei, sagte ihr eine Stimme. Eine falsche Hoffnung. Sie überlegte, ob es jemanden gab, den sie anrufen konnte, um sich mit ihm zu verabreden. Lenny? Der hatte Besseres zu tun. Dan? Sie konnte sich schlecht mit ihrem Chef privat verabreden. Mit anderen Arbeitskollegen hatte sie kaum etwas zu tun, in Callander kannte sie niemanden, und ihre beste – und einzige – Freundin Val, die in London lebte, wusste nicht, wo Caitlin sich aufhielt.

Sie hatte sich seit Monaten nicht bei ihr gemeldet. Caitlin war ganz allein. Das hatte sie sich lange Zeit gewünscht. Heute verfluchte sie es.

Sie konnte und wollte nicht allein in dieses Haus gehen. Stattdessen würde sie zum ersten Mal ins Pub gehen.

Das Myrtle Inn lag am Ortseingang. Oder am Ortsausgang, je nachdem. Die Einrichtung war altmodisch, aber charmant. Es war, wie Caitlin befürchtet hatte: Als sie das Pub betrat, sahen sie alle an. Gespräche verstummten, Augenpaare klebten an ihr. Sie fühlte sich unwohl und falsch angezogen mit ihrem Hosenanzug. Nervös zog sie den Mantel aus, hängte ihn an die Garderobe und ging zur Bar.

»Eine Cola, bitte«, sagte sie.

Die Unterhaltungen wurden wieder aufgenommen. Caitlin wusste, dass man über sie redete. Sie schnappte einzelne Gesprächsfetzen auf. Am häufigsten hörte sie das Wort »Cola«. Sie vermutete, dass der letzte Mensch, der sich hier eine Cola bestellt hatte, in die Annalen des Dorfs eingegangen war. Heute war er von ihr abgelöst worden – einer Fremden aus England, die vermutlich ihren Exmann ermordet hatte. Wie schön, im Mittelpunkt zu stehen.

Die Cola schmeckte tatsächlich so, als wartete sie seit vielen Jahren auf einen Abnehmer. Sie war zu warm und enthielt so gut wie keine Kohlensäure. Caitlin versuchte, die Aufmerksamkeit der Wirtin auf sich zu ziehen, um wenigstens ein paar Eiswürfel zu bekommen, aber die Frau hinter der Theke schien sie nicht zu bemerken. Oder sie ignorierte sie.

»Da ist hoffentlich ein guter Schuss drin«, hörte sie jemanden neben sich sagen. Sie drehte sich um: Ein Mann, der gut und gern hundert hätte sein können, grinste sie zahnlos an und prostete ihr mit seinem Whisky zu. »Unverdünnt ist das Zeug nicht zu trinken.« Er deutete auf ihre Cola.

»Ein Riesenschuss«, log Caitlin und prostete zurück. Sie verzog das Gesicht, als sie den abgestandenen, warmen Geschmack auf der Zunge spürte.

Der Alte hielt dies offenbar für den Beweis, dass sie tatsächlich eine Cola mit »Schuss« trank, und lachte. »Ich bin Bernie. Find ich gut, dass Sie endlich Ihren Weg hierher gefunden haben. Immer nur abends zu Hause hocken ist doch nichts für eine junge Frau.«

Caitlin nannte ebenfalls ihren Namen und fragte verwundert, wie er das meinte.

»Ich bin Ihr Nachbar«, rief er fröhlich. »Ich stelle immer Ihre Mülltonnen rein.«

»Ach, ich dachte, das machen die von der Müllabfuhr.«

Es folgte ein ausführlicher Vortrag darüber, wer wann welche Mülltonnen leerte, reinigte oder herumschob.

Caitlin tat so, als höre sie aufmerksam zu, während sie dachte: Was mache ich hier? Ich stehe mit einem uralten Mann rum und diskutiere über die Müllabfuhr vom Stirling Council, während da draußen jemand herumläuft, der es vielleicht auf mich abgesehen hat. Und dann dachte sie: Da draußen? Vielleicht sogar hier drinnen? Sie begann, die Menschen im Pub zu scannen: einige Paare im mittleren Alter, die meisten von ihnen in Freizeit- oder Wanderkleidung. Sonst waren in der Hauptsache Männer anwesend, die aussahen, als hätten sie in ihrem Leben nie etwas anderes gemacht, als in dieses Pub zu gehen.

»Wiederholen Sie mal, was ich zuletzt gesagt habe.« Bernie hatte wohl bemerkt, dass sie seinem Müllvortrag nur halb folgte. Er grinste.

Sie musste passen.

»Auf Männerschau?«, fragte er mit einem Augenzwinkern.

Caitlin schüttelte den Kopf. »Mich interessieren nur die Leute«, antwortete sie. »Wie Sie schon gesagt haben: Ich war noch keinen einzigen Abend aus und hatte keine Gelegenheit, mich mit jemandem bekannt zu machen.«

»Sie gehen ja nicht mal bei uns einkaufen«, warf er ihr vor und machte sich daran, ihr zu erklären, wer wer war.

Caitlin prägte sich die Gesichter der Leute ein, die Bernie als Touristen identifizierte. Darunter war ein Paar, das sie stutzig machte: Sie war viel zu teuer gekleidet für eine Highland-Touristin, und der Mann schien ein paar Jahre jünger zu sein als sie. Bernie folgte ihrem Blick und missverstand ihn als Interesse für den Mann.

»Falls Sie sich mal mit einem jungen Mann verabreden wollen – mein Sohn Jim ist noch zu haben. Eigentlich ist er *wieder* zu haben, er hat sich gerade scheiden lassen, aber er hat keine Kinder. Man könnte sagen, er ist noch so gut wie unbenutzt.« Bernie kicherte, und Caitlin beeilte sich zu lächeln. »Mein Jim hat auch eine gute Anstellung. Er arbeitet für den Golfclub. Kümmert sich um den Rasen. Da wird man so schnell nicht arbeitslos, weil das keine Maschinen übernehmen können. Kennen Sie sich aus mit Rasen?«

Sie schüttelte den Kopf und überlegte, wie alt Bernie wohl sein mochte. Aus seinen grünen Augen sprühte ein wacher Geist, aber wie er da so in sich zusammengesunken und schief auf dem Barhocker saß, die Hände arthritisch, tippte sie auf irgendwas zwischen achtzig und neunzig. Tatsächlich verriet er ihr im Laufe seines nächsten Monologs, in dem er sich weiter lobend über seinen einzigen Sohn Jim ausließ, dass er im Zweiten Weltkrieg und zu der Zeit bereits zum ersten Mal verheiratet gewesen war. Ihre Schätzung kam also ungefähr hin.

»Wenn er Ihnen auf den Keks geht, melden Sie sich«, drang eine Frauenstimme an ihr Ohr. Es war die Wirtin, die sich offenbar dazu entschieden hatte, Caitlin nicht weiter zu ignorieren.

Bernie forderte entrüstet einen Whisky aufs Haus, und Caitlin nahm die Gelegenheit wahr, sich eine zweite Cola – mit Eis und Zitrone gegen den schalen Geschmack – zu bestellen. Zu ihrer Überraschung bekam sie das klebrige braune Zeug diesmal in einer frisch sprudelnden Variante. Entweder hatte sie vorhin den kläglichen Rest einer schon länger geöffneten Flasche erwischt, oder es war die Art der Wirtin, neue Gäste willkommen zu heißen.

»Jenna ist in Wirklichkeit der netteste Mensch weit und breit. Sie zeigt es nur nicht gern«, behauptete Bernie und machte sich an seinen neuen Whisky, ohne Caitlin zuzuprosten. Er setzte das Glas erst ab, als die Tür aufging und zwei neue Gäste eintraten, die wie alle anderen erst eingehend gemustert wurden. Die Musterung fiel in diesem Fall jedoch sehr viel kürzer aus als bei Caitlin. Die beiden Männer waren offenbar nicht nur ihr bekannt.

DI Reese tat höchst erstaunt, sie hier zu sehen, und Sergeant Kerr, der die Uniform gegen einen Anzug getauscht hatte, beeilte sich wie ein schwanzwedelnder Dackel, zwei Bier zu ordern. Offensichtlich hatte Reese ihn in die Mordkommission befördert und zu seinem persönlichen Hilfssheriff gemacht. Reese blieb einen Augenblick vor ihr stehen und warf ihr einen Blick zu, den sie nicht deuten konnte. Dann murmelte er so, dass sie es gerade noch hören konnte: »Sie bleiben hier«, und verschwand in Richtung Toilette. Kerr wartete mit den beiden Biergläsern in der Hand, unentschlossen, wie er sich verhalten sollte. Als Reese zurückkam, war er erleichtert. Er hielt ihm ein Bier hin, und Reese bedachte ihn mit einem knappen Nicken, bevor er sich Caitlin zuwandte.

»Der Todeszeitpunkt wurde eingegrenzt«, teilte er mit. »Mitternacht plus minus. Haben Sie immer noch kein Alibi?«

Caitlin zuckte die Schultern. »Ich war allein zu Hause, wie ich Ihnen schon gesagt habe.«

»Sind Sie sicher, dass Sie mir sonst nichts zu sagen haben?« Er sprach ganz leise und beugte sich zu ihrem Ohr hinunter. »Denken Sie noch mal ganz genau nach.«

Sie wich einen Schritt zurück. »Was wollen Sie denn noch? Habe ich Ihnen heute Morgen nicht genug über meine Ehe erzählt?«

Reese verringerte den Abstand wieder. »Genug? Wer weiß das schon, außer Ihnen? Aber im Moment will ich auf etwas ganz anderes hinaus.«

Caitlin stand mit dem Rücken zum Tresen. Weiter zurückweichen konnte sie nicht mehr. »Nämlich?«

»Es gibt da eine Kleinigkeit, die ich nicht ganz verstehe. Wie kann es sein, dass das Handy Ihres Exmanns noch in Betrieb ist, obwohl er tot ist?«

Caitlin zuckte die Schultern. »Jemand hat es gestohlen?«

»Genau. Und wer könnte das gewesen sein?«

»Der, der ihn umgebracht hat?«

»Schlaues Mädchen.«

»Prima. Dann bin ich ja aus dem Schneider. Ich habe sein Handy nämlich nicht.«

Reese spitzte die Lippen und drehte das Bierglas in seiner Hand. »Manchmal gibt es Komplizen.«

»Na klar. Ich und mein Komplize haben ihn umgebracht, und jetzt telefonieren wir mit seinem Handy.«

Reese lächelte. »Sagen Sie Ihrem Komplizen, wenn er Sie das nächste Mal anruft, dass wir ihn orten können.«

»Wenn er mich das nächste Mal anruft?« Sie fing wieder an zu zittern, und ihre Hände waren nass vom Angstschweiß, während sie in der Tasche nach ihrem Handy suchte. Sie klickte sich in die Rufliste und sah die Nummer des letzten angenommenen Anrufs im Display: von dem Mann, der ihren abgelegten Namen kannte.

»Machen Sie sich keine Umstände, wir wissen genau, wann der Anruf kam und wie lange er gedauert hat.«

»Ich habe keine Ahnung, wer das war«, murmelte sie.

»Es ist die Nummer Ihres Exmanns, das wissen Sie doch wohl?«

»Ich verstehe das nicht.«

»Wer hat Sie angerufen, Ms Anderson?«, beharrte Reese, und Caitlin sah, wie sein Bierglas immer näher kam und größer wurde. Der Boden hob und senkte sich wie das Deck eines Schiffs bei Sturmflut, und das Letzte, was sie hörte, bevor ihre Knie nachgaben und sie bewusstlos zusammensank, war Kerrs Stimme: »Chef, ich glaub, der Frau ist irgendwie schlecht.«

Drei Monate zuvor ...

»Siehst du, so schlimm war es gar nicht, oder?« Der Mann lächelte und tätschelte ihm die nackte Schulter. »Jetzt kannst du dich wieder anziehen, Cameron. Und falls etwas sein sollte ... Falls du vielleicht reden willst oder mich etwas fragen möchtest ... Du weißt, wie du mich erreichst, in Ordnung?«

Cameron nickte und zog sein T-Shirt an.

»Ich muss dir nicht noch einmal sagen, dass das unser Geheimnis ist?« Er zwinkerte Cameron zu. »Das macht dich zu etwas ganz Besonderem. Später, in ein paar Jahren, wirst du es verstehen.«

Cameron nickte und rieb sich den Oberarm.

»Deinen Eltern hab ich das Geld schon gegeben. Ich hab ihnen gesagt, dass sie es gut anlegen sollen. Schließlich ist es dein Geld, nicht wahr? Du hast es dir verdient.«

Cameron hob die Schultern. »Es gibt aber doch noch andere, oder?«

Der Mann machte ein ernstes Gesicht. »Natürlich. Aber du verstehst, dass ich dir keine Namen sagen kann. Es ist bei ihnen wie bei dir: streng geheim.« Wieder zwinkerte er ihm zu. Dann sammelte er seine Sachen ein und verließ Camerons Zimmer.

Eigentlich war es nicht Camerons Zimmer. Er teilte es sich mit seinem älteren Bruder. Der war für das Geheimnis nicht in Frage gekommen. Zu alt, hatten seine Eltern gesagt. Mit fünfzehn bist du gerade so an der Grenze, hatten sie ihm erklärt. Du bist extra ausgesucht worden, hatten sie ihm eingeschärft. Es ist alles nur zu deinem Besten, hatten sie ihm versprochen.

Cameron fühlte sich komisch. Die ganzen nächsten Tage würde er sich komisch fühlen, hatte der Mann gesagt. Er würde wiederkommen und nach ihm sehen. Alles sei in Ordnung.

Trotzdem. Er fühlte sich komisch.

DIENSTAG

6

Ben betrachtete die Namen der verstorbenen Kinder, die er sich notiert hatte:

Cameron McFadden (15) – Sturz vom Dach
Dylan Christie (10) – ertrunken
Aidan Henderson (12) – mit Vaters Waffe gespielt
Ryan Fleming (8) – Glasscherben, verblutet
Adam Gordon (9) – Sturz aus Fenster, 10. Stock

Im Fall von Cameron wusste er seit gestern Abend, dass es Gerüchte gab, der Junge hätte sich umgebracht. Niemand stürze einfach so vom Dach des Wauchope House, hatten die Männer im Pub zu ihm gesagt. Cameron sei ein Draufgänger gewesen, aber einer von der cleveren Sorte. Er hätte immer gewusst, wo die Grenzen sind. Wenn, dann war er gesprungen. Mit voller Absicht. Aber warum hätte sich Cameron umbringen sollen, hatte Ben gefragt. Schulterzucken. Warum nicht, bei dem Leben hier, hieß es. Und ein anderer sagte: Er war ein Wilder, immer mit dem Kopf durch die Wand. Dann hatte einer von dem kleinen Adam angefangen, der keine Woche später aus dem zehnten Stock seines Wohnblocks gefallen war. Der hat sich doch sicher nicht umgebracht, hatte Ben gesagt, aber die Männer hatten mit den Köpfen gewackelt. Hm, hm, hatten sie gemacht, der war schon komisch, der kleine Adam, wäre er erwachsen gewesen, hätte man gesagt, er sei depressiv. War schon immer ein verschlossenes Kind, aber was will man erwarten, bei den

Eltern. Eltern?, hatte einer gerufen. Bei dem stand nur die Mutter fest. Aber der Vater? Da kämen zu viele in Frage, erklärte er. Klein-Adam hätte im Grunde alle drei Monate zu einem anderen Wichser »Papa« sagen müssen. Wer weiß, was diese Männer mit ihm gemacht haben, brachte ein anderer zur Sprache. Das war ein dunkles Thema, zu dunkel für den Abend, zu dunkel, um überhaupt jemals darüber zu reden. Noch eine Runde für alle, hatte Ben gerufen. Sie hatten weitergetrunken, und Ben hatte, dem Öl sei Dank, mitgehalten.

»Mach du das mal«, sagte er einem Praktikanten und legte ihm eine Agenturmeldung über das mysteriöse Verschwinden weiterer NHS-Patientendaten vor. »National Health Service – die dritte Panne in fünf Monaten«, legte er dem anderen in den Mund. »Ist schnell geschrieben. Hier und da ein bisschen was umdichten, vielleicht noch versuchen, jemanden ans Telefon zu bekommen. Wenn sie nicht mit dir sprechen wollen, schreibst du: Die Verantwortlichen des NHS wollten zu den Vorfällen nicht Stellung beziehen. So in der Art. Und danach gehst du für mich in die Gerichtsverhandlung.«

Der Praktikant glühte vor Feuereifer und hängte sich gleich ans Telefon.

Ben fuhr nach Hause, zog dasselbe an wie am vorherigen Abend und nahm den 42er-Bus nach Craigmillar. Dort angekommen, schlenderte er durch die Straßen, bis er an einem leeren Grundstück vorbeikam, auf dem ein paar Jungs Fußball spielten. Eigentlich: Schule schwänzten. Ben blieb stehen und sah ihnen zu. Er wusste, er würde nicht lange warten müssen.

»Ey, Pädo, verzieh dich«, rief ein dunkelhaariger Dicker, der zwischen zwei provisorischen Torpfosten aus leeren Coladosen stand und für seinen Spruch auch gleich ein Tor kassierte.

Ben drehte sich um und ließ den Blick über die immer gleich aussehenden, kasernenartigen Häuser schweifen, so als suche er denjenigen, den der vorlaute Torwart gemeint haben könnte. »Meinst du mich, Klugscheißer?«, rief er dann.

Die Jungs hörten auf zu kicken. Ein rothaariger Schlaks klemmte sich den Ball unter den Arm und kam zusammen mit den anderen auf Ben zu. Ben wartete, die Hände in den Hosentaschen, bis sie auf drei Meter an ihn herangekommen waren. Der Dicke schlug seine linke Faust in die rechte offene Hand, als wollte er sich aufwärmen für das, was als Nächstes anstand: Gaffer vermöbeln.

»Also, was ist?«, blökte der Dicke. »Eins in die Fresse?«

Die anderen lachten.

»Hättste wohl gern«, antwortete Ben, darauf bedacht, seinen stärksten Arbeiterklasseakzent zu produzieren.

»Ein Geordie in Craigmillar«, kicherte einer der Jungs.

»Kein Geordie, aber fast«, bestätigte er und ließ den Dicken nicht aus den Augen. »Kennst du die Typen von dieser Stiftung?«, fragte er ihn – und nur ihn, um ihm zu zeigen, dass er ihn als Anführer erkannt hatte und respektierte.

Es funktionierte. Der Dicke schob die anderen zur Seite und baute sich direkt vor Ben auf. »Wer fragt und warum?«

Ben schob die Hände noch tiefer in die Hosentaschen und fing an, mit einem Fuß herumzuscharren. »Ist einfach

so: Ich soll was über die schreiben.« Er machte eine Ver-
legenheitspause, und es dauerte auch nur zwei Sekunden,
bis sie reagierten: Sie pfiffen, riefen »cool« und machten
»oooh«, bis Ben genug Häme eingesteckt hatte und den
gnadenlosen Chor der Allesblödfinder mit einem »Na ja,
ich *würd* gern« zum Verstummen brachte.

»Biste so'n Pisser von 'ner Zeitung?«, fragte der Dicke.

»Oder vom Fernsehen?« Ein anderer.

»Oooh, Fernsehen«, spottete der Chor.

»Hey, Leute, okay, es ist so: Ich könnte bei 'ner Zeitung
anfangen, aber der Chef hat gesagt, ich soll erst eine Geschichte liefern. So als Arbeitsprobe. Sonst wird das nichts.«

»Mann, was für'n Streber« und »Schwachsinn« machte
Ben in dem sich erhebenden Stimmengewirr aus. Er gab
den einsichtigen Verlierer, indem er die Hände aus den Hosentaschen zog und sie wie zur Abwehr hob.

»Ja, ist gut, ich hab's kapiert«, rief er und drehte sich
um. Ging ein paar Schritte die Straße runter, kickte hier
und da Steine weg und hatte schon Angst, dass sein Bluff
nicht funktioniert hatte (sie waren zu clever, er war ein zu
schlechter Schauspieler, er war zu alt, um für sie interessant zu sein, es konnte tausend Gründe geben), als ihm
endlich der Dicke hinterherrief: »Wie kommst'n ausgerechnet auf die Pisser von der Wohlfahrt?«

Er drehte sich um. Außer dem Dicken war noch der
schlaksige Rothaarige mit dem Fußball mitgekommen.
Ben sah auf seine Fußspitzen, die unsichtbare Kreise auf
den Asphalt malten. »War so 'ne Idee.«

»Was kriegen wir dafür, wenn wir dir helfen?«, fragte
der Dicke.

Sein rothaariger Freund stieß ihm mit dem Ellenbogen in die Seite. »Ey, Jamie, der hat nix. Haste doch gehört.« Der Rothaarige hatte den Stimmbruch hoffentlich noch vor sich.

Jamie sah Ben herausfordernd an. »Man muss halt auch was investieren, Alter. Und wenn wir dir helfen sollen, dann ist eine Bezahlung mehr wie gerecht.«

»Mehr *als* gerecht.« Der Rothaarige flüsterte die Korrektur nahezu lautlos, sodass sein Kumpel davon nichts mitbekam.

Ben wand sich und strich sich mit der Hand übers Kinn. »Puh, Geld ... An was hast'n so gedacht?«, fragte er lahm.

»Zwanzig.« Jamie, der Dicke, warf seinem Kumpel einen triumphierenden Blick zu.

»Zwanzig.«

»Pro Nase.«

»Geht nicht.«

»Dann sag an, was geht.«

Ben handelte ihn auf jeweils einen Zehner runter. Er fürchtete, sie würden sich aus dem Staub machen, sobald sie das Geld in den Händen hielten, aber zu seiner Erleichterung blieben sie, wo sie waren.

»Ähm, wollen wir vielleicht woanders hingehen?«, fragte er.

»Ja, klar, Mann, gleich da drüben ist ein Fünf-Sterne-Hotel, wie wär's, wenn wir uns da ein Zimmer nehmen?«, spottete Jamie.

»Ich meine, hier mitten auf der Straße rumzustehen, kommt irgendwie blöd.«

Jamies Freund begriff schneller, was Ben meinte, und

ging voran. Unterwegs beschlossen sie, dass sie unmöglich auf dem Trockenen sitzen bleiben konnten und Ben für die Getränke zuständig war. Ben besorgte Irn Bru, Cola und fünf Dosen Bier, von denen Jamie sehr zufrieden gleich drei entgegennahm. Die erste leerte er unterwegs und produzierte einige sehr gelungene Rülpser. Sie landeten in einem abbruchreifen, aber nicht völlig leerstehenden Haus, wo sie sich in eine unbewohnte Wohnung im ersten Stock zurückzogen. Leere Kartons lagen in Stücke gerissen auf dem Boden und dienten als Sitzgelegenheit. Zigarettenkippen und ausgetretene Joints, leere Flaschen aus Plastik und Glas lagen herum. An den Wänden Graffiti, Seite-drei-Mädchen und ein paar Poster aus Pornoheften älterer Brüder. Gemütlich, dachte Ben, sagte aber nichts.

Jamie erklärte in wichtigtuerischem Ton, dass die Stiftung eigentlich totaler Mist sei. Okay, es gab diesen Jugendtreff, und man konnte sich dort auch Klamotten und anderen gebrauchten Kram für ein paar Pence besorgen. Einmal in der Woche wurde für alle, die kommen wollten, gekocht. Es gab Sozialarbeiter, die ihnen jederzeit ein offenes Ohr anboten. Außerdem stand jeden Mittwoch ein Arzt zur Verfügung, einmal im Monat kam ein Zahnarzt vorbei.

»Scheiß auf den scheiß Zahnarzt«, murrte Jamie. »Wozu brauch ich Zähne, ich geh eh nie arbeiten. Scheißegal, was ich für Zähne hab. Verstehste, oder?«

»Sieht besser aus, so mit Zähnen. Die Weiber stehn drauf«, mischte sich sein Freund ein, der sich mit Sander vorgestellt hatte.

»Die Weiber.« Jamie gab sich erfahren. »Die nehmen,

was sie kriegen können. Mit oder ohne Zähne.« Er lachte etwas zu laut.

»Gibt es auch Hausaufgabenbetreuung?«, wechselte Ben das Thema.

»Die Pisser sagen, wir können das mit jedem da im Treff besprechen. Aber wer macht'n das, wegen Hausaufgaben fragen, die ham Internet, da weiß ich doch, was ich mache.« Jamie grinste und zeigte auf eins der Schwarz-Weiß-Fotos, das Ben im ersten Moment für einen Zeitungsausschnitt gehalten hatte. Jetzt sah er, dass es sich um einen Computerausdruck handelte. »Die hab ich gefunden. Im Internet.«

»Gute Sache«, nickte Ben und fing einen Blick von Sander auf. Da wusste er, dass Sander wusste. Aber der Junge blieb von nun an stumm. Saß nur da, warf ab und zu seinen Fußball gegen eine Wand und sagte kein Wort mehr. Jamie hingegen schwadronierte weiter über die Stiftungspisser, wie scheiße die alle waren, wie uncool er sie fand und dass alle hingingen, weil eben alle hingingen. Er hatte die dritte Dose Bier geleert, rülpste mit glasigem Blick in die Runde, stand schwankend vom Boden auf und verkündete pathetisch: »Freunde, ist schon spät«, und wankte aus der verlassenen Wohnung.

»Er geht kotzen«, erklärte Sander grinsend. »Tut immer so als ob, verträgt aber 'nen Scheiß.«

»Und du verträgst mehr?« Ben deutete auf Sanders Bierdose, die er zwar geöffnet, aber kaum angerührt hatte.

Sander zuckte die Schultern. »Weiß nicht. Schmeckt mir nicht.«

Ben warf ihm ein Irn Bru zu. »Besser?«

Sander lachte. »Viel. Danke.« Sie öffneten ihre Dosen und prosteten sich zu. »Du bist gar nicht so blöd, wie du tust, hab ich recht?«

Ben überlegte, welche Möglichkeiten er hatte. Er entschied sich, das Risiko einzugehen: »Bist ein guter Beobachter.«

»Deshalb trink ich auch kein Bier. Ich will wach sein.«

Sanders Akzent veränderte sich sogar. Er hatte weniger Unterschicht darin als Jamie. Sander machte genau dasselbe wie Ben früher: anpassen und mitspielen. Weil er dazugehören wollte, oder weil es manchmal einfach nur gesünder war, nicht besonders aufzufallen.

»Wie kommst du in der Schule klar?«, fragte Ben.

Sander lachte. »Ich weiß, was du meinst. Bin ich schlauer als die anderen? Ja. Lass ich es raushängen? Nein. Weißt du was, ich zeig den anderen nie meine Klassenarbeiten oder meine Zeugnisse, damit sie mich in Ruhe lassen.«

»Die Lehrer spielen mit?«

Sander nickte. »Die wissen, wie's läuft. Und ich bin jeden Morgen froh und dankbar, dass Jamie denkt, er sei tausendmal cleverer als ich.«

»Fühlst du dich nicht schlecht, weil du mit deinem besten Freund nicht über alles reden kannst?«

Sander zögerte. »Er ist nicht mein bester Freund. Er denkt nur, er wäre es.«

»Das macht es nicht besser.«

Der Junge fing wieder an, den Fußball gegen die Wand zu werfen.

»Schon um ein Stipendium für eine Privatschule beworben?«

Sander sah Ben misstrauisch an. »Das kannst du nicht wissen. Das hast du geraten.«

Ben nickte. »Mir ging's damals wie dir. Oder nein, das stimmt nicht. Ich bin in einem miefigen Dorf groß geworden. Zwei ältere Brüder, die mich windelweich geprügelt hätten, wäre ich auf eine Privatschule gegangen.«

»Aber auf die Uni hast du's geschafft?«

»Ja. Und jetzt bin ich Journalist.«

»Kein Bulle?«

»Quatsch.«

»Auch nicht als so 'ne Art Undercover-Einsatz?«

»Nein.«

Sander dachte einen Moment nach. »Journalist will ich auch mal werden. Das dürfen meine Kumpels aber nicht wissen.«

»Sieh zu, dass du hier rauskommst.« Ben ließ es beiläufig klingen, weil er wusste, dass sich Sander genau dasselbe jeden Tag hundertmal sagte.

»Meine Lehrer sagen, im nächsten Jahr bin ich garantiert weg.«

»Und deine Eltern?«

Sander zuckte die Schultern. »Meine Mutter? Die wird blöd gucken. Die hat zwar alles unterschrieben, was sie unterschreiben sollte, aber ich glaub nicht, dass sie gewusst hat, was sie da unterschreibt. Ich hab's ihr erklärt. Aber immer, wenn sie was nicht versteht, bekommt sie so einen komischen Blick, und dann weiß ich, es hat keinen Zweck weiterzureden.« Er drehte den Ball eine halbe Minute in den Händen, und dann sagte er so leise, dass Ben ihn kaum verstand: »Sie kann sowieso nicht lesen.«

»Es gibt Programme in der Erwachsenenbildung. Frag mal die Leute von We Help, die können das für dich rausfinden.«

Sander lachte trocken. »Meine Mutter? Vergiss es. Die würde sich eher umbringen, als vor irgendwem zuzugeben, dass sie Analphabetin ist.« Er schlug eine Hand vor den Mund. »Scheiße, das mit sich umbringen hab ich nicht so gemeint.«

Ben spürte, dass er endlich auf der richtigen Spur war. Jetzt durfte er nur nichts Falsches sagen, sonst wären die Momente der Aufrichtigkeit vorbei. »Hey, schon gut. Das sagt man manchmal so und meint es gar nicht.«

»Ey, Mann, du hast ja gar keine Ahnung. Das sagt man nicht einfach so. Hat sich schon mal jemand umgebracht, den du gekannt hast?«

Ben nickte. »Ein früherer Schulfreund. Hatte mit vierundzwanzig so hohe Wettschulden, dass er drei Leben gebraucht hätte, um sie zurückzuzahlen.« Er war froh, dass er Sander nicht anlügen musste.

Sander hatte ihm aufmerksam zugehört und dachte eine Weile nach. »Immerhin hat er es bis vierundzwanzig geschafft. Cameron war neun Jahre jünger.«

»Hat sich mit fünfzehn umgebracht?« Ben schüttelte den Kopf. »Da hat das Leben noch gar nicht richtig angefangen.«

Sander lachte höhnisch. »Vielleicht nicht bei euch auf dem Dorf, aber hier hast du mit fünfzehn schon alles erlebt, wenn du Pech hast.«

Von draußen hörten sie Jamie rufen: »Sander! Komm her, du Wichser!«

Sander rannte ans Fenster, um nach Jamie zu sehen. Er brüllte ihm zu: »Was ist? Ich denk, du bist nach Hause gegangen?«

»Nee, ich hab mir die Schuhe vollgekotzt, so kann ich nicht gehen. Du musst mir neue holen.«

Sander stöhnte genervt auf. »Okay. Bleib, wo du bist, und warte auf mich«, rief er.

Der Junge fuhr sich durch die roten Haare und sah Ben schulterzuckend an, dann schoss er zur Wohnungstür. Bevor er verschwand, drehte er sich noch einmal zu Ben um und sagte linkisch: »Sorry. War aber nett, mit dir zu reden.«

Ben drückte ihm noch seine Karte in die Hand. »Ruf mal an«, rief er ihm durchs Treppenhaus nach. Jamie musste etwas davon mitbekommen haben. Ben konnte hören, wie er Sander anblaffte. »War das 'ne Schwuchtel, oder was ging da gerade?«

Ben verdrehte die Augen und checkte sein Handy. Keine Anrufe aus der Redaktion, dafür eine Reihe »Wo bist du«-Nachrichten von Nina. Er überlegte, ob er sie zurückrufen sollte, entschied sich dann aber dagegen. Er wollte zuerst Camerons Eltern aufsuchen.

7

Caitlin wachte auf und wusste nicht, wo sie war. Draußen dämmerte es. Normalerweise war es noch stockfinster, wenn sie wach wurde, und die Dämmerung begann erst, wenn sie mit dem Auto zu ihrer Laufstrecke am Loch Katrine fuhr. Sie erkannte weder das Zimmer noch die Aussicht wieder. Seit einem Monat sah sie auf die St. Kessog's Church. Caitlin spähte aus dem Fenster, konnte aber den Kirchturm nicht sehen. Sie brauchte einen Moment, um sich zu orientieren.

Callander: ein kleiner, lang gezogener Ort mit gut dreitausend Einwohnern. Man nannte ihn auch das Tor zu den Highlands. Gleichzeitig war er der östliche Zugang zu den Trossachs und zum Loch Lomond. Die frühere St. Kessog's Church war jetzt die Touristeninformation und hieß Rob Roy Centre. Rob Roy, zum Robin Hood Schottlands verklärt und unsterblich dank Daniel Defoe, Sir Walter Scott, William Wordsworth und, nach einer Pause von nicht ganz dreihundert Jahren, der Filmindustrie. Caitlin fragte sich, ab wann ein hehres Ziel das Verbrechen rechtfertigte, das man dafür zu begehen bereit war. Und ab wann man dafür einen Platz als Held in der Geschichte bekam.

Sie stellte sich auf die Zehenspitzen und verdrehte den Hals, um so viel wie möglich zu sehen. Offenbar war sie am anderen Ende des Orts, immer noch im Myrtle Inn. Sie trug denselben Anzug wie gestern Abend. Die Schuhe hatte sie ausgezogen (oder jemand hatte es für sie getan), sie standen neben dem Bett.

Dort fand sie auch ihre Handtasche und ihr Handy. Sie sah in den Kalender: Treffen abends mit Ben Edwards vom *Scottish Independent*. Es war bereits halb acht. Wenn sie sich beeilte, konnte sie es noch rechtzeitig ins Büro schaffen. Sie würde nur zum ersten Mal nicht laufen gehen können, was vielleicht nicht schlimm war: Es gab nichts mehr, vor dem sie weglaufen musste.

Damit angefangen hatte sie, nachdem sie zum ersten Mal schwanger gewesen war. »Du bist nicht gesund«, hatte Thomas zu ihr gesagt. »Nicht richtig fit. Zu wenig Sport, das muss es sein. Wärst du fitter, hättest du das Kind nicht verloren.« Er drängte sie, in ein Fitnessstudio zu gehen. Aber allein der Gedanke erschreckte sie so, dass ihr Tränen in die Augen schossen. Sie drehte sich schnell um, damit er nicht sah, dass sie weinte.

»Du fängst diese Woche mit dem Training an. Das wird dir guttun. Ich mache gleich einen Termin.«

Sie schüttelte den Kopf. »Ich habe eine bessere Idee: Ich könnte laufen! Dann wäre ich an der frischen Luft.« Soweit man in London von frischer Luft sprechen konnte. Aber Kew lag weit genug im Westen, wo es nicht ganz so schlimm war. Der Royal Botanic Garden war nur ein paar Minuten zu Fuß von ihrem Haus entfernt. Sie würde die Strecke so auswählen, dass sie an der Themse entlanglief. Thomas schien es zu akzeptieren.

»Von mir aus«, sagte er. »Solange du es machst. Und glaub nicht, ich würde es nicht merken, wenn du mich anlügst.«

Zwei Mal in der Woche mindestens hatte er ihr vorgeschrieben, aber schon bald wurde es für sie zum täglichen

Ritual. Kurz nachdem er das Haus verlassen hatte, um in die City zu fahren, zog sie sich an und lief los. Anfangs eine halbe Stunde, dann eine Stunde. Bald lief sie immer länger, ohne es richtig zu merken. Es war die einzige Zeit am Tag, die allein ihr gehörte, die er ihr nicht nehmen konnte.

Als sie anfing zu laufen, hörte sie auf zu trinken. Das Trinken war die letzte Gemeinsamkeit gewesen, die sie mit Thomas verbunden hatte. Sie erlitt zwei weitere Fehlgeburten, und Thomas trank von da an noch mehr, ganz so, als trinke er für sie mit.

Nach der Scheidung hatte sie das Laufen beibehalten, weil es nichts mit ihm zu tun hatte. Es war allein ihre Idee gewesen, und auch wenn er manchmal dachte, sie würde ihn anlügen und nur so tun, als sei sie laufen gewesen, war es in Wirklichkeit so, dass sie ihn anlog, indem sie an den meisten Tagen ihre Kleidung sofort wusch und wegräumte, damit er nicht bemerkte, wie viel Spaß es ihr machte und wie oft sie es in Wirklichkeit tat. Sie hatte Angst, er würde es ihr verbieten, einfach nur, weil sie Freude daran hatte. Nach der Scheidung war sie in den Nordosten Londons gezogen, in eine Gegend, in der Thomas sie nicht finden würde. Ihre neue Laufstrecke hatte nur aus Asphalt bestanden. Jetzt lief sie durch die schönste Gegend, in der sie jemals gewesen war. Jeden Morgen waren in den letzten vier Wochen die Trossachs wie eine Filmkulisse an ihr vorbeigezogen, so schön in der kalten Morgenluft, dass sie überzeugt war, es gäbe sie in Wirklichkeit gar nicht.

Vor seiner Vergangenheit kann man nicht weglaufen, hieß es. Caitlin war sich sicher gewesen, dass sie es konnte. Jetzt, da Thomas tot war, sollte es endlich für immer vorbei sein. War es aber nicht. Dieser verdammte Thomas schaffte es sogar noch nach seinem Tod, ihr alles kaputt zu machen. Die Polizei würde in ihrem Leben herumschnüffeln und alles ans Tageslicht zerren. Lohnte es sich überhaupt noch, für das Leben in Schottland zu kämpfen? Oder sollte sie gleich ihre Sachen packen und ganz woanders noch einmal neu anfangen? Kämpfen oder weglaufen? Sie hatte keine Antwort.

Caitlin fand in dem kleinen Badezimmer eine noch verpackte Zahnbürste und weitere Sachen, um sich frisch zu machen. Dann sammelte sie ihre Sachen ein und verließ das Zimmer. Niemand war im Flur zu sehen, aber es roch von irgendwoher nach frischem Kaffee und gebackenen Bohnen. Als sie dem Geruch folgte, kam sie in die Küche des Myrtle Inn. Jenna hatte sich eine Schürze umgebunden und schlug gerade ein paar Eier in die Pfanne.

»Setzen Sie sich«, forderte sie Caitlin auf.

Caitlin tat es und wartete, bis sich Jenna zu ihr herumdrehte. »Das Frühstück ist für Sie. Als hätte ich's geahnt, dass Sie jetzt aus dem Bett kriechen.«

Sie stellte Caitlin einen riesigen Teller mit Toast, gebackenen Bohnen, gebratenen Champignons und zwei Spiegeleiern mit Speck hin. »Ist im Preis inbegriffen«, erklärte sie und setzte sich ihr gegenüber.

Caitlin nahm sich Kaffee und fing an zu essen.

»Geht's Ihnen besser?«, wollte Jenna wissen, ohne besonders fürsorglich zu klingen. »Sie sollen gleich als Erstes bei der Polizei vorbeischauen«, fügte sie hinzu, bevor Caitlin etwas erwidern konnte.

Caitlin sah von ihrem Teller auf. »Warum? Ich muss zur Arbeit. Ich habe Termine.«

Jenna stand auf und räumte laut klappernd Geschirr in die Spülmaschine. »Beschweren Sie sich nicht bei mir. Ich bin nur die Botin.«

Was hatte Bernie am Abend zuvor zu ihr gesagt? Jenna sei der netteste Mensch weit und breit. Sie zeige es nur nicht so gern. Caitlin probierte es aus. »Ich brauche einen Anwalt. Können Sie mir helfen?«

Es hörte auf zu klappern. Jenna warf ihr einen düsteren Blick zu, dann sagte sie kurz angebunden: »Ich rufe jemanden für Sie an. Sie kommt dann direkt zur Polizei.« Dann räumte sie weiter wortlos die Spülmaschine ein.

Caitlin ließ die Hälfte ihres üppigen Frühstücks stehen, bedankte sich, ohne eine Antwort zu erhalten, und machte sich zu Fuß auf den Weg.

Ihre Anwältin hieß Sophie Nesbitt und kam direkt aus Stirling zur Polizeiwache in Callander, wo Detective Inspector Reese schon in seinem provisorischen Büro wartete. Caitlin, noch immer in dem verknitterten Anzug, in dem sie geschlafen hatte, fühlte sich in der Gegenwart der Anwältin schäbig und hässlich: Nesbitt duftete nach teurem Parfum, trug ein maßgeschneidertes hellgraues Kostüm zu Chanelschuhen und war geschminkt und frisiert, als würde sie heute Morgen noch für die Titelseite der Vogue fotografiert.

Sophie Nesbitt brauchte nicht lange: Noch bevor Caitlin auch nur ein Wort hätte sagen können, erklärte sie Reese: »Sie haben nichts gegen meine Mandantin in der Hand.«

»Wir haben ...«, begann Reese und wurde von Nesbitt unterbrochen.

»Sie haben Glück, dass ich Richter Welsh noch nicht erwischt habe. Aber ich werde mich garantiert noch mit ihm über diese Hausdurchsuchung unterhalten. Ich habe nämlich berechtigte Zweifel, ob da alles mit rechten Dingen ablief.«

Reese lief rot an. »Unterstellen Sie mir, ich hätte ...«

»Dann wäre ja jetzt alles geklärt, nicht wahr? Meine Mandantin nehme ich wieder mit, sie hat alle Ihre Fragen beantwortet. Nur weil sich der wahre Täter einen geschmacklosen Scherz erlaubt und mit dem Handy seines Opfers herumspielt, haben Sie noch lange keine Handhabe, sie von der Arbeit abzuhalten und ihr sogar noch den Feierabend zu vermiesen. Aber mit Anzeigen wegen Polizeiwillkür kennen Sie sich ja aus, Reese, nicht wahr? Da werden Sie wissen, was in den nächsten Tagen auf Sie zukommt.«

»Sie wollen mich ...«

»Meine Mandantin ist psychisch vollkommen am Ende, das hat ihr Zusammenbruch gestern Abend bewiesen. Und Sie sind in einem hohen Maß dafür verantwortlich, Reese. Wie gut, dass ich heute Abend noch den Assistant Chief Constable treffe, wir gehen zusammen essen. Ich werde mit ihm über diese Sache reden. Ihnen noch einen schönen Tag.«

Sie packte Caitlin am Arm und schob sie am nach Luft schnappenden Reese vorbei zum Ausgang. Im Vorbeigehen nickte sie noch Sergeant Kerr zu.

»Grüßen Sie Jenna«, rief der.

»Gern«, sagten Sophie Nesbitt und Caitlin gleichzeitig.

Wenig später fand sich Caitlin im Schankraum des Myrtle Inn wieder, wo ihr Jenna ungefragt einen Tee hinstellte, während Sophie Nesbitt ihre Unterlagen sortierte.

»Danke, dass Sie mich ...«, begann Caitlin.

Aber die Anwältin hatte offenbar die Angewohnheit, jedem ins Wort zu fallen, Polizeibeamten wie Mandanten gleichermaßen. »Jenna hat mich gestern schon informiert. Ich hatte also genug Zeit, Ihre Sache zu überfliegen.«

Überfliegen. Wie es wohl aussieht, wenn sie sich intensiv mit etwas beschäftigt?, dachte Caitlin, sagte aber nichts.

»Ihr Exmann war übrigens in Schottland, weil er im Harlan Trent Centre eine Entziehungskur machen wollte. Sagt Ihnen der Name Harlan Trent Centre etwas?«

Caitlin verneinte. »Thomas wollte eine Kur machen?«

»Genau.« Sie sah Caitlin kühl an. »Ich rate Ihnen, Ihren Job bei We Help zu kündigen.«

Caitlin schüttelte verwundert den Kopf. »Sie meinen, ich sollte Urlaub nehmen. Mich krankmelden. Eine Auszeit. Oder?«

Sophie tastete prüfend ihre kunstvoll hochgesteckten Haare ab. »Ich meinte und sagte: kündigen. Und zwar bevor man herausfindet, wer Sie wirklich sind.«

»Halten Sie mich für eine Mörderin? Dann hätten Sie mich da nicht rausholen sollen!«, empörte sich Caitlin, hatte aber das ungute Gefühl, dass Sophie Nesbitt auf etwas ganz anderes hinauswollte.

»Unsinn. Ob und wen Sie umgebracht haben, ist gerade nicht unser Thema. Wenn Sie sich einen Hauch Glaubwürdigkeit bewahren wollen, kündigen Sie, bevor man dort anfängt, Ihre Daten zu überprüfen.«

»Ich habe meinen Namen legal ändern lassen.«

»Ich rede von Ihrem Lebenslauf. Wie dumm kann man eigentlich sein?« Sie machte eine Pause und sah Caitlin an. »Hat das bisher niemand überprüft?«

Caitlin zuckte die Schultern. »Sonst hätte man mich wohl nicht eingestellt.«

»Sie haben tagtäglich mit Journalisten zu tun, deren Beruf es ist zu recherchieren. Hatten Sie davor keine Angst?«

Zum ersten Mal seit Langem lächelte Caitlin. »Nein, eigentlich nicht. Ich wollte abwarten, wie lange es gut geht, und einfach nur die Zeit genießen. Über den Rest hätte ich mir Gedanken gemacht, wenn es so weit gewesen wäre.«

»Ich weiß gerade nicht, ob Sie naiv oder mutig sind«, antwortete Sophie Nesbitt und fügte mit etwas weicherer Stimme hinzu: »Warum wollten Sie ausgerechnet PR machen?«

»Wollte ich nicht. Ich habe mich für alles Mögliche beworben. Und We Help hat geklappt.«

Die Anwältin sah sie eine Weile schweigend an. Dann lachte sie. »Wie viele von diesen verdammten falschen Lebensläufen hatten Sie denn?«

Caitlin versuchte, sich zu erinnern. »Vielleicht zwanzig?«

»Und keiner hat Zeugnisse verlangt?«

Caitlin schüttelte den Kopf.

»Eines muss man Ihnen lassen. Kreativ sind Sie. Und jetzt fahren Sie in Ihr Büro und kündigen Sie. Sagen Sie, Sie seien ohnehin die nächsten Tage krankgeschrieben. Sie haben ja Übung darin, Ihren Chef anzulügen. Sagen Sie, dass Sie wieder nach London müssen – aus irgendeinem Grund.

Und wenn Sie das alles hinter sich gebracht haben, überlegen wir, wie es weitergehen soll. Leider wird der Umstand, dass Sie in zwei Stunden keinen Job mehr haben werden, bedeuten, dass Reese Angst bekommt, Sie könnten sich absetzen. Sie werden also schön brav hier in Callander bleiben und keine Faxen machen. Ich versuche, denen klarzumachen, dass keine Fluchtgefahr besteht. Ein neuer Job wäre gut. Welche Berufserfahrung haben Sie?«

»Keine.«

Damit hatte die Anwältin offenbar nicht gerechnet. »Das ist nicht viel«, sagte sie langsam. »Ich frage mich, wie Sie mich bezahlen wollen.« Sie schickte einen Blick in Richtung Tür, hinter der Jenna verschwunden war. »Ich höre mich um, ob ich Sie irgendwo unterbringen kann. Und Sie haben tatsächlich noch nie einen Beruf ausgeübt?«

»Hätte ich sonst meine Vita fälschen müssen?«

»Es könnte tausend Gründe geben: ein abgebrochenes Studium, ein früherer Arbeitgeber, den man lieber nicht auf der Referenzenliste stehen hat ... Haben Sie wenigstens Hobbys, aus denen man etwas machen kann?«

»Ich habe mal gesungen«, erklärte Caitlin. »Und ich gehe gern Laufen.«

Sophie Nesbitt verdrehte die Augen und erhob sich. Für sie war das Gespräch beendet. Sie zog ihr Handy aus der Tasche und war mit den Gedanken bereits woanders. Zwischen zwei Telefonaten, in denen sie jemandem knappe, aber deutliche Anweisungen gab, verabschiedete sie sich von Caitlin und eilte zu ihrem Mercedes. Trotz der Pfennigabsätze kam sie nicht ins Straucheln, und trotz der Kälte warf sie ihren Mantel nur über den Arm.

Caitlin sah ihr nach und stellte fest, dass auch Jenna in den Schankraum gekommen war und ihr nachsah. Als Jenna ihren Blick bemerkte, senkte sie die Augen und fühlte sich, als hätte sie etwas beobachtet, das sie nicht sehen sollte. Mühsam konzentrierte sie ihre Gedanken wieder auf das, was sie zu tun hatte.

Caitlin musste zur Stiftung fahren und ihre Sachen zusammenräumen. Musste irgendwie Dan und Lenny erklären, warum sie nicht mehr wiederkommen würde. Im Erfinden von Ausreden hatte sie Übung, nur gerade jetzt wollte ihr nichts einfallen. Aber welche Wahl hatte sie? Die Wahrheit sagen? Das war die denkbar schlechteste Möglichkeit.

Sie sah auf ihre Armbanduhr: gleich zehn. Eilig rief sie Lenny an und erklärte ihm, sie würde später kommen. Bat ihn, für sie einen Termin mit dem Chef zu machen. Jenna erklärte sie, dass sie später zurückkommen und ihre Schulden begleichen würde.

Dann machte sie sich auf den Weg zu ihrem Wagen, der am anderen Ende der Ortschaft vor ihrem Haus stand. Am liebsten wäre sie gerannt, ihr Körper verlangte nach Bewegung, um Adrenalin abzubauen. Aber sie traute sich nicht. Sie trug ohnehin nicht die richtigen Schuhe, nicht die richtige Kleidung. Es waren nur zehn Minuten Weg, und die Straßen waren menschenleer, aber sie fühlte sich, als würde man sie beobachten. Hinter jedem Fenster, an dem sie vorüberging, vermutete sie jemanden, der ihr nachsah. Von jedem Wagen, der an ihr vorbeifuhr, fühlte sie sich verfolgt. Sie zwang sich, die Meile zu ihrem Haus in ruhigem, gleichmäßigem Tempo zurückzulegen. Versuchte, ihre

Gedanken abzulenken, und erinnerte sich an den Ärger, den sie verspürt hatte, als die Anwältin die Dinge, die sie so sehr liebte, einfach abgetan hatte, als seien sie nichts wert. Gut, Laufen war natürlich keine besondere Kunst, die nur sie beherrschte. Aber dass Caitlin singen konnte, hatte Nesbitt nicht mal mit einer höflichen Nachfrage bedacht. Dabei war Gesang ihr Leben gewesen, bevor Thomas es ihr weggenommen hatte. Bis auf die BRIT-School im Südlondoner Stadtteil Croydon hatte sie es geschafft, und es war die aufregendste Zeit ihres Lebens gewesen. Allein die Aufnahmeprüfungen: Noch nie zuvor hatte ihr Herz so wild geschlagen, nächtelang hatte sie nicht schlafen können. Erst vor Aufregung, ob sie es schaffen würde. Dann vor Aufregung, weil sie es wirklich geschafft hatte. Die BRIT-School. Und Sophie Nesbitt hatte sich keine Sekunde dafür interessiert. Was hätte diese Frau nur zu ihrem Diplom in Medienwissenschaften gesagt, dazu, dass sie an der Open University studiert hatte? Hausfrauendiplom, hätte sie gesagt. Nicht das Papier wert, auf dem es steht. Wie gut, dass sie es nicht erwähnt hatte.

Hinter der St. Kessog's Church bog sie ab und stand endlich vor dem Haus, das ihres sein sollte, sich aber heute noch fremder anfühlte als an dem Tag, an dem sie das erste Mal darin geschlafen hatte. Unschlüssig blieb sie davor stehen.

Sie konnte es nicht betreten. Nicht, nachdem die Polizei darin herumgeschnüffelt hatte. Sie wollte sich umziehen, es war ihr letzter Tag bei der Stiftung, aber sie schaffte es nicht einmal bis zur Haustür. Je länger sie dort stand und das Haus anstarrte, desto unwirklicher erschien ihr das

Gebäude. Im nächsten Moment wurde das schlichte Stein-
haus aus dem 18. Jahrhundert zweidimensional, und sie
glaubte, die Mauern auf sich zukommen zu sehen.

Caitlin schloss ihren Wagen auf und flüchtete.

8

Colin McFadden knallte ihm die Tür vor der Nase zu. Ben klopfte hartnäckig weiter und rief: »Mr McFadden, nur ein paar Fragen.«

»Verpiss dich.« Etwas flog von innen gegen die Tür. Dem Krach nach etwas Großes und Schweres. Ben machte einen Schritt zurück und sah den langen, dunklen Flur hinunter: auf dem Boden Kippen und zerdrückte Dosen, in den geöffneten Türen der Nachbarwohnungen gaffende Menschen. Über allem lag der Sound sich vermischender Vorabendsendungen. Darunter der Gestank von Urin, abgestandenem Qualm und verbranntem Essen. Ben ging zurück ins Treppenhaus, wo der Gestank sich immerhin auf Urin und schales Bier reduzierte. Er atmete durch den Mund und beeilte sich, nach unten zu kommen, als er Schritte hinter sich hörte.

»Warten Sie mal«, rief ein Mann. Ben blieb stehen und drehte sich um. Es war nicht McFadden, sondern einer von den Gaffern im Flur. Ben sagte nichts, sondern wartete ab.

»Geht's um Cameron?«, wollte der Mann wissen. Er trug einen löchrigen blauen Bademantel, dazu graue Socken an dürren, langen Beinen. Ben schätzte, dass sie beide im selben Alter waren. Der Mann dort oben aber hatte schon lange aufgegeben, während sich Ben immer noch am Anfang von irgendwas sah. Irgendwas Großem. Irgendwas Bedeutsamem. Irgendwas, das einen weitermachen ließ, damit man seine Nachmittage nicht in zerschlissenen Bademänteln vor irgendwelchen TV-Soaps verbrachte.

»Möglich«, sagte Ben.

»Polizei oder Presse?«

»Presse«, gab Ben zu. Der Mann kam ihm ein paar Stufen entgegen.

»Warten Sie auf McFaddens Frau. Sonia kommt immer so um diese Zeit nach Hause. Putzt irgendwo, drei Mal die Woche. Wenn jemand von den beiden redet, dann sie.«

»Wie erkenne ich sie?«

»Kleine dürre Blonde. Ungefähr dreißig, sieht aber älter aus.«

Dreißig, dachte Ben. Cameron war fünfzehn Jahre alt geworden. Er sah Sonia vor sich: keinen Schulabschluss, keine Ausbildung, stattdessen schwanger, und Cameron war nicht ihr einziges Kind geblieben.

»Danke«, sagte Ben und verstand, warum der Mann so freundlich zu ihm war. Er fasste in seine Hosentasche und fand ein paar Pfundmünzen, die er ihm hinhielt. »Okay?«, fragte er. Der Mann grinste und zeigte die Zähne, die er noch hatte.

»Alles klar, Mann. Viel Glück.« Er sprang die Treppe hinauf und verschwand in dem dunklen Flur, aus dem er gekommen war. Ben ging weiter die Treppe hinunter, diesmal langsamer. Der Aufzug war kaputt, also konnte er Sonia McFadden nicht verpassen. Auf der letzten Stufe hatte er Glück: Sonia kam gerade zur Haustür herein. Sie schleppte an einer abgewetzten, ausgebeulten Aldi-Tüte und ging vornübergebeugt wie eine alte Frau.

»Darf ich Ihnen helfen? Sieht schwer aus.« Ben deutete auf die Tüte, die Sonia erschrocken an sich drückte.

»Hau ab, bei mir gibt's nichts zu holen«, keifte sie ihn an.

Auch ihre Stimme klang wie die einer sehr viel älteren Frau. Eine Frau, die zu viel geraucht und zu viel getrunken hatte. Man konnte sehen, dass sie einmal ein sehr hübsches Mädchen gewesen war.

»Sorry, Mrs McFadden, ich wollte sie nicht erschrecken.«

Sie lachte müde. »Wenn mich jemand Mrs McFadden nennt, heißt das nichts Gutes. Welche Behörde heute?« Sie ließ ihre Plastiktüte auf den Boden sinken, stemmte die Hände in den Rücken und dehnte sich.

»Von keiner Behörde. Mein Name ist Ben Edwards. Ich bin Reporter beim *Scottish Independent*. Ich würde mit Ihnen gern über Cameron reden.«

Sonia beugte sich zu ihrer Tüte hinab, hob sie auf und drückte sie an die Brust. Sie wandte das Gesicht ab und versuchte, an Ben vorbei die Treppe hochzulaufen. Er hielt sie am Arm fest.

»Bitte. Ich schreibe nichts, was Sie nicht wollen.« Und dann: »Wir lassen uns das auch was kosten. Sagen Sie mir einfach nur, wie viel Sie wollen.«

Sie sah ihn immer noch nicht an, blieb aber starr stehen.

»Mrs McFadden, Ihr Mann muss nicht wissen, dass wir uns unterhalten. Wenn Sie wollen, verabreden wir uns irgendwo. Niemand wird davon erfahren, glauben Sie mir. Ich will nur mit Ihnen über Camerons Tod reden. Ich weiß, es muss Ihnen sehr wehgetan ...«

Sie riss sich mit aller Kraft los. Die Plastiktüte fiel zu Boden, und der Inhalt quoll heraus. Sie war vollgestopft mit Kleidung: Kinderkleidung, die wie neu aussah. Sie schienen in der Kleiderkammer eine ausgesprochen gute Auswahl zu haben, dachte Ben. Oder handelte es sich um Abgelegtes von den Leuten, bei denen sie putzte? Er half ihr, die Kleider zusammenzusuchen.

»Lassen Sie das«, fauchte sie und schlug nach ihm.

Er wich zurück, sah, dass sie weinte. Bevor er ging, ließ er seine Visitenkarte in die Aldi-Tüte fallen. Er hörte, wie sie die Treppen hinaufrannte, bevor er das Gebäude verließ, drehte sich aber nicht mehr nach ihr um.

Draußen war es schon dunkel. Ben ging ein paar Schritte und dachte nach. Die Eltern wollten nicht mit ihm reden. Wut und Trauer, okay. Nicht mal für Geld waren sie dazu bereit. Hatten sie etwas zu verbergen? Aber was ... Verletzung der Aufsichtspflicht? Wohl kaum bei einem Fünfzehnjährigen. Was gab es zu verheimlichen? Der Junge war vom Dach gestürzt. Ein Unfall, vielleicht Selbstmord, wie es viele zu glauben schienen. Die meisten Eltern hier würden darüber reden, besonders, wenn man ihnen Geld bot. Aber vielleicht war Camerons Tod weder ein Unfall noch Selbstmord gewesen.

Drei Kinder sind in Edinburgh gestorben, und dabei wird es nicht bleiben.

Worauf wollte der anonyme Sender des Faxes eigentlich hinaus? Wohl kaum darauf, dass sich die Kinder aus Verzweiflung über ein sinnloses We-Help-Programm in den Tod stürzten. Etwa darauf, dass jemand nachgeholfen und die Kinder umgebracht hatte? Unsinn, dachte Ben. Die Leute waren hier, um zu helfen. Selbst wenn ein paar der Kinder schlecht über die Stiftungsarbeit reden sollten, war das noch lange kein Grund. Nein, die Arbeit der Stiftung hatte gerade erst begonnen und wurde gut aufgenommen. Außerdem gab es bereits namhafte Spender, die größere Summen zur Verfügung gestellt hatten, und die Aktien der Mutterfirma Duncan Livingston Pharmaceutics standen gut. Über DLP kam nach wie vor das meiste Geld. Niemand konnte ein Interesse am Scheitern der Stiftung haben. Es musste etwas anderes dahinterstecken: Jemand wollte der Stiftung schaden. Der Stiftung und DLP. Ben hatte schon beim Eintreffen des Faxes die Verbindung zwischen den Anschuldigungen gegen die Stiftung und dem Aktienkurs von DLP hergestellt. Und jetzt stand er hier, um herauszufinden, was an den Behauptungen dran war. Was wollte der Verfasser? Sollte Ben oder einer seiner Kollegen herausfinden, dass die Kinder suizidal gewesen waren und die Mitarbeiter der Stiftung es übersehen oder am Ende sogar begünstigt hatten? Sollte jemand einen Aufmacher über das Versagen von We Help schreiben? Der anonyme Verfasser hatte vielleicht selbst die Finger im Spiel ...

... und dabei wird es nicht bleiben.

Ein hellgraues BMW-Coupé raste an Ben vorbei. Neugierig sah er dem Wagen nach, und als er vor dem Häuserblock, in dem die McFaddens wohnten, zum Stehen kam, war ihm klar: Camerons Eltern hatten jemanden alarmiert. Wen und warum? Vielleicht kam ihre Weigerung, mit der Presse zu reden, gar nicht von ihnen selbst. Ben wartete, bis der Fahrer ausgestiegen war: eine Frau. Dunkles, halblanges Haar. Sie trug ein Kostüm. Mehr konnte er nicht erkennen. Die Frau verschwand im Gebäude.

»*Curiouser and curiouser*«, zitierte er *Alice im Wunderland*. Dann drehte er sich um und ging zur Bushaltestelle.

»Jemand will der Stiftung schaden?«, wiederholte Cedric Darney erstaunt.

»Oder es geht gar nicht um die Stiftung, sondern um DLP«, gab Ben seine Überlegungen wieder. »Und das hieße im nächsten Schritt ...« Er ließ den Satz unvollendet.

Sie saßen in der Bibliothek im ersten Stock. Ben und Cedric hatten in bequemen Sesseln Platz genommen. Zwischen ihnen ein kleiner Kaffeetisch. Ein Mann hatte ihnen Tee gebracht – er sah aus, als käme er frisch von der Ivor Spencer School for Butler, dachte Ben und machte sich im Geiste eine Notiz: *Butler, in Großbritannien eine aussterbende Art?* Er hatte irgendwo gelesen, dass viele Absolventen der Butler-Schule mittlerweile in arabischen Ländern arbeiteten. Karikaturen zeichneten Butler steif, penibel und ohne menschliche Regungen. Dabei sah der Mann mit dem Tee weit agiler und lebensfroher aus als der blasse, zerbrechliche Cedric.

Als Cedric sich entschuldigte, um mit seinem Butler etwas zu besprechen, stand Ben auf und sah sich um: deckenhohe Bücherregale, die Wände mit Holz vertäfelt oder dunkelgrün gestrichen, der Boden mit schweren Teppichen ausgelegt. Die Bibliothek nahm mindestens die Hälfte des Stockwerks ein. Die Fenster gaben den Blick zum Garten hinter dem Haus frei. Er war größer, als Ben vermutet hatte. Riesige alte Bäume, perfekt geschnittener, saftig grüner Rasen.

Cedric kam zurück und ließ sich das wenige, das Ben

bisher herausgefunden hatte, ausführlich erzählen. Er sah Ben dabei aufmerksam an, nickte hier und da oder gab einen angemessenen Laut von sich. Ben wusste einen guten Zuhörer zu schätzen: Normalerweise hatte er mit Kollegen zu tun, deren Aufmerksamkeitsspanne bei zehn Sekunden lag, großzügig geschätzt – und auch nur an Tagen, an denen sie besonders gute Laune hatten und ausgeschlafen waren.

Als Ben bei seiner Schlussfolgerung angelangt war, stand Cedric auf und ging unruhig auf und ab, die Hände dabei tief in den Taschen seiner Savile-Row-Auftragsarbeit vergraben.

»Jemand will mir schaden«, stellte er fest. »Aber wozu dieser Umweg über die Stiftung?«

»Wie sonst?«

»Wie sonst«, wiederholte Cedric und blieb stehen. Starrte auf seine Fußspitzen. »Über die Zeitung? Über andere Beteiligungen?«

»Das Fax ist nur bei Ihrer Zeitung eingegangen ...«

Cedric nickte, sagte aber nichts.

»Vielleicht ist DLP einfach besonders angreifbar«, fuhr Ben fort.

»Nur dann, wenn sie sich angreifbar gemacht haben.«

»Vielleicht haben sie das.«

»Dann wäre also wirklich mit der Stiftung etwas nicht in Ordnung?«

»Ich habe keine Ahnung«, gab Ben zu. »Solange wir nicht wissen, wer oder was dahintersteckt ...«

Es klopfte leise an der Tür. Nach Cedrics Aufforderung trat der Butler ein.

»David?«, fragte Cedric freundlich.

»Sir, es kam ein Anruf von Ms Livingston. Ob Sie es möglicherweise einrichten könnten, sie zu treffen.«

»Zehn Minuten«, sagte Cedric, und David zog die Tür leise hinter sich zu. »Bree Livingston, Sie wissen …?«

Natürlich wusste Ben. Sie war die Enkelin des Firmengründers Duncan Livingston. Statt Chemie wie ihr Vater und ihr Großvater hatte sie eine Weile Jura in Durham studiert. Von einem Abschluss war nichts bekannt. Heute leitete sie die Firma, zusammen mit dem zweiten Geschäftsführer Andrew Mitchell, einem societysüchtigen Aufsteiger aus Stirling. Er hatte reich geheiratet und versuchte seitdem, über seine Frau in die besseren Kreise vorzudringen. Es funktionierte jedoch nicht so, wie er es sich vorgestellt hatte. Er kratzte noch immer von außen an den Türen, die vor seiner Frau wie von selbst aufflogen. Es wurde viel über ein Verhältnis zwischen ihm und Bree gemunkelt, da sie diejenige war, die ihn mit auf Bälle und Empfänge zerrte – nicht seine Frau. *Dream team* wurden Bree und Andrew gern genannt.

»Sie will mich sehen. Wie wäre es, wenn Sie mitkämen?« Cedrics Vorschlag kam für Ben überraschend.

»Ich?«, fragte er und fügte schnell hinzu: »Gern, klar komm ich mit.«

»Sehr gut.« Cedric lächelte ihn an. »Wenn wir herausfinden wollen, was los ist, kann es nicht schlecht sein, sich bei DLP ein wenig umzuhören, richtig?«

Ben nickte und lächelte ebenfalls. »Richtig.«

»Wir werden Bree lieber nicht sagen, wer Sie sind.«

Spätestens jetzt fing die Sache an, Ben Spaß zu machen.

Er grinste. »Geben Sie mir noch bis morgen Nachmittag. Ich werde mir diese Dr. Angela Keane, die das Stiftungsprojekt in Edinburgh leitet, heute Abend ansehen. Die Pressesprecherin kommt ebenfalls. Vielleicht sind die Jungs, die an dem Programm teilnehmen, mittlerweile etwas redseliger«, zählte er auf.

Cedric zog ein kleines Gerät aus der Tasche, das aussah wie eine Fernbedienung. Er drückte auf einen Knopf, und Sekunden später erschien David, der Butler, in der Tür.

»Sir?«

»Ich treffe Bree Livingston morgen Abend. Können Sie mich und Mr Edwards dann zur Firma bringen?«

David nickte knapp und zog die Tür zu.

»Mittwochabend«, wandte sich Cedric wieder an Ben. »Ich sage Ihnen noch, wann genau. Nutzen Sie die Zeit bis dahin.«

9

»Du bist so cool«, strahlte Lenny. »Ehrlich, das hätte ich
dir niemals zugetraut. Niemals.« Er stand auf und umarm-
te Caitlin, die von einem Fuß auf den anderen trat. »Das
musst du Dan sagen, er wird dich dafür lieben.«

Caitlin versuchte, nicht rot zu werden. Sie schob Lenny
von sich weg und schüttelte ihre Haare. »Okay. Wir können
gern Wetten abschließen.«

»Sag's ihm, sag's ihm«, feuerte er sie an und klatschte
verzückt in die Hände. Caitlin atmete tief durch, ging zu
Dans Tür und klopfte an.

»Haben Sie familiäre Probleme?«, fragte Dan besorgt,
als sie vor ihm saß. »Nicht dass es mich etwas anginge,
aber wenn Sie mehr Freiraum brauchen, müssen Sie es mir
sagen. Ich meine, seit gestern sind Sie etwas ... unregelmä-
ßig im Büro.«

Familiäre Probleme. So könnte man es auch nennen.
Sie hatte während der ganzen Fahrt darüber nachgedacht,
was für eine Geschichte sie ihrem Chef auftischen wollte,
und hatte sich ganz gegen ihre Art für die Wahrheit entschieden. Vielleicht nicht für die ganze, aber wer wollte
schon alles wissen.

»Mein Exmann ist gestorben«, sagte sie. Langsam anfangen, dann steigern.

»Das tut mir sehr leid.« Dan klang nicht ganz aufrichtig.
»Waren Sie schon lange getrennt?«

»Nein. Die Scheidung ist erst ein paar Monate her.«

»War er krank?«

»Er wurde ermordet.«

Jetzt interessierte sich Dan wirklich für ihren Ex. »Ermordet? Das ist ja furchtbar. Ich meine ... wer ...«

»Die Polizei glaubt, dass ich es war.« Man konnte es auch übertreiben mit dem langsamen Steigern der Spannung, fand sie.

Dan war aufgestanden. Er sah sich hektisch im Zimmer um. Fast so, als hätte er Angst, er wäre der Nächste, den sie umbringen würde. »Sie ... Aber Sie haben ihn nicht umgebracht, richtig? Sonst wären Sie nicht hier, ich meine ...« Er lachte nervös und fuhr sich mit einer Hand übers Gesicht. »Oder sind Sie hier, um mir zu sagen, dass Sie leider nicht mehr für mich arbeiten können, weil Sie für den Rest Ihres Lebens ins Gefängnis ...«

Das Merkwürdige war, dass Dans Panik sie ruhig werden ließ. So als müsse wenigstens einer von ihnen einen klaren Kopf behalten.

»Ich hoffe nicht, dass man mich verhaften und verurteilen wird. Aber ich muss wirklich kündigen. Aus einem anderen Grund.«

Er ging zum Fenster und zurück zum Schreibtisch, dann wieder zum Fenster, um es zu öffnen. »Aus einem anderen Grund«, sagte er zu Loch Lomond und schloss das Fenster wieder. »Aber Sie haben Ihren Mann doch nicht ermordet! Ich verstehe nicht, was Sie mir erzählen.«

»Mein Exmann wurde in der Nähe tot aufgefunden. Die Polizei hat natürlich mich unter Verdacht, aber man verdächtigt wohl immer als Erstes die Ehefrau. Oder eben die Exfrau. Deshalb war ich gestern zu spät. Es geht aber um etwas anderes ...«

»Das ist ja furchtbar«, sagte Dan wieder. »Was Sie da erzählen, ist unglaublich. Der Ehemann ermordet ...«

»Exmann. Dan, bitte, ich muss Ihnen noch etwas sagen, das nicht nur meine Stellung hier betrifft, sondern auch Sie selbst.«

Dan setzte sich hin und stützte den Kopf schwer in die Hände. »Sie wollen also kündigen.«

»Ja.«

»Warten Sie. Das muss nicht sein. Sie könnten Urlaub nehmen. Bestimmt gibt es in solchen Fällen Sonderurlaub? Ich müsste mich erkundigen, mit der Personalabteilung reden ...«

»Dan, ich *muss* kündigen. Ich habe Sie angelogen. Meine gesamte Vita ist erfunden. Ich kann nicht bleiben.«

Er hob den Kopf und sah sie seltsam entrückt an. »Ihre Vita ...? Ich habe das nicht überprüfen lassen? Nein, wahrscheinlich nicht ...« Er riss den Blick von ihr los und richtete ihn auf den Monitor seines Laptops. Fahrig tippte er auf den Tasten herum. »Hier ist sie, Ihre Vita ...« Für einen Moment schien er weit weg. Caitlin überlegte, ob sie einfach weiterreden oder besser abwarten sollte, als er sagte: »Sie haben einen so guten Eindruck im Bewerbungsgespräch hinterlassen. Ich hätte Sie wahrscheinlich auch ohne jeden Lebenslauf eingestellt.«

Natürlich, dachte sie. Irgendwie musste er sich rechtfertigen. »Aber Sie hätten mich nie eingeladen.«

»Das stimmt.« Sein Blick wanderte zurück zu ihr. »Was machen wir jetzt?«

Sie hob die Schultern. »Ich kündige, bevor Sie mich rauswerfen. Dann sind Sie mich für immer los. Besser, ich gehe, bevor es jemand anderes herausbekommt und das Geschrei groß ist.« Sie erhob sich.

Aber Dan schüttelte den Kopf und bedeutete ihr, sich wieder hinzusetzen. »Nein, nein. Bleiben Sie. Lassen Sie mich nachdenken. Wer weiß davon?«

Sie schüttelte den Kopf. »Lenny ... meine Anwältin ...«

»Sonst niemand?«

»Ich wüsste nicht, wer.«

»Und es kann auch niemand rausfinden?«

»Die Polizei könnte.«

»Die Polizei ... Aber das lassen Sie mal meine Sorge sein. Ich bin doch blamiert, wenn das rauskommt. Wir sagen einfach, ich hätte von Anfang an davon gewusst«, fuhr er fort. »Sie hätten mir gleich beim Interview gesagt, dass Sie Ihre Vita bewusst gefälscht hätten, um eingeladen zu werden, und dass Sie überzeugt waren, für den Job auch ohne formelle Qualifikation geeignet zu sein. Wir sagen, ich hätte Ihnen angeboten, ein halbes Jahr auf Probe zu arbeiten. Unser kleines Geheimnis. Was meinen Sie?« Vor Eifer hatte er einen ganz roten Kopf bekommen. »Das hört sich plausibel an. Caitlin Anderson führt die Personalchefs und die Geschäftsführer hinters Licht, um erneut zu beweisen, dass formelle Qualifikation nicht zwingend das einzig wahre Auswahlkriterium ist.«

Caitlin musste lächeln. »Sie sollten meinen Job machen. PR liegt Ihnen.«

»Deal?«, fragte Dan.

»Deal.«

Lenny breitete die Arme aus. »Ich hab's dir gesagt.«

»Ach was. Er hat nur Angst um seinen Ruf. Niemand soll sagen können, er hätte nicht richtig hingesehen.« Ihr fiel etwas ein. »Aber was ist mit dir? Als sein persönlicher Assistent müsstest du meine Unterlagen auch in die Finger bekommen haben? Du hast die Bewerbungen wahrscheinlich vorsortiert.«

Lenny zuckte gelangweilt die Schultern und verschränkte seine Hände hinterm Kopf. »Mal so, mal so. Natürlich sortiere ich Bewerbungen vor. Aber falls du dich erinnerst: Ich war bei den Gesprächen nicht dabei. Da hatte ich meinen wohlverdienten Jahresurlaub. Er hat sich also ganz von selbst da reingeritten. Wenn ich einmal nicht nach ihm sehe ...« Er seufzte.

»Du hast recht. Dan ist völlig hilflos, wenn du nicht da bist. Kaum zwei Wochen ohne Lenny, und schon geht die Welt unter.« Caitlin grinste.

Er warf einen Radiergummi nach ihr.

Sie fing ihn geschickt auf. »Wow, wozu braucht man denn noch Radiergummis?«

»Die Geheimnisse eines persönlichen Assistenten ... Eines Tages werde ich ein Buch darüber schreiben. Nein, zwei: einen Ratgeber für die Nachwelt, damit perfekte PAs nicht aussterben, und ein Enthüllungsbuch über meine diversen Chefs. Du wirst beide kaufen müssen, um zu erfahren, was es mit den Radiergummis auf sich hat.«

Caitlin lachte und warf den Radiergummi zurück.

Gut gelaunt erledigte sie ihre Post, scherzte mit Lenny, ließ sich sogar seine Sprüche über Dans angebliche Verliebtheit gefallen und fuhr nach Einbruch der Dämmerung nach Hause, um sich für den Termin mit Ben Edwards zurechtzumachen. Diesmal verspürte sie keinen Widerwillen, ihr Haus zu betreten, und nachdem sie ein zweites Mal an diesem Tag geduscht und sich endlich in frische Kleidung geworfen hatte, war ihr sogar der mysteriöse Anruf vom Vortag egal. Ein übler Scherz, dachte sie. Eine Verwechslung. Jemand hatte Thomas' Handy gefunden und einfach mit den Einträgen im Telefonbuch herumgespielt. Wer weiß, vielleicht hatte Thomas sie unter ihren beiden Namen gespeichert. Sie fragte sich, woher er wusste, dass sie ihren Namen geändert hatte. Und woher wusste er, dass er sie hier finden würde?

Es war nicht mehr wichtig. Er war tot, und kein anderer konnte ihr gefährlich werden. Einfach, weil es dazu keinen Grund gab. Caitlin war frei.

Sie entschied sich gegen einen Hosenanzug, wählte einen knielangen Rock zu einem Rollkragenpullover und hohen Stiefeln und räumte ihre Sachen aus der großen schwarzen Schultertasche in eine elegante Handtasche. Dann ging sie gut gelaunt zu ihrem Auto.

»Endlich gehen Sie mal aus«, hörte sie eine Stimme. Sie schrak zusammen und brauchte eine Weile, bis sie begriff, dass es ihr Nachbar Bernie war. Er trat aus der Dunkelheit und stellte sich in das orangefarbene Licht der Straßenlaterne. Es gab ihm ein seltsam altersloses Aussehen, dieses Licht, das alle Farben zu schlucken schien und nur Schattierungen in Grau und Orange übrigließ. »Ich dachte schon, Sie würden wieder die ganze Nacht vor dem Fernseher hocken.«

Verwundert kam sie näher. »Wieder? Wie meinen Sie das?«

»Sonntag auf Montag. Da saßen Sie die ganze Nacht vor dem Fernseher. Wissen Sie nicht mehr? Ich habe doch gesehen, dass der Fernseher lief.«

»Oh«, sagte sie.

»Nein, nein, keine Sorge, junge Frau, ich spioniere Ihnen nicht nach. Ich konnte nur auch nicht schlafen, und dann wandere ich durchs Haus, lasse die Katze mal rein, mal raus, sehe aus jedem Fenster ... Ich hätte die Augen schon ganz fest zumachen müssen, um nicht in Ihr hell erleuchtetes Wohnzimmer zu schauen.«

»Schon in Ordnung«, antwortete sie und spielte ungeduldig mit ihrem Autoschlüssel. Dann verstand sie: Bernie war ihr Alibi. Sie setzte ihr hinreißendstes Lächeln auf und fragte: »Sagen Sie, hat die Polizei schon mit Ihnen gesprochen? Ich fürchte, die wollen wissen, wo ich von Sonntag auf Montag war.«

Bernie machte einen Schritt auf sie zu. »Aber das kann ich nicht«, sagte er zu ihrer Überraschung.

»Haben Sie nicht gerade gesagt ...«, begann sie. Wollte er sie etwa erpressen? Wollte er Geld von ihr, damit er seine Aussage machte?

»Ich habe nur den Fernseher gesehen. Der Sessel steht mit dem Rücken zum Fenster. Ich kann es nicht mit Sicherheit bestätigen ...« Dann grinste er. »Natürlich sag ich das der Polizei. Was denken Sie? Wenn die nicht von selbst zu mir kommen, gehe ich gleich morgen hin.«

»Oh, Bernie, das ist wirklich unheimlich nett von Ihnen«, strahlte sie und überlegte, ob der alte Mann als Dank eine Umarmung oder gar ein kleines Küsschen auf die Wange verdient hätte. Sie entschied sich, ihm kräftig die

Hand zu schütteln, als auch schon ein lautes Pfeifen aus seinem Haus drang.

»Der Wasserkessel. Ich habe diesen wunderbaren Gasherd, deshalb mache ich mir mein Teewasser immer noch im Kessel«, erklärte er und wollte sich schon umdrehen, um im Haus zu verschwinden, als er zögerte und sagte: »Fahren Sie vorsichtig bei dem Regen.«

»Regen?«

»Ich kann ihn spüren.« Er tastete die Fingerknöchel seiner linken Hand ab.

Als Caitlin ihre Wagentür öffnete, hatte das Pfeifen aufgehört. Kurz hinter Callander fing es an zu regnen, und je weiter sie der Landstraße in Richtung Stirling folgte, desto verzweifelter kämpften ihre Scheibenwischer gegen die immer stärker werdenden Wassermassen an. Die Dunkelheit erschwerte die Sicht zusätzlich. Caitlin hatte den Eindruck, dass ihre Scheinwerfer ins Nichts leuchteten. Sie fuhr langsamer, schließlich nur noch zwanzig Meilen pro Stunde.

Hinter ihr tauchte ein Wagen auf. Der Fahrer blendete auf und kam näher. Aus Reflex gab Caitlin Gas, bereute es aber sofort. Fast hätte sie die Kurve nicht richtig genommen. Sie bremste wieder, und der Wagen hinter ihr blendete ungeduldig auf. Das Licht tat ihr weh, und Caitlin musste die Augen zusammenkneifen.

Sie konzentrierte sich auf die Strecke, wurde langsamer und blinkte schließlich links, um dem drängelnden Fahrer zu signalisieren, dass er vorbeifahren konnte. Was er nicht tat. Er fuhr nur noch dichter an sie heran, blendete auf und hupte. Caitlin wurde nervöser. Unwillkürlich gab sie Gas und sah in den Rückspiegel – einen Moment zu lange: Die nächste Kurve bemerkte sie zu spät. Ihr Wagen geriet ins Schleudern und kam von der Straße ab. Die Bremsen griffen ins Leere, die Lenkung versagte. Sie schlidderte in die Dunkelheit. Schrie. Dann war es still, bis auf das Prasseln des Regens. Der Motor war ausgegangen, der Wagen stand, und die Scheinwerfer strahlten eine Hecke an.

Ihre rechte Hand schmerzte. Sie musste gegen die Fahrertür geprallt sein. Einer der Mittelhandknochen schien gebrochen zu sein.

Caitlin biss die Zähne zusammen und probierte die Zündung: Der Motor spuckte, dann sprang er an. Sie legte den Rückwärtsgang ein und trat aufs Gas: Die Räder drehten durch. Sie kam nicht von der Stelle. Sie tastete nach ihrer Handtasche, die vom Sitz gerutscht war. Der Inhalt lag im Fußraum auf der Beifahrerseite verstreut. Sie suchte nach ihrem Handy, fand es aber nicht. Vielleicht war es unter den Sitz gerutscht. Vielleicht hatte sie es nicht eingesteckt.

Sie konnte nicht im Wagen sitzen bleiben. Vielleicht konnte sie zu Fuß bis zur nächsten Ortschaft laufen, auch wenn sie keine genaue Vorstellung hatte, wo sie sich befand. Sie hatte sich auf die Straße konzentriert, auf die schlechten Sichtverhältnisse, aber nicht darauf, durch welche Dörfer sie gekommen war. Die Strecke von Callander nach Westen kannte sie gut. Aber die nach Osten war sie nur einmal gefahren, und da war sie aus der entgegengesetzten Richtung gekommen, aus Stirling.

Sie wusste nur: Stirling war noch weit entfernt. Auch Callander lag zu weit hinter ihr, als dass sie die Strecke bei diesem Wetter laufen könnte. Aber irgendwo würde sich ein Haus finden, von wo aus sie telefonieren konnte. Oder ein Auto würde anhalten. Caitlin suchte nach einem Schirm, fand aber keinen. Vielleicht im Kofferraum.

Vorsichtig öffnete sie die Fahrertür. Sie musste mit der linken Hand hinübergreifen und die Tür mit dem Fuß aufstoßen. Das eben noch gedämpfte Prasseln des Regens war nun peitschend laut. Nein, sie wollte nicht raus. Aber sie musste.

Schnell rannte sie zum Kofferraum und öffnete ihn. Kein Regenschirm. Auch sonst nichts, was sie in ihrem viel zu leichten Mantel hätte schützen können. Sie knallte den Deckel zu und stapfte in die Richtung, in der sie die Straße vermutete. Keine zehn Sekunden später war sie durchnässt. Der Matsch schien nach ihren Stiefeln zu greifen und sie festzuhalten. Sie kam nur mühsam voran.

Scheinwerferlicht blendete sie. Es kam aus dem Nichts. Motorengeräusche waren nicht zu hören. Der andere Wagen, dachte Caitlin. Der Fahrer hat meinen Unfall gesehen, natürlich, er war hinter mir, dachte sie, er ist stehen geblieben, hat die Rettungskräfte verständigt. Er wird gleich zu mir kommen, um zu sehen, wie es mir geht …

Sie blieb in dem Lichtkegel stehen, schützte ihre Augen mit der gebrochenen Hand, winkte mit der gesunden. Nichts tat sich. Sie lief auf das Licht zu, mittlerweile klatschnass bis auf die Haut, und erreichte die Straße. Als sie zu dem fremden Fahrzeug kam, sah sie, dass es leer war. Die Türen waren verschlossen. Sie rüttelte an einem Türgriff – nichts. Sie klopfte gegen eine Scheibe, versuchte, in das Wageninnere hineinzuspähen.

Sie rief: »Hallo? Wo sind Sie? Ich brauche Hilfe!«

Das Prasseln des Regens verschluckte ihre Stimme. Es war, als riefe sie in einen schalldichten Raum. Sie hörte die Schritte erst, als er schon direkt hinter ihr war. Caitlin konnte noch einen letzten Laut von sich geben, dann traf sie ein harter Schlag auf den Kopf.

Als man sie Stunden später fand, lag sie neben ihrem Wagen. Sie glitt zwischen Traum und Wirklichkeit hin und her. Es regnete noch immer, und zwei Sanitäter beeilten sich, sie in den Rettungswagen zu bringen. Sie wickelten Decken um sie, damit sie nicht noch weiter auskühlte, und stachen in ihre Venen, um einen Tropf anzuschließen. Dan Wallace, der Leiter von We Help, sprang in den Rettungswagen, um bei ihr zu sein. Auch er war nass bis auf die Haut, aber es schien ihn nicht zu kümmern. Er hielt ihre Hand fest in seiner und gab den Sanitätern knappe Anweisungen, wo sie hinfahren sollten. Caitlin ließ alles zu. Es interessierte sie nicht, was mit ihr geschah. Sie wollte nur schlafen.

10

»Ich habe keine Ahnung, wo sie bleibt«, erklärte Dr. Keane mit einem Blick auf die Uhr. »Ich habe heute Nachmittag mit ihr telefoniert. Vielleicht ist sie noch unterwegs. Ich vermute, sie hat einfach die Entfernung nach Edinburgh unterschätzt.«

»Kommt sie direkt aus Balloch?«

»Ich weiß es nicht. Wollen wir sie anrufen?« Dr. Keane drückte eine Kurzwahltaste auf ihrem Bürotelefon, ließ es lange am anderen Ende klingeln, legte dann wieder auf. »Im Büro ist sie nicht mehr. Sicher kommt sie nur etwas später. Der Verkehr um diese Zeit ist eine Zumutung.«

Die Rushhour war längst vorbei. Sie hatten sich für acht Uhr verabredet, damit Caitlin Anderson noch genug Zeit hatte, nach Edinburgh zu kommen. Mehr als genug Zeit, fand Ben, aber er nickte bloß höflich und sagte: »Schlimm, schlimm.«

Dr. Keane klatschte in die Hände. »Wir können ja schon mal ohne sie anfangen. Ich kann Ihnen sicher ein wenig über die Stiftung verraten.« Sie lächelte ihn aufmunternd an.

Dr. Keane war eine attraktive Frau in den Vierzigern. Ihr dunkles Haar glänzte wie nach einem mehrstündigen Friseurtermin, ihr Kostüm kündete von einem ausgesucht guten Geschmack. Ihre gepflegten Fingernägel waren kurz gehalten. Sie trug keinen Schmuck, nur eine dezente Uhr; diese allerdings, das hatte Ben bereits registriert, war von Cartier. So wie sie aussah, passte sie eher in die Verwaltung einer Privatklinik als in ein Projekt, bei dem es um die Unterstützung der ärmsten Kinder im Land ging. Auch in ihrem Büro wirkte sie ausgesprochen fehl am Platz. Das billige, spärliche Mobiliar, der fleckige graue Teppichboden, die gelblichen Wände, von denen sich die Farbe bereits löste. Und mittendrin Dr. Angela Keane. Geboren, aufgewachsen und promoviert in Edinburgh. Eine Tochter der Stadt, könnte man denken. In Wirklichkeit ein behütetes Mädchen aus Fettes, wo die Reichen lebten, für die Edinburgh knapp hinter dem Holyrood Park zu Ende war. Bevor sie bei We Help angefangen hatte, war sie mit Sicherheit noch niemals in ihrem Leben in Craigmillar gewesen.

»Erst einmal vielen Dank, dass Sie sich die Zeit genommen haben«, begann Ben. »Und vor allem, dass Sie sich extra für mich so schick gemacht haben. Hätte ich das gewusst ...«

Dr. Keane lachte. »Ich wusste, Sie würden das sagen. Sehen Sie, ich habe mit dem eigentlichen Tagesgeschäft nur wenig zu tun. Dafür haben wir hier Sozialarbeiter, Pädagogen und Psychologen. Ich trete nicht in Erscheinung. Ich bin dafür zuständig, dass genug Geld da ist.«

»Und die zukünftigen Geldgeber wollen lieber nichts von dem ganzen Elend sehen«, führte Ben den Gedanken weiter aus. »Sie helfen auf Augenhöhe, das schlechte soziale Gewissen zu beruhigen?«

»Sie sind zynisch«, lächelte sie.

Gute Frau, dachte Ben. Kein schlechtes Wort über die Sponsoren. Bloß keine Entschuldigungen. »Ich ging nur davon aus, dass Ihre Erfahrungen als Ärztin hier sicherlich von großem Nutzen wären.«

Dr. Keane lehnte sich in ihrem Bürosessel zurück und verschränkte die Arme, noch immer lächelnd.

»Aber wie Sie mir gerade sagten, haben Sie mit denen, die Hilfe brauchen, keinen direkten Kontakt.«

»Meine Erfahrung fließt auf einer höheren Ebene ein. Damit alle davon profitieren, auch meine Mitarbeiter zum Beispiel. Was dachten Sie?«

»Ich dachte, dass jemand, der fünf Jahre lang in einer Art Betty-Ford-Klinik gearbeitet hat, sehr viel Praxiserfahrung in ein Projekt stecken könnte, bei dem Kindern geholfen werden soll. Kindern, deren Eltern zu einem großen Teil alkoholkrank sind und die selbst dabei sind, zu Alkoholikern zu werden. Ist es nicht so?«

»Wie gesagt, meine Mitarbeiter profitieren direkt von meiner Erfahrung. Und wenn Sie sich schon so wunderbar vorbereitet haben, dann sagen Sie's bitte richtig: Es heißt Harlan Trent Centre, nicht Betty-Ford-Klinik.«

»Das Harlan Trent Centre orientiert sich im Großen und Ganzen an dem Betty-Ford-Konzept.«

»Mr Trents Einrichtung ist ausschließlich Privatpatienten vorbehalten. Und es ist auch kein Non-Profit-Unternehmen. Das Therapiekonzept hingegen ist vergleichbar, wenn auch nicht identisch. Mr Trent hat eigene Ideen eingebracht. Es bräuchte nur noch ein paar mehr Prominente, vorzugsweise Hollywoodschauspieler, um seinen Namen so bekannt zu machen wie den von Betty Ford.« Sie lächelte immer noch. »Hören Sie, es ist völlig normal, dass jemand aus der Praxis in die Verwaltung wechselt. Glauben Sie nicht, dass ich viel besser beurteilen kann, ob die Gelder richtig eingesetzt werden? Ob sich ein Mitarbeiter für den Job eignet? Es ist von Vorteil, dass alle hier in mir jederzeit eine kompetente Ansprechpartnerin haben, die weiß, worauf es ankommt.«

»Aber es ist schon ein interessanter Wechsel: Im Harlan Trent Centre nur die Reichsten der Reichen, die endlich von ihren Pillen und den anderen Drogen loskommen wollen ...«

»Und vom Alkohol.«

»... und dann hierher, zu den Ärmsten der Armen.«

»Worauf spielen Sie an?«

»Auf Ihre Bezahlung.«

»Über was Sie sich alles Gedanken machen ...« Sie drehte sich mit ihrem Stuhl um fünfundvierzig Grad nach links, hob eine Handtasche vom Boden auf, stellte sie auf ihre Knie und nahm ihr Handy heraus. »Ich versuche es am besten auf Ms Andersons Handy.« Sie drückte ein paar Tasten und hielt sich das Telefon ans Ohr.

Offenbar erreichte sie niemanden.

»Vielleicht weiß ihr Chef, wo sie ist.« Sie erreichte Dan Wallace und sprach kurz mit ihm. Er schien keine Ahnung zu haben, warum Caitlin Anderson nicht zu dem Termin erschienen war, und bot an, persönlich zu kommen. Ben schüttelte nur den Kopf, als Dr. Keane das Angebot an ihn weitergab.

Was folgte, war eine anschauliche Einführung in Sinn und Zweck von We Help, die Ben im Geiste mitsprechen konnte, da er sich die Internetseite gründlich angesehen hatte. Er ließ Dr. Keane ihren Vortrag beenden und fragte sie nach Cameron McFadden. Er hatte seine Frage noch nicht richtig beendet, da wusste er schon, dass es keinen

Sinn hatte: Sie hatte damit gerechnet. Erzählte ihm, Cameron hätte einen tragischen Unfall gehabt, ließ die Selbstmordgerüchte nicht aus, tat sie aber als sensationslüsternes Gerede ab.

»Haben sich Camerons Eltern an Sie gewandt?«

Dr. Keane hob die Augenbrauen und sah ihn neugierig an. »Warum hätten sie das tun sollen?«

»Cameron war in Ihrem Programm.«

»War er nicht. Sie müssen unterscheiden zwischen Jugendlichen, die unsere offenen Angebote wahrnehmen, und solchen, die uns gezielt aufsuchen, weil sie mit einer Vertrauensperson außerhalb ihres alltäglichen Umfelds reden und zusammenarbeiten wollen. Diese Jugendlichen kommen in individuelle Förderprogramme. Wir helfen ihnen, ihre schulischen Leistungen zu verbessern, und bringen sie gegebenenfalls in anderen Schulen unter. Besondere Härtefälle, die nur dann eine Chance haben, wenn sie aus ihren Familien herauskommen, besprechen wir mit dem Jugendamt. Wir suchen Pflegefamilien für sie. Cameron kam anfangs jeden Tag, dann nur noch selten. Seine Eltern waren, soviel ich weiß, noch nie hier.«

Sie sprach über das Projekt, als liefe es bereits seit Monaten. Dabei war es gerade erst gestartet.

»Kannten Sie ihn persönlich?«

Sie winkte ab. »Gute Güte, nein. Wenn ich in den vorderen Räumen auftauche, wo sich die Kinder und Jugendlichen aufhalten, wo sie spielen und reden und die Computer benutzen, dann fällt die Raumtemperatur um einige Grad. Mein Platz ist hier.«

»Sie sind das Feindbild?«, fragte er.

»Besser, man hält mich hinter verschlossenen Türen.«
Sie lächelte.

»War es wirklich ein Unfall? Camerons Sturz, meine ich?«

Sie zögerte, wenn auch nur für den Bruchteil einer Sekunde. »Sie meinen, weil es diese Selbstmordgerüchte gibt?«

»Weil es grundsätzlich möglich ist, dass Unfälle provoziert werden.«

Sie sah auf ihre Uhr. »Wer sollte so etwas tun?«

»Eltern, die keine Lust mehr haben, noch ein Maul zu stopfen ...«

»Das ist ein ungeheuerlicher Gedanke.«

»Aber nicht abwegig.«

»Auf jeden Fall abwegig. Wie kommen Sie darauf?«

»Und wenn nicht die Eltern, vielleicht jemand anderes?«

Dr. Keane lachte, doch ihre Selbstsicherheit war für einen Moment verschwunden. »Mr Edwards, Sie machen einen Scherz, richtig? Sie spielen den Enthüllungsjournalisten.« Sie winkte ab. »Sie haben vielleicht Ideen.«

Ben lächelte, sie lächelte, und alles war wieder gut. Er wusste, wann es Zeit war zu gehen, verabschiedete sich, wurde von Dr. Keane zur Hintertür gebracht, durch die er auch gekommen war, und dort wartete er eine Weile im Dunkeln, ohne zu wissen, worauf. Er sah nach, ob nicht vielleicht Sander angerufen hätte. Hatte er nicht, dafür Nina. Er schrieb ihr eine SMS: »Arbeite an neuer Geschichte. Viel zu tun.« Als er das Handy weggesteckt hatte, öffnete sich die Hintertür, und Dr. Keane kam heraus.

»Haben Sie etwas vergessen?«, fragte sie in ihrem geschäftlich-herzlichen Ton.

»Ich wurde angerufen«, log er und klopfte auf das Handy in seiner Hosentasche.

»Wo haben Sie geparkt?«

»Ich bin mit dem Bus hier«, erklärte er. »Ich wohne in Duddingston, das sind nur ein paar Minuten.«

»Und bevor Sie es riskieren, sich hier die Reifen klauen zu lassen ...« Sie lachte. »Kommen Sie gut nach Hause«, rief sie ihm im Weggehen zu.

»Sie auch«, rief er, wartete kurz und ging dann in die Richtung, in der sie verschwunden war.

Dr. Keane hatte keine Angst, man könne ihr die Reifen klauen. Sie parkte ihren Wagen mitten auf der Straße. Gut möglich, dass bereits jeder hier wusste, wem der Schlitten gehörte und dass man schön die Finger davon zu lassen hatte.

Ein hellgraues BMW-Coupé.

Warum hatte sie ihn angelogen, dachte Ben, während Dr. Keane langsam wegfuhr. Natürlich kannte sie Camerons Eltern. Sie war noch vor wenigen Stunden bei ihnen gewesen.

Einen Monat zuvor …

»Ich scheiß auf euch. Ich mach das nicht mehr mit.« Cameron rannte aus der Wohnung.

»Bleib verdammt noch mal stehen. Was soll das?« Colin jagte seinem Sohn durchs Treppenhaus nach. Immer höher ging es. Höher und höher.

Im neunten Stock blieb Cameron stehen. »Einen Schritt weiter, und ich bring dich um«, sagte er.

Colin blieb stehen, keuchte, starrte Cameron an. »Junge, wir können über alles reden.«

»Ich bring dich um. Ich bring euch alle um.« Cameron rannte weiter die Treppe rauf.

Was ist mit dem Jungen, fragte sich Colin. Seit Tagen sprach er davon, alle umzubringen. Hätten sie ihn doch nur ernst genommen, aber sie hatten gedacht, es sei dummes Geschwätz. Weil sie diesen Film über den Amoklauf an irgendeiner Schule in Deutschland im Fernsehen gezeigt hatten. Immer dieser Scheiß im Fernsehen, hatten sie gedacht. Will uns auf den Arm nehmen, der Junge.

Er folgte Cameron bis zur Tür, die aufs Dach führte. Cameron knallte sie hinter sich zu. Colin wollte sie öffnen, aber sie war blockiert. Sein Sohn musste etwas davorgestellt haben. Er warf sich dagegen. Warf sich noch mal dagegen. Und noch mal. Schrie Camerons Namen und hoffte, trotz allem, dass der Junge ihn nur verarschen wollte.

Endlich gab die Tür nach. Ein lächerlicher Holzkeil hatte ihn aufgehalten. Lange genug, um Cameron Zeit zu geben, sich an den Dachrand zu stellen.

Er stand einfach nur da und sah runter. Ganz ruhig schien er jetzt.

»Cam!«

Cameron drehte sich zu seinem Vater um und winkte ihm zu.

»Cam. Lass uns runtergehen und über alles reden, okay? Wir ...«

Weiter kam er nicht. Während Cameron ihm noch zuwinkte, hatte er den Schritt nach vorne gemacht. Er verschwand hinter der Dachkante.

»Cam!« Colin rannte los, als könnte er noch etwas ändern. Noch bevor er die Stelle erreichen konnte, an der sein Sohn gestanden hatte, hörte er den Aufprall seines Körpers auf dem Asphalt.

MITTWOCH

11

Als sie zum ersten Mal aufwachte, war es, als hätte man sie an einen Ort gezwungen, an dem sie nicht sein wollte. Es war kalt und nass und laut, grelles Licht flackerte, und fremde Hände fassten ihr ins Gesicht, an ihre Arme, an ihren Körper. Hier wollte sie nicht sein. Sie schloss die Augen, ihr Bewusstsein gehorchte ihrem Willen und zog sich zurück in einen stillen Winkel, zu dem die da draußen den Weg so schnell nicht finden würden.

Als sie zum zweiten Mal aufwachte, glaubte sie, über eine Straße zu fliegen. Die Straße war hell und glatt, und der Mittelstreifen leuchtete wie Neonlicht. Sie glitt darüber hinweg, ganz leicht und ohne Anstrengung. Dann wurde sie müde. Sie schloss die Augen und würde sich nicht mehr an ihren Flug erinnern.

Als sie zum dritten Mal aufwachte, war alles falsch. Das Zimmer passte nicht, der Mann über ihr passte nicht, und die Schmerzen passten nicht. Sie lag in einem Bett, ein Schlauch steckte in ihrem linken Arm, die rechte Hand war geschient. Geräte standen neben ihr und blinkten und piepten gleichmütig.

»Können Sie mich hören?«, fragte der Mann.

Sie hatte ihn schon einmal gesehen, aber die Erinnerung ließ sich nicht bitten. Also nickte Caitlin und sah ihn konzentriert an.

Er trat einen Schritt von ihr zurück und betrachtete sie ebenso aufmerksam. »Sehen auch?«

Sie nickte wieder.

»Wie viele Finger?«

Er hob zwei, und sie sagte es ihm. Nach einigen weiteren Tests schien er zufrieden, und ein Teil von ihr hoffte, er würde sie in Ruhe lassen. Ein anderer Teil wollte Antworten.

»Was mache ich hier?«

»Sie hatten einen Unfall. Mit Ihrem Wagen. Sie sind wohl zu schnell in eine Kurve gefahren, die Straße war nass ...«

»Jemand hat mich von der Straße abgedrängt.« Sie schwieg einen Moment und versuchte, sich zu erinnern. »Nein«, korrigierte sie sich, »jemand ist so dicht hinter mir hergefahren, dass ich Gas geben musste, sonst wäre er auf mich aufgefahren.« Und endlich wusste sie, wer der Mann neben ihrem Bett war: der Polizeiarzt vom Loch Katrine, als sie ihren Exmann gefunden hatte. »Dr. I. Balfour« stand auf seinem Kittel.

»Haben Sie mich gefunden?«

Dr. Balfour schüttelte den Kopf. »Das ist eine komplizierte Geschichte. Ich erzähle Ihnen morgen alles. Vielleicht ist es besser, wenn Sie noch ein wenig schlafen?«

»Ich werde schlafen, nachdem Sie mir alles erzählt haben.« Caitlin setzte sich vorsichtig auf. Die Nadel stach in den Arm, und die Schmerzen in der Hand waren die Hölle. »Wer hat mich gefunden?«

»Darf ich?« Er deutete auf den Bettrand.

Sie nickte, und er setzte sich.

»Soviel ich weiß, hat Sie jemand vermisst gemeldet. Nicht offiziell, aber ... Ihr Chef rief wohl bei der Polizeiwache in Callander an, um sich zu erkundigen, ob es irgendwo in der Nähe einen Unfall gegeben hätte, weil Sie zu einem Termin nicht erschienen sind. Offenbar hatte er ausreichend Überzeugungskraft, dass sich tatsächlich ein Streifenwagen in Bewegung setzte, um nach Ihnen zu suchen. Man hat Sie aber nicht gefunden.«

»Es war stockdunkel, und es schüttete wie aus Kübeln ... Sie sind bestimmt nicht weit genug gefahren.«

Dr. Balfour räusperte sich. Er schien zu zögern. »Die Beamten mussten umkehren. Es gab einen Brand in Callander.«

»Einen Brand? Bei dem Regen?«

Er stand auf und drehte ihr den Rücken zu. »Hören Sie, ich glaube nicht, dass es eine gute Idee ist, wenn ich Ihnen ...«

Caitlin zuckte zusammen, weil ein stechender Schmerz durch ihren Kopf schoss. Sie hob den Arm, in dem die Kanüle steckte, und befühlte vorsichtig ihre Stirn: ein Verband, darunter wohl der Grund für ihre Kopfschmerzen.

»Sagen Sie mir, was los ist«, herrschte sie Balfour an und bereute es in derselben Sekunde. Die Kopfschmerzen wurden noch schlimmer. Sie schloss die Augen und wiederholte viel leiser: »Sagen Sie mir, was los ist.«

»Es war *Ihr* Haus, das gebrannt hat.«

»Mein ...? Aber wie? Es hat doch geregnet.«

»Brandbeschleuniger. Es ist von innen ausgebrannt.«

»Von innen.« Sie schnappte nach Luft. »Wer hat mein Haus angezündet?«

Wieder dieses Zögern. »Das ist noch nicht alles, Ms Anderson.«

»Was denn noch? Ich besitze doch nichts als das, was in

dem Haus war. Außer meinem Auto. Ist es ein Totalschaden?«

»Nein, es ist ... Das Nachbarhaus hat ebenfalls gebrannt.«

Sie starrte ihn an.

»Ihr Nachbar hatte noch die alten Gasleitungen«, fuhr er fort.

»Bernie?«, fragte sie. »Ihm geht's doch gut?«

Er schüttelte den Kopf und sah an ihr vorbei.

»O nein, der arme alte Mann«, stöhnte sie. »Ist er schwer verletzt? Liegt er im Krankenhaus? Kann ich ihn besuchen?«

Wieder schüttelte er den Kopf, aber diesmal sah er sie an, und sie las es in seinem Blick.

»Sie lügen.« Es klang heiser. Sie versuchte es noch einmal. »Sie lügen. Verdammt noch mal, Sie lügen mich an! Was sind Sie für ein Arschloch, mich so anzulügen. Bernie ist nicht tot. Sagen Sie, dass er nicht tot ist!« Sie spürte die Tränen, die über ihr Gesicht liefen. Ihr Kopf fühlte sich an, als würde er platzen. »Sie lügen«, schluchzte sie und weinte, bis sie keine Luft mehr bekam.

Balfour musste sich irgendwann aus dem Zimmer geschlichen haben. Als sie sich umsah, war sie allein. Sie riss sich die Kanüle aus dem Arm und tastete nach der Kleenex-Box, die auf dem Nachttisch neben ihrem Bett stand. Sie wischte die Tränen weg und putzte sich die Nase, so gut es ging. Die Tränen hörten nicht auf. Bernie, dachte sie. Ausgerechnet Bernie. Ihr Alibi.

Als sie das nächste Mal aufwachte, drang Tageslicht ins Zimmer. Caitlin wurde erst jetzt richtig bewusst, dass sie allein lag. Mit einem eigenen Bad. Alles sah verdächtig neu und sauber aus, was nur eins bedeuten konnte: Dies war kein Krankenhaus des National Health Service. Es musste eine private Klinik sein. Wie war sie hierhergekommen? Der Doktor hatte ihr letzte Nacht nicht erzählt, wer sie gefunden hatte. Was würde sie heute noch alles erfahren? Konnte es überhaupt noch schlimmer werden?

Caitlin versuchte aufzustehen. Die Kanüle stach wieder in ihren Arm. Sie traute sich nicht, dieses Ding ein zweites Mal rauszureißen. Ihrem Kreislauf gefiel es gar nicht, dass sie aufstehen wollte. Sie fand eine Klingel und hatte keine Minute später eine Schwester hilfreich an ihrer Seite (kein NHS-Krankenhaus, ein weiterer Beweis).

Als sie kurz darauf ihr Frühstück bekam, das sie sich selbst hatte aussuchen dürfen (der ultimative Beweis, dass sie hier nicht beim NHS war), erhielt sie Gesellschaft: Detective Inspector Reese und der unvermeidliche Sergeant Kerr schnappten sich die beiden Besucherstühle und setzten sich an das Fußende ihres Betts mit der Bitte, sie solle sich keinesfalls beim Essen stören lassen. Caitlin schob ihr Frühstück von sich.

»Ich weiß es«, sagte sie. »Dr. Balfour hat mir gesagt, dass mein Haus abgebrannt ist. Und das mit Bernie.« Sie versuchte, nicht wieder zu weinen. »Haben Sie schon einen Hinweis, wer das Feuer gelegt haben könnte? Hat es vielleicht etwas mit dem Mord an meinem Exmann zu tun?«

Reese seufzte. »Dieser Balfour kann sein Maul nicht

halten. Der wird nie Karriere machen, wenn er weiter so plappert. Ms Anderson, wozu lange drumherum reden. Wo wollten Sie gestern Abend hin?«

»Ich hatte eine Besprechung in Edinburgh. Ich dachte, mein Chef hätte Ihnen das bereits ...«

»Und wann sind Sie losgefahren?«

»Um halb sechs. Ich wollte vermeiden, zu spät zu kommen. Ich wusste nicht, wie der Verkehr sein würde um diese Zeit und ...«

»Was können Sie uns zu dem Unfall sagen?«

Irritiert sah sie zu Kerr, der die ganze Zeit ein winziges Diktiergerät hochhielt. Sie deutete auf das Gerät. »Was ist das?«

»Fürs Protokoll«, sagte Reese knapp.

»Dürfen Sie das?«

»Haben Sie was zu verbergen?«, kam die Gegenfrage.

»Nein, aber das heißt noch lange nicht, dass Sie einfach ...«

»Haben Sie etwas dagegen, dass Ihre Aussage aufgezeichnet wird, damit wir später ein möglichst wortgetreues Protokoll erstellen können, das Sie unterschreiben?«

»Nein, aber ...«

»Danke. Ms Anderson hat soeben vor Zeugen ihr Einverständnis zur Aufzeichnung ihrer Aussage gegeben. Was können Sie uns zu Ihrem Unfall sagen?«

»Ich war in Richtung Stirling unterwegs. Es war schon dunkel, und es hatte gerade angefangen, heftig zu regnen. Die Sicht war sehr schlecht. Deshalb bin ich langsamer gefahren. Hinter mir ist ein Wagen mit hoher Geschwindigkeit aufgetaucht und hat mich bedrängt.«

»Warum haben Sie ihn nicht einfach überholen lassen?«

»Wollte ich ja, aber er nicht.«

»Haben Sie den Fahrer erkannt?«

»Nein, ich ...«

»Aber Sie sprechen von einem Mann?«

Caitlin zögerte. »Ja, ich weiß nicht, natürlich könnte es auch eine Frau gewesen sein, aber ...«

»Aber? Also haben Sie jemanden erkannt oder nicht?«, bohrte Reese.

»Nein.«

»Trotzdem sind Sie sicher, dass es ein Mann war?«

Sie hob die Schultern. »Die aggressive Fahrweise ... So fährt eher ein Mann als eine Frau, oder nicht?«

»Statistisch gesehen: ja.«

»Deshalb denke ich, dass es ein Mann war. Aber ich weiß es nicht sicher.«

»Na gut. Sie haben ... *ihm* ... signalisiert, dass er Sie überholen soll?«

»Natürlich. Aber er hat es ignoriert und kam immer näher. Und irgendwann muss ich aus der Kurve geflogen sein. Ich habe mir dabei die rechte Hand gebrochen.« Sie hob kurz den Arm und fuhr fort: »Ich konnte mein Handy nicht finden. Also bin ich ausgestiegen und zurück zur Straße gegangen, um Hilfe zu holen. Dort stand ein Wagen. Das Standlicht war an, aber der Wagen war abgeschlossen. Ich versuchte reinzusehen, und dann muss mich jemand niedergeschlagen haben.«

Reese sah sie ausdruckslos an. »Wo waren Sie, als Sie niedergeschlagen wurden?«

»Neben dem Wagen, der an der Straße stand.«

»An der Straße. Sind Sie sicher?«

»Natürlich. Warum ...«

»Sie wurden neben *Ihrem* Wagen gefunden, und der stand hundert Meter feldeinwärts und hing in einer Hecke fest.«

Sie starrte ihn an. »Neben meinem Wagen? Aber wie soll ich denn da hingekommen sein?«

»Sie waren völlig durchnässt und unterkühlt. Außerdem hatten Sie eine Platzwunde am Kopf und diverse Schrammen. Und natürlich die gebrochene Hand ...« Sie wollte ihm ins Wort fallen, aber er fuhr fort. »Außerdem fanden wir im Fußraum des Beifahrersitzes einen leeren Benzinkanister und Streichhölzer von der Sorte, wie wir sie vor Ihrem Haus sichergestellt haben. Die haben Sie wohl verloren, als Sie abgehauen sind.«

Sie brauchte einen Moment, um zu verstehen, was er gerade gesagt hatte. »Sie denken, *ich* hätte ...?«

»Caitlin Anderson, ich verhafte Sie wegen des Verdachts auf schwere Brandstiftung in Tateinheit mit fahrlässiger Tötung sowie wegen des Verdachts, Ihren Exmann Thomas West ermordet zu haben. Sergeant, Rechte vorlesen. Sobald die Ärzte Sie hier rauslassen, gehören Sie mir.« Er stand auf und verließ das Krankenzimmer.

Sergeant Kerr starrte sie unglücklich an, räusperte sich und begann, seinen Spruch aufzusagen. Caitlin hörte nicht zu, sondern sprang aus dem Bett und versuchte, das Bad zu erreichen. Aber der Infusionsschlauch hielt sie zurück, und so übergab sie sich auf den Stuhl, den bis gerade eben noch Reese angewärmt hatte.

12

Es hatte einmal Zeiten gegeben, da war es für Ben das Wichtigste auf der Welt gewesen, eine Freundin zu haben. Natürlich hatte sich damals kaum ein Mädchen für ihn interessiert. Aber er hatte dankbar jede sich ihm bietende Gelegenheit ergriffen, ganz egal, ob die Mädchen dumm, hässlich oder in jemand anderen verliebt gewesen waren. Die Hauptsache war, eine Freundin zu haben. Nina war seine dritte längere Beziehung (länger bedeutete: mehr als vier Wochen), und er konnte nicht mehr verstehen, warum es ihm damals so entsetzlich wichtig gewesen war. Vielleicht, weil er einfach noch nicht gewusst hatte, wie verflucht anstrengend Frauen sein konnten. Kaum meldete man sich ein paar Tage nicht, waren sie tödlich beleidigt und vermuteten, dass man eine andere hatte. Eine andere. Als ob er dafür Zeit hatte.

»Ich verstehe nicht, warum es nicht möglich ist, sich wenigstens mal kurz zu melden«, schmollte Nina. Sie saßen im Café Grande in Bruntsfield, unweit ihrer Wohnung. Ben fand den französischen Kaffeehausstil mit den dunkelroten Wänden und den kleinen Holztischchen schön. Nina bevorzugte Lokale, in denen ausschließlich biologisch Angebautes verarbeitet wurde und Fleisch absolut tabu war. Ben war sicher, dass er tot umfallen würde, wenn er auch nur eine Woche lang kein Fleisch mehr essen durfte, und fragte sich, was Nina wohl tun würde, wenn sie von heute auf morgen das Grünzeug nicht mehr vertrug. Die Vorstellung amüsierte ihn. Im Moment allerdings vertrug sie es noch ganz hervorragend. Der Grund, warum sie so lustlos mit der Gabel in ihrem vegetarischen Frühstück herumstocherte, war selbstverständlich er.

»Jeder Mensch hat Zeit, zwischendurch eine SMS zu schreiben. Und wenn's auf dem Klo ist.« Die Orangenscheibe, auf der sie herumhackte, sah nicht mehr gut aus.

»Ich habe eine SMS geschrieben«, verteidigte er sich.

»Ja, aber *wann* denn? Was war vorher? Ich habe dauernd versucht, bei dir anzurufen.«

Er verdrehte die Augen und schob Schinken, Toast und Ei zusammen. »Wenn du auch immer nur bei mir zu Hause anrufst ... Ich war unterwegs. Ich bin an einer Geschichte dran.«

»Auch nachts?« Sie warf ihre Gabel klirrend hin. Das schwule Paar am Nebentisch sah zu ihnen rüber.

»Es wurde spät, und ich habe nicht mehr dran gedacht, okay?« Er schnappte sich den Salzstreuer. Sie nahm ihn ihm aus der Hand. Sie hatte Angst vor Bluthochdruck. Er nicht. Nina stellte den Salzstreuer auf den Tisch.

»Warum springst du immer für andere ein? Du bist Gerichtsreporter. Du musst das nicht tun.«

»Ich will aber«, murmelte er zwischen zwei Bissen.

»Ja, ja, weil du Karriere machen willst. Aber ich habe nicht das Gefühl, als ob du gerade dabei wärst weiterzukommen. Ganz ehrlich. Das bringt alles nichts. Manchmal muss man eben den Arbeitgeber wechseln, um aufzusteigen.«

Er hörte auf zu kauen. »Wechseln?«

Sie rollte mit den Augen. »Du hast doch Möglichkeiten. Mit deiner Berufserfahrung könntest du ...«

»Woanders muss ich auch Nachtschichten machen. Und Wochenendschichten«, unterbrach er sie und aß dann weiter.

»In der Firma meines Vaters wird gerade ein Journalist gesucht. Ein Chefredakteur, genauer gesagt. Du würdest auch mehr verdienen.« Sie strahlte.

»In der Firma deines Vaters?«, fragte er entgeistert. »Dein Vater produziert Kekse.«

»Original schottische Backwaren. Mit einem weltweiten Vertrieb.«

»Wozu braucht er einen Chefredakteur?«

»Du würdest zwanzigtausend Pfund im Jahr mehr verdienen als jetzt. Geregelte Arbeitszeiten, private Krankenversicherung, Dienstwagen ...«

»Wozu braucht er einen Chefredakteur?«

»Da willst du doch sowieso hin, hm?« Sie nahm sein Gesicht in beide Hände und küsste ihn. »Iiih, Schinken«, schüttelte sie sich.

»Ich hab dich was gefragt.«

»Aber es wäre eine super Gelegenheit. Stell dir vor, so viel mehr Geld – und so viel mehr Freizeit, um es auszugeben. Normalerweise ist es andersherum: Wenn man mehr verdienen will, muss man noch länger schuften. Also, was sagst du?«

»Ich weiß gar nicht, worum es geht.«

Sie warf ihre Haare zurück und stocherte wieder in ihrem Frühstück. »Er will dir nur einen Gefallen tun. Du bist undankbar.«

»Nina. Wozu braucht dein Vater in seiner Keksfabrik einen Chefredakteur?« Jetzt warf er die Gabel hin. »Oder redest du von seiner PR-Abteilung? Ich will nicht PR machen.«

»Das weiß ich«, murrte sie.

»Also was dann?«

»Für die Mitarbeiterzeitung.«

»Für die Mitarbeiterzeitung? Ich kenne die Mitarbeiterzeitung. Das ist nicht dein Ernst.«

»Es ist ein hervorragendes Angebot«, sagte sie.

»Wie gut kennst du mich eigentlich? Ich will Spaß haben bei der Arbeit. Und wenn ich Überstunden machen muss, um meinem Chef zu zeigen, dass ich mehr kann, dann ist das eben so. Gerade bin ich an einer Geschichte dran, mit der ich vielleicht groß rauskomme. Aber was hab ich davon, wenn ich mich in einem Job quäle, den ich zum Kotzen finde? Um mehr Freizeit zu haben für die Dinge, die ich *wirklich gern* tue? Ich mache meinen Job *wirklich gern*, verdammt.«

»Und was ist mit mir? Ich sehe dich so gut wie nie. Wegen deines Jobs. Der dir immer wichtiger ist als ich.«

»Komm mir nicht wieder mit dieser Nummer.«

»Wie soll das in Zukunft werden? Du kannst nie hundertprozentig zusagen, wenn wir irgendwo eingeladen sind. Wir können keine Urlaube planen. Und wie soll das werden, wenn wir Kinder haben?«

Sie konnte nicht schwanger sein. Unmöglich. Er hatte verhütet, und sie nahm außerdem die Pille. Das hätte ein doppelter Unfall sein müssen. Nein, er war sicher, dass sie nicht schwanger war. »Du bist aber nicht schwanger?«, fragte er vorsichtshalber.

»Wäre das so schlimm?«

Er breitete die Arme aus. »Ja. Und das weißt du. Ich will keine Kinder.«

Er sagte es in dieser Deutlichkeit nicht zum ersten Mal, aber trotzdem warf sie das Besteck auf den Tisch, verschränkte die Arme und schmollte. Einer der Schwulen zwinkerte Ben aufmunternd zu. Ben wusste nicht, wie er reagieren sollte, und lächelte schwach.

»Nina, es tut mir leid«, begann er.

»Nichts tut dir leid. Gar nichts. Ich habe tagelang mit meinem Vater über eine Stelle für dich verhandelt, und das ist dein Dank.«

»Frag mich das nächste Mal vorher.«

»Du willst wahrscheinlich gar nicht wirklich mit mir zusammen sein.«

Und er dachte: Im Moment nicht. »Nina, beruhig dich wieder. Es tut mir wirklich leid. Ich denk drüber nach, ja?«

Sie schwieg noch eine halbe Minute, bevor sie sagte: »Danke. Es ist wirklich das beste Angebot, das du dir wünschen kannst.« Ihr Appetit war zurückgekehrt, sie nahm den Löffel und machte sich über das Obst her.

Die Schwulen am Nachbartisch starrten ihn an. Er starrte zurück und hob die Schultern, als wollte er sagen: »Was?« Der Zwinkerer von eben beugte sich zu Ben rüber und flüsterte: »Versöhnungssex.«

Ben hob die Augenbrauen: »Wer, du und ich?«

Der Anruf von Sander kam, als sie das Café Grande gerade verlassen hatten, und ließ Ben keine Zeit zum Nachdenken. Er rannte los zu seinem Wagen, bog falsch ab und hätte ihn in der Aufregung nicht gefunden, hätte Nina nicht einen unfehlbaren Orientierungssinn gehabt. Sie war mit ihm gerannt, hatte sich auf den Beifahrersitz geworfen und war schon angeschnallt, bevor er sagen konnte: »Du kannst nicht mit.«

Nina war anderer Meinung: Sie konnte und würde.

»Wohin fahren wir?«

»Craigmillar.«

»Oh.«

»Du wolltest mitkommen. Willst du aussteigen? Da vorne an der Ampel kann ich dich rauslassen.«

Sie wollte bleiben. »Und das ist für eine Story, ja?«

Er zögerte. »Indirekt. Ja. Vielleicht.«

»Aber es ist dieselbe Sache, wegen der du in den vergangenen Tagen keine Zeit hattest?«

»Genau.« Sie dachte immer noch, er würde sie betrügen.

»Und wann weißt du, ob es eine Story wird?«

War es gerade wirklich das erste Mal, dass sie versuchte, sich für seinen Job zu interessieren? Und warum merkte er ausgerechnet jetzt, dass sie das vorher nie getan hatte?

»Die Sache könnte einen sehr großen Aufhänger haben. Der wäre …« Er suchte nach einer Formulierung, die nicht zu viel verriet. »… politisch brisant.«

Nina hatte Feuer gefangen. Ihre Augen waren riesengroß und ihre Wangen brannten. Er kannte sie gut genug, um zu wissen, dass sie gerade wieder einen ihrer »Das ist das wahre Leben«-Flashs hatte. Raus aus dem Elfenbeinturm des Philosophieinstituts. Einfach mal unter Leute gehen. Leben 1.0.

»Du meinst, vielleicht ist die Story so heiß, dass man euch verklagt, wenn ihr sie bringt?«

»So ähnlich«, kürzte er die Sache ab.

»Aber worum geht es?«

»Das ist …« Kompliziert? Sie würde darauf bestehen, dass er es ihr sagte. Geheim? Könnte funktionieren. »Der Herausgeber persönlich hat mich darum gebeten, mit niemandem darüber zu reden.«

»Darney? Persönlich? Wow.«

Die Fahrt nach Craigmillar hatte keine zwanzig Minuten gedauert. Als Nina die heruntergekommenen Mictskasernen sah, wurde sie ganz still.

»Bleib im Wagen«, sagte Ben. Sie antwortete nicht. Er sah sie an: sie war blass und zitterte vor Aufregung. Oder vor Angst. »Okay, pass auf: Ich kann dich wirklich nicht mitnehmen. Fahr einfach wieder zurück, und schick mir eine SMS, wo du den Wagen geparkt hast. Ja?«

Sie nickte, wartete, bis er ausgestiegen war, und rutschte auf den Fahrersitz. Er drehte sich nicht noch einmal um.

Sander wartete vor dem Haus, in dem sie sich vorgestern zum ersten Mal unterhalten hatten. »Er ist da drin und hat sich eingeschlossen«, brachte er atemlos hervor.

»Er hat einen Schlüssel für diese Wohnung?«

Sander schüttelte den Kopf. »Nein, er hat die Tür mit irgendwas blockiert, ich hab keine Ahnung. Ich wollte zu ihm rein, aber ich hab die Tür nicht aufbekommen.«

»Wie lang ist er da schon drin?«

»Keine Ahnung. Ungefähr 'ne halbe Stunde?«

»Wem hast du noch Bescheid gesagt?«

»Wie, wem?«

»Seinen Eltern? Einem Lehrer? Jemandem von We Help? Der Feuerwehr? Hallo?«

»Nee«, sagte er, als seien das die dümmsten Ideen, die er je gehört hatte.

Jamie tauchte an einem der Fenster auf, die zu der leerstehenden Wohnung gehörten. Er starrte eine Weile auf Sander und Ben, dann öffnete er das Fenster und schrie: »Hey, Pädo, verpiss dich!« Und dann: »Soll ich dir was zeigen?« Jamie zog sich die Hose runter, drehte sich um und zeigte Ben, Sander und ein paar anderen Bewohnern, die sich hier mittlerweile versammelt hatten, sein nacktes Hinterteil. Dann knallte er das Fenster wieder zu.

»Was hat er gesagt, was er vorhat?«, fragte Ben.

»Alle abschlachten und am Ende sich selbst.«

Ben schluckte. »Er hat aber keine Waffe, oder?«

»Du meinst, außer seinem Springmesser?«

»Ist jemand bei ihm drin?«

Sander schüttelte den Kopf.

»Also ist niemand außer ihm selbst in Gefahr?«

Sander zuckte die Schultern.

»Wir brauchen die Polizei. Es geht nicht anders.«

Ein Mann in zerschlissenen Jeans, der sich gerade eine Zigarette anzündete, hustete. Es hatte ein Lachen werden sollen. »Bis die hier sind, hat der Junge sich selbst gehäutet und zum Trocknen aufgehängt.«

Ben nahm sein Handy und rief die Polizei. Er erklärte der Polizistin am anderen Ende die Situation. Als er fertig war, sah Sander ihn missbilligend an. »Ich glaub nicht, dass die so schnell kommen. Was sollen wir denn jetzt machen?«

»Verdammte Scheiße, bin ich Psychologe oder was? Die Bullen haben nicht umsonst Leute, die für so was ausgebildet sind. Ich weiß es wirklich nicht. Hast du schon mit ihm gesprochen?«

Sander hob die Schultern. »Klar, ich hab ihn gefragt, was das soll, und er hat nur gemeint, er hat die Schnauze voll und macht jetzt Schluss und fertig.«

»Sonst hat er nichts gesagt?«

Sander zeigte auf das Fenster, hinter dem Jamie nicht mehr zu sehen war. »Du hast doch selbst erlebt, was mit dem los ist. Glaubst du, der stellt sich da ans Fensterbrett und quatscht mich voll? Tu endlich was.« Der Junge hatte Tränen in den Augen.

Ben sah sich um. Die Leute, die sich versammelt hatten, sahen nicht so aus, als hätten sie eine Fachausbildung in Konfliktmanagement. »Ist keiner von diesen Sozialarbeitern hier? Das Büro von der Stiftung ist gleich um die Ecke. Die sind für so was ausgebildet.«

»Hier ist niemand«, schrie Sander ihn an. »Geh rein und tu was. Hier ist doch sonst niemand.« Inzwischen liefen ihm die Tränen über das sommersprossige Gesicht.

»Okay. Also. Er hat ein Messer. Andere Waffen?«

»Weiß nicht. Nein.«

»Was kannst du mir noch sagen? Ist irgendwas bei ihm zu Hause passiert? Hatte er Streit mit seinen Eltern oder Geschwistern? Hat er Liebeskummer, schlechte Noten, irgendwas?«

Sander schüttelte den Kopf. »Alles wie immer.«

»Denk nach. War in den letzten Tagen irgendwas anders? Egal, was.«

»Er hat vielleicht mehr getrunken als sonst. Er sagt immer, er verträgt das und ihm kann der Alkohol gar nichts.«

»Ist er jetzt betrunken?«

»Aber hallo.«

»Klasse«, knurrte Ben. »Okay, Sander. Pass auf. Lauf zur Stiftung. Sag denen, die sollen jemanden schicken, der sich mit Deeskalation auskennt.«

»Deeskalation.«

»Und sie sollen noch mal bei der Polizei anrufen und sagen, dass es wirklich sehr, sehr wichtig ist.«

Sander lachte, viel zu bitter für einen Jungen seines Alters.

»Lauf los. Ich geh da rein.«

Bevor er die Eingangstür erreicht hatte, ging ein Aufschrei durch die umstehenden Passanten. Der Mann mit der Zigarette und ein paar andere riefen einen Namen: *Nina.*

Jamie hatte Nina. Und ein Springmesser. Wie war sie in das Haus gekommen, ohne dass er sie gesehen hatte? Sie war doch weggefahren, er hatte sie wegfahren sehen, oder nicht?

Er hatte sich nicht noch einmal nach ihr umgedreht. Anscheinend war sie ausgestiegen, um sich in das echte Leben zu stürzen.

Ben sah zu dem Fenster. Dahinter stand Jamie, in einer Hand hielt er sein Messer und hatte einen Arm fest um ein Mädchen gelegt. Sie hatte langes blondes Haar. Die Klinge des Messers lag eng an ihrem Hals.

Das Mädchen bewegte sich nicht. Sie hielt die Augen vor Angst geschlossen, so wie es kleine Mädchen machten, wenn sie sich verstecken wollten, weil sie dachten, es würde sie unsichtbar machen.

Das Mädchen, das Jamie festhielt, war vielleicht sechs, sieben Jahre alt.

Sie riefen nicht *Nina*. Sie riefen *Tina*.

Ben riss den Blick von ihr los, rannte durch die Eingangstür und stürmte, immer zwei Stufen auf einmal nehmend, die Treppe hinauf.

13

Ihre Tür, erfuhr sie, war alarmgesichert. Ebenso die Fenster. Draußen saß ein Polizist und hielt Wache. Der Flur war videoüberwacht, und am Eingang des Gebäudes, so sagte man ihr, saß nicht etwa ein Pförtner, nein, es waren zwei Gorillas von einem privaten Wachdienst. Ein Bodybuilder und ein ehemaliger Türsteher.

»Bin ich im Gefängniskrankenhaus?«, fragte Caitlin.

Die Schwester schüttelte ihr Kopfkissen auf und lachte. »Nein, in einer privaten Entzugsklinik. Und jetzt raten Sie mal, wer besser bewacht wird.«

»Die prominenten Alkis«, punktete Caitlin, zog die Knie an und versuchte, es sich in dem Sessel am Fenster bequem zu machen.

»Wenn Sie hier rein- oder rauswollen, ohne dass es genehmigt ist und ohne dass Sie mindestens dreimal durchsucht wurden, müssen Sie unsichtbar sein.«

Unsichtbar ... »Wieso bin ich eigentlich hier? Ich bin nicht privat versichert.«

Die Schwester zuckte die Schultern und strich die Bettdecke glatt. »Vielleicht war das Krankenhaus in Stirling belegt? Gestern Nacht gab es so viele Autounfälle auf den Straßen wie schon lange nicht mehr. Das haben sie im Radio gesagt. Wir können hier zwar keine Operationen durchführen, aber Notversorgung geht immer. Letztens haben wir zum Beispiel einen kleinen Jungen versorgt, der fast ertrunken wäre.« Sie nickte nachdenklich und sagte noch mal: »Bestimmt waren sie in Stirling völlig überlastet.«

»Dann sind wir nicht in Stirling?«

»Nein. Unsere Patienten brauchen Ruhe und Abgeschiedenheit.«

»Und vor allem niemanden, der sie auf der Straße erkennen könnte. Verstehe. Wo sind wir?«

»Irgendwo im Nichts zwischen Loch Katrine und Loch Lomond«, lächelte die Schwester geheimnisvoll.

»Im Queen Elizabeth Forest Park?«

»Nein, der Park ist südlich von hier. Sie kennen sich nicht aus, Sie sind Engländerin. Waren Sie noch nie am Loch Katrine?«

Caitlin sagte nichts.

»Sie haben was verpasst, glauben Sie mir. Zwischen Loch Katrine und Loch Lomond finden Sie Loch Arklet. Es ist klein, aber man kann dort wunderbar fischen. Unsere Patienten fahren regelmäßig hin und kommen immer mit einem Berg Forellen zurück. Anfänger oder nicht. Angeln ist beruhigend. Haben Sie schon mal geangelt?«

Das hatte sie nicht, und wenn es nach ihr ginge, würde sich daran so schnell auch nichts ändern. Sie antwortete nicht, sondern fragte stattdessen: »Und wo sind wir?«

Die Krankenschwester zeigte aus dem Fenster. »Sehen Sie.«

Caitlin drehte sich in ihrem Sessel um: Schneebedeckte Bergkuppen ... Sie hätte die Alpen nicht von den Midlands unterscheiden können. »Die Trossachs«, riet sie.

»Super«, sagte die Schwester erfreut. »Sehen Sie, dort ist Nordosten. Genau in dieser Richtung ist Loch Katrine. Genau nördlich von hier ist Loch Arklet und im Westen Loch Lomond. Ben Lomond, der Berg, ist im Süden.« Sie malte eine Straßenkarte in die Luft. »Hier findet uns so schnell niemand. Sogar die Presse lässt uns in Ruhe. Es gibt nur eine Straße, die hierherführt, und unsere Wachleute sehen jeden. So sind unsere Patienten völlig sicher vor der Außenwelt.«

Und Caitlin war völlig sicher, hier nur in Handschellen und im Streifenwagen wegzukommen. Klug, Inspector Reese, sehr klug.

Die Krankenschwester ließ Caitlin mit ihren Gedanken allein. Wieder und wieder dachte sie über den vergangenen Abend nach, bis ihr der Kopf schwirrte und sie einnickte. Als sie aufwachte, war ihr Nacken verspannt, ihre Glieder fühlten sich steif und kalt an. Sie stand auf und ging ein paar Schritte im Zimmer auf und ab, wagte es aber nicht, die Tür zu öffnen und über den Flur zu gehen. Am Fußende ihres Betts lag eine Broschüre, die die Schwester für sie dagelassen hatte. Der Name der Klinik sagte ihr nichts:

Harlan Trent Centre.

Erst als sie lustlos in der Broschüre blätterte, stellte ihr Gehirn die Verbindung her: Hier hatte Thomas eine Entwöhnungskur machen wollen.

Das Schicksal sparte nicht mit Ironie. Vielleicht hatte sie sogar sein Zimmer.

Er hatte immer behauptet, sie sei der Grund, warum er sein beschissenes Leben nicht mehr nüchtern ertragen könne. Sie allein sei schuld daran, dass er es sich schön trinken müsse. Er schrie sie an, wenn die Bettwäsche verknittert war. Jeden Tag musste sie frische, gebügelte Bettwäsche aufziehen. Er schrie sie an, wenn er einen neuen

Weichspülerduft roch, den er nicht ausdrücklich genehmigt hatte. Er schrie, wenn er etwas Bestimmtes im Kühlschrank nicht fand, und er schrie, wenn der Kühlschrank zu voll war. Manchmal schrie er so sehr, dass sie dachte, er würde einen Herzinfarkt bekommen. Aber dann hörte er mit einem Mal auf, nahm sie in die Arme, schluchzte eine Entschuldigung und küsste sie. Wurde erregt, zog sie aus und schlief mit ihr. An anderen Tagen schrie er erst gar nicht, sondern schlug zu.

Wie hatte er nur seinen Job erledigt? Hatte er morgens schon angefangen zu trinken? Oder mittags? Hatte er einen Pegel gebraucht, der es ihm ermöglichte, den Tag durchzustehen? Sie wusste es nicht. Wie hätte sie es auch erfahren sollen. Sie wusste noch nicht einmal etwas über seine Kollegen. Morgens zog er einen seiner teuren Anzüge an, nahm die Aktenmappe und machte sich auf den Weg: immer mit der U-Bahn, manchmal mit dem Taxi. Ein eigener Wagen sei überflüssig, wenn man in der Stadt lebte, fand er. Caitlin – oder Victoria, wie sie damals noch hieß – hatte sich immer ein Auto gewünscht, wegen der Einkäufe.

»Nimm dir ein Taxi«, hatte er gesagt. »Wir haben genug Geld.«

Aber sie hatte es nicht über sich gebracht, mit dem Taxi zum Supermarkt zu fahren. Nur ganz selten hatte sie eins für den Rückweg benutzt. Wenn er abends die Quittung fand, lobte er sie dafür. Sein Lob war ein Grund mehr, nicht mit dem Taxi zu fahren, so sehr war ihr Widerwille gegen ihn gewachsen. Aber ihr Selbsthass war stets größer gewesen, so groß, dass sie ihn nicht verlassen konnte.

Wie hatte sie so leben können?

Vielleicht hatte er wirklich erst abends mit dem Trinken angefangen. Er sah immer so schick aus, so kühl und smart, wenn er mit seinem teuren Anzug und der Aktenmappe zurückkam. Aber er blieb nie so. Sein erster Gang führte ihn immer ins Schlafzimmer, wo er sich umzog. In Jeans und Sweater wurde er zu einem anderen Mann. Zu dem, den sie geheiratet hatte, ohne zu wissen, wer er war.

Sie wünschte sich oft, den Mann im Anzug näher kennengelernt zu haben. Zu wissen, wohin er zum Lunch ging, was er aß und worüber er sich unterhielt. Sie hatte sich manchmal in Tagträumen vorgestellt, wie es sein würde, wenn sie selbst einen Job hätte. Wenn sie jeden Morgen einen Anzug – oder ein Kostüm – anzog, eine Mappe mit Unterlagen mitnahm, sich in die U-Bahn setzte und irgendwo in der City ausstieg. Mit ihr würden viele andere Leute im Abteil sitzen, die so waren wie sie, die auch zur Arbeit fuhren. Sie würde in eines der riesigen Gebäude gehen, die von bekannten Architekten entworfen worden waren. Darin hätte sie ein eigenes Büro. Sie würde mit Kolleginnen und Kollegen reden und scherzen und sich austauschen. Sie würde an Sitzungen teilnehmen und mit anderen diskutieren. Sie würde sich mit interessanten Menschen treffen und mit ihnen zum Lunch gehen. Oder zum Dinner. Manchmal würde man sie zu Empfängen einladen, zu Partys oder zu Abendessen in kleiner Runde in einem neuen Lokal, über das die Zeitungen schrieben. Und sie würde Gäste zu sich einladen und bei einem Cateringservice ein Menü ordern. Ihre Freundin Val hatte sich immer über ihren öden Büroalltag mit den langweiligen Kollegen beschwert, während Caitlin begeistert zugehört hatte. Jeden Tag hatte sie davon geträumt. Die vier Wochen bei der Stiftung waren wie ein erhörtes Gebet gewesen.

Einmal hatte sie Thomas gefragt, ob sie sich nicht eine Arbeit suchen solle. Er hatte sie ausgelacht.

»Du hast keine Ausbildung«, hatte er gesagt.

»Du hast gesagt, ich soll die Ausbildung abbrechen, weil ich zu Hause genug zu tun hätte«, hatte sie geantwortet.

»Oh. Entschuldige. Selbstverständlich wärst du heute eine große Künstlerin, wenn du weitergemacht hättest.«

»Viele große Künstler waren an der BRIT-School«, verteidigte sie sich. »Und sehr viele können von ihrer Musik leben.«

»Glaubst du, jemand in meiner Position könnte es sich leisten, mit einer Frau verheiratet zu sein, die abends mit einer Gitarre durch die Clubs tingelt?«

Sie verstand damals nicht viel von »seiner Position«. Obwohl sie sich in Zeitungen und im Internet bei ihrer Freundin Val über Investmentbanker informiert hatte, hatte sie nur eine sehr vage Vorstellung von seinem Beruf. Sie konnte kaum glauben, dass Thomas so etwas machte. Dazu brauchte man einen klaren Kopf.

»Was für eine Frau brauchst du in deiner Position? Eine Putzfrau?«, hatte sie ihren Frust rausgeschrien und sofort gewusst, dass es ein Fehler gewesen war.

Er griff ihre Handgelenke und hielt sie fest. Diese blauen Flecken würden länger als zwei Wochen bleiben.

»Ich wollte eine Ehefrau, die auch die Mutter meiner Kinder sein kann. Aber nicht mal das bekommst du hin. Man kann dich nirgendwohin mitnehmen, weil du dich mit niemandem unterhalten kannst. Wenn du wenigstens Kinder hättest, wäre alles andere nicht so schlimm.« Er drehte ihre Arme so heftig zur Seite, dass sie zu Boden fiel.

Sie blieb liegen, atmete flach, wartete, bis er ins Wohnzimmer gegangen war und sich einen Drink gemacht hatte. Sie schloss die Augen und stellte sich vor, wie es wäre, wenn sie die Polizei rufen würde. Sie entschied sich wieder dagegen, weil ihr schlecht wurde, wenn sie daran dachte, welche Fragen sie ihr beim letzten Mal gestellt hatten. Eine Frage hatte gelautet:

»Warum bleiben Sie bei ihm?«

Er hatte sie geliebt, liebte sie noch. Nur war sie für ihn leider eine Enttäuschung. Das kommt davon, wenn man über seinem Niveau heiratet, hatte sie ganz oft gedacht. Wenn man in einer anderen Liga spielen will. Da merkt man schnell, dass man nicht mithalten kann, weil man sich nicht auskennt. Das ganze Geld und die Manieren und wie die Leute sprechen und über was sie sprechen und wie sie sich anziehen und was richtig und was falsch ist. Sie war nicht dumm, das wusste sie. Sie gehörte nur nicht in Thomas' Welt. Dabei liebten sie sich. Doch, sie liebten sich. Jedenfalls liebte er sie. Das musste reichen.

Val hatte alles mitgetragen, was Caitlin gemacht hatte. Sie hatte die Post angenommen, von der Caitlin nicht wollte, dass Thomas sie sah. Die Bewerbungsbögen der Open University hatte sie bei Val ausgefüllt. Val hatte sie gedeckt, als sie für ihre Kurse in Medienwissenschaften lernen musste, hatte für sie Einkäufe erledigt und Arztbesuche vorgetäuscht. Schließlich hatte Caitlin sogar ihren Bachelor geschafft. Sie hatte ihn für sich gemacht, um sich zu beweisen, dass sie eines nicht war: zu dumm, um etwas zu erreichen. Ohne Val wäre sie nie so weit gekommen.

Der Kontakt war eingeschlafen, als Caitlin ihre ganze Kraft gebraucht hatte, um heimlich die Scheidung und die anschließende Flucht vorzubereiten. Sie wollte Val nicht in Verlegenheit bringen (oder in Gefahr), indem sie ihr verriet, wo sie bald unter falschem Namen leben würde. Thomas würde versuchen, es von Val zu erfahren. Besser also, wenn sie nichts wusste.

Ob es einen Weg gab, Val zu erreichen?

Ihr fiel ein, dass sie nach ihrem Unfall ihr Handy gesucht hatte. Caitlin stand auf. Sie musste einen Moment warten und sich am Sessel festhalten, bis sich ihr Kreislauf wieder stabilisiert hatte und sie nicht mehr nur Schwarz sah. Ihr Handy. Bestimmt hatte sie es im Auto nur deshalb nicht gefunden, weil sie zu aufgeregt gewesen war. Sie würde nie ohne Handy weggehen. Wenn sie es fände, könnte sie Val anrufen. Sie kannte ihre Nummer auswendig. Aber würde die Polizei nicht ihre Verbindungen überprüfen? Sie musste es darauf ankommen lassen. In dem schmalen Kleiderschrank neben der Tür fand sie ihre Handtasche. Sie kippte den Inhalt aufs Bett: kein Handy. Es war auch in keinem Seitenfach der Tasche. Nachdem sie alles wieder eingeräumt und die Tasche zurück in den Schrank gestellt hatte, nahm sie sich ihren Mantel vor. Sie griff in jede der Taschen – und fand nichts.

Erschöpft sank sie vor dem offenen Schrank auf die Knie. Wann hatte sie das blöde Ding zuletzt gehabt? Hatte sie es im Büro liegen lassen? Hatte sie es zu Hause vergessen? (Dann wäre es jetzt verbrannt.) War es im Auto während des Unfalls aus der Handtasche gefallen? (Die Polizei hätte es gefunden und ihr ganz sicher nicht mitgegeben.) Oder war es im Krankenhaus unbemerkt irgendwo hingerutscht?

Es war ein Strohhalm, und sie klammerte sich an ihn. Sie durchsuchte den Kleiderschrank, das Bad, wieder den Kleiderschrank, wo ihre Sachen von gestern schon fast getrocknet waren. Sie schüttelte ihren Pullover aus, ihren Rock, die Unterwäsche, zuletzt sogar die Stiefel.

Das Handy polterte zu Boden.

Caitlin schleuderte den Stiefel von sich. Das Handy war ausgeschaltet. Sie schaltete es nie aus. Nachdenklich drückte sie auf einen Knopf, um es einzuschalten.

Sie murmelte Vals Nummer vor sich hin. Sie hatte Angst, sie in der Aufregung zu vergessen. Es dauerte endlos lange, bis ihr Gerät ein Netz gefunden hatte. Endlich hatte sie Empfang. Sie begann, die Vorwahl von London zu wählen, als eine SMS ankam. Geschrieben heute Morgen um halb drei. Von einer Nummer, die nicht eingespeichert war. Sie erkannte sie trotzdem.

»Wenn du dies liest, weiß ich, dass du mich endlich gefunden hast. Ich werde den zu dir führen, der auf der Suche nach dir ist. Dein Handy.«

Geschickt vom verschwundenen Gerät ihres Exmanns. Geschickt von dem, der es nach Thomas' Tod eingesteckt hatte.

Er war hinter ihr her und hatte deshalb den Unfall provoziert und ihr Haus niedergebrannt. Er hatte sich eine Zustellbestätigung vom Handyprovider schicken lassen, als sie ihr Telefon angeschaltet hatte. Woher aber konnte er wissen, wo sie war? Nur die Polizei konnte Handys orten, oder nicht? Vielleicht wollte er ihr nur Angst machen.

Das war ihm gelungen.

Caitlin sprang auf und riss sich die Kanüle aus dem Arm. Zog sich ihre Kleider an und wickelte den Schlauch um ihren rechten Unterarm. Mit den Zähnen zog sie einen Knoten, so fest es ging. Das andere Ende hielt sie in der linken Hand. Sie zog den Schlauch auseinander und prüfte, ob der Knoten am rechten Handgelenk dem starken Druck standhielt. Dann schlug sie die Scheibe des Feuermelders ein, löste den Alarm aus und drückte sich mit dem Rücken flach an die Wand neben der Tür.

Sie würde hier rauskommen. Und wenn sie dafür jemanden umbringen musste.

14

Eine Frau rüttelte an der Tür der leeren Wohnung, in der sich Jamie mit dem Mädchen befand. Gleichzeitig trat sie mit einem Fuß dagegen und schrie: »Mach endlich die verschissene Tür auf.« Ein Stück entfernt auf dem Flur standen drei Jungs mit weit aufgerissenen Augen und Mündern. Sie waren etwa in Jamies Alter und fanden das hier definitiv besser als Fernsehen.

»Sind Sie Tinas Mutter?«, fragte Ben, nach Atem ringend.

Die Frau sah ihn nur kurz an. »Er hat die Tür aufgemacht. Wir dachten, jetzt kommt er raus, der Spinner, aber er hat sich Tina geschnappt und hat sie da reingezerrt.« Ihre Stimme überschlug sich, als sie mit den Fäusten gegen die Tür trommelte. »An den Haaren hast du sie reingezerrt, du Schwein! Mach auf!«

»Konnten Sie sehen, womit er die Tür verrammelt hat? Hat er einen Schlüssel, oder hat er was vor die Tür geschoben?«

»Meine Schwester ist da drin, und er will sie umbringen.« Die Frau hämmerte weiter mit den Fäusten gegen die Tür.

Sie war noch keine zwanzig. Von Weitem hatte sie viel älter gewirkt.

»Wo sind eure Eltern?«, fragte Ben.

»Welche Eltern?«, schnappte sie, spuckte ihren Kaugummi aus und brüllte weiter: »Mach endlich auf!«

»Wie heißt du?«

»Taylor. Was soll das? Bist du ein Bulle?«

»Die sind unterwegs. Ich bin hier, um zu helfen.«

»Helfen.« Taylor spuckte, diesmal ohne Kaugummi. »Dann hol meine Schwester da raus.« Sie trommelte wieder. »Tina! Hörst du mich? Tina!«

»Wisst ihr, ob er einen Schlüssel hat?«, wandte sich Ben an die Jungs.

Sie nickten gleichzeitig, als gäbe ihnen das etwas Sinnvolles zu tun.

»Sehr gut. Geh mal zur Seite«, sagte er zu Taylor und schob sie weg. Er kniete sich vor die Tür und sah sich das Schloss an. Nichts Kompliziertes. Mit dem richtigen Werkzeug sollte das Ding zu knacken sein. Blieb nur die Frage, ob Jamie ihm die Zeit dazu geben würde. Wohl eher nicht. Ben stand auf und klopfte, legte das Ohr an die Tür. Was er hörte, klang wie die Schreie derer, die vor dem Fenster standen.

Dann vernahm er Jamies Stimme: »Ich mach sie kalt. Ich mach sie einfach kalt. Und dann bring ich mich um. Habt ihr Scheißer das alle verstanden? Ja? Ich mach die Kleine kalt, das mach ich. Soll ich? Soll ich?«

»Jamie, hier ist Ben«, rief Ben gegen die geschlossene Tür. »Hörst du mich? Ben. Wir haben letztens ein Bier zusammen getrunken, genau hier.«

Stille. Dann schrie Jamie: »Verpiss dich! Was machst du schon wieder hier?«

»Ich wollte sehen, wie's dir geht …«

»Quatsch mich nicht voll, Alter, das interessiert mich nicht.«

»Hey, Jamie. Sag mir, was bei dir los ist.«

Keine Antwort.

Er klopfte. »Jamie? Hörst du mich? Können wir reden?«

Ein lauter Knall ließ Ben zurückschrecken. Jamie hatte gegen die Tür getreten. »Ich will nicht reden, ich hab die Schnauze voll. Es geht nicht mehr, okay? Es geht nicht mehr.«

»Was, Jamie? Sag's mir.«

»Alles. Nichts. Ach, das geht dich einen Scheiß an. Ich mach Schluss.«

»Jamie, warte. Wie geht es Tina? Kann ich mit Tina sprechen? Schickst du sie raus zu mir? Ihre Schwester ist hier und …«

»Hör auf mit dem Dreck«, brüllte Jamie, und Ben überlegte, ob das im Moment vielleicht wirklich die beste Lösung wäre: Aufhören. Er war nicht der Richtige, um mit Jamie zu reden. Der Junge hatte kein Vertrauen zu ihm.

»Wo bleibt diese verdammte Polizei?«, zischte er.

Taylor schüttelte den Kopf. »Die kommen nicht. Die kommen immer erst, wenn schon alles vorbei ist. Ich geh hier nicht weg, ich lass meine Schwester nicht allein.« Dann drehte sie sich wieder zur Tür und trat dagegen. »Tina! Sag endlich was! Tina!«

Eine leise, kleine Stimme rief: »Taylor!«

»Wie alt ist sie?«, fragte Ben leise.

»Sechs. Gestern hatte sie Geburtstag.« Taylor warf sich gegen die Tür und rief den Namen ihrer kleinen Schwester. Ben hörte rasche Schritte auf der Treppe: Polizei, hoffte er, aber es war nur ein einzelner Mann. Ohne Uniform, aber mit einem Gesichtsausdruck, der besagte: »Nicht mit mir, Jungs.« Hinter ihm folgte ein atemloser Sander.

»Er ist von der Stiftung«, keuchte Sander.

»Gehen Sie zur Seite«, murmelte der Mann und schob Ben zu den drei gaffenden Jungs. Der Mann fasste Taylor an den Schultern und sagte ihr leise etwas ins Ohr. Taylor schüttelte energisch den Kopf. Er flüsterte ihr wieder etwas zu, diesmal mit mehr Nachdruck, wie es schien, und Taylor trat den Rückzug an. Zusammen mit den drei Jungs, denen sie der Reihe nach einen Stoß versetzte.

»Jamie, hier ist Marc. Alles okay, Kumpel?«

Ben schüttelte fassungslos den Kopf: Was dachte sich dieser Stiftungstyp? Dass er die Situation einfach so unter Kontrolle bekam? Und er war noch fassungsloser, als er feststellen musste, dass es funktionierte. Der Mann, der sich Marc nannte, verwickelte Jamie in ein Gespräch, sagte Dinge wie: »Aber es geht weiter, alles geht weiter«, und: »Wir machen nur, was du willst.« Zwischendurch sah er zu Ben und machte eine Geste, als wollte er Fliegen wegscheuchen.

»Sander ist sein bester Freund«, flüsterte Ben. »Er kann vielleicht helfen. Und ich ...«

Marc ging so rasch auf Ben zu, dass der für einen Moment glaubte, er wolle ihn schlagen.

»*Sie* haben hier nichts zu suchen. Ich bin für so etwas ausgebildet. Das«, er zeigte auf die Wohnungstür, hinter der sich Jamie mit dem Mädchen verschanzt hatte, »ist mein Job. Und den kann ich nur machen, wenn ich Ruhe habe. Also? Verziehen Sie sich, oder wollen Sie es verantworten, wenn hier etwas schiefläuft?«

Ben starrte ihn noch ein paar Sekunden wütend an, sah dann aber ein, dass der Mann recht hatte. Widerstrebend zog er zusammen mit Sander ab. Draußen gesellten sie sich zu den Schaulustigen aus der Nachbarschaft.

»Wo bleibt die Polizei?«, fragte er Sander.

»Keine Ahnung. Dieser Marc hat noch mal bei denen angerufen, bevor er mit mir hergekommen ist.«

»Sehr gut.«

»Hast du mit Jamie gesprochen?«

»Ja. Er war aber nicht besonders freundlich«, gab Ben zu.

»Jamie denkt, du bist ein Pädo«, sagte Sander.

»Okay«, sagte Ben. »Das erklärt einiges.«

»Meinst du, der Typ bekommt den da lebend raus?«

»Lebend und in einem Stück.«

Ein paar der Leute schienen sich bereits zu langweilen und entfernten sich, wenn auch langsam. Falls doch noch etwas passieren sollte. Die anderen starrten weiter zu dem Fenster, hinter dem sich schon längere Zeit nichts mehr tat. Eine Frau schlug vor, ins Haus zu gehen und nachzusehen, aber eine andere hielt sie davon ab.

Sander zupfte an Bens Ärmel. »Lass uns wieder reingehen.«

Ben schüttelte den Kopf. »Du hast gehört, was er gesagt hat. Er muss sich konzentrieren.«

»Nur ins Treppenhaus. Der merkt nicht mal, dass wir da sind«, bettelte Sander. »Ich halt das nicht aus. Wenn ich hier rumstehen muss, platz ich.«

»Sander, das bringt nichts.«

»Nur ins Treppenhaus. Hören, was da los ist.«

Ben verdrehte die Augen. »Das bringt uns auch nicht weiter, wenn wir da ...«

»Was bist'n du für'n Journalist? Machst du das immer so? Lässt du dich immer so leicht wegschicken?«

»Hey. Nicht in dem Ton.«

»Nicht in dem Ton, ja?«, schrie Sander und versetzte Ben mit beiden Händen einen kräftigen Stoß, sodass Ben fast hinfiel. »Was bist du für'n Weichei?« Er spuckte auf den Boden.

»Sander, denk mal einen Moment nach, ja? Dieser Typ von der Stiftung hat gesagt, dass er dafür ausgebildet ist. Er weiß, was er tut. Und gerade verhandelt er mit deinem Kumpel, damit der sein Messer nicht in ein sechsjähriges Mädchen steckt. Glaubst du nicht, dass es *durchaus* sinnvoll sein könnte, ihn ein paar Minuten in Ruhe zu lassen?« Ben wischte mit den Händen seine Jacke ab, als hätte Sander Spuren auf ihr hinterlassen.

»Dummes Gelaber«, brummte Sander. »Ich kann hier nicht einfach rumstehen. Ich geh wieder rein.« Er rannte los. Ben versuchte, ihn festzuhalten. Er griff ins Leere, und ihm blieb nichts anderes übrig, als Sander zu folgen.

Der Altersunterschied machte sich in der Kondition bemerkbar: Sander war lange vor Ben oben. Er war auf dem letzten Treppenabsatz stehen geblieben und machte Ben ein Zeichen, still zu sein. Ben hielt inne, schlich dann zu ihm.

»Was ist?«, flüsterte er ihm ins Ohr.

»Hör zu«, raunte Sander.

Aber sosehr sich Ben auch anstrengte, er konnte kein Wort von dem, was der Sozialarbeiter sagte, verstehen. Er schloss die Augen, atmete flach und konzentrierte sich auf dessen Stimme, aber es war nichts zu machen. Ben tippte

Sander auf die Schulter und schüttelte den Kopf. Sander machte ein Zeichen, er solle leise sein.

Ben empfand die Warterei ungefähr so qualvoll wie eine Bootsfahrt zu den Äußeren Hebriden. Bei Windstärke 7. Von dem, was im Flur gesprochen wurde, verstand er noch immer kein Wort, und er war unruhig, weil er wissen wollte, warum Sander so aufgeregt war.

Er sah den Jungen an: groß und mager, rothaarig und sommersprossig. Kein Typ, für den sich die kichernden Mädchen seines Alters interessierten. Aber Ben konnte sehen, dass er in ein paar Jahren, wenn er nicht mehr der Längste seines Jahrgangs sein würde und die Pubertät überlebt hätte, keine Probleme mit Frauen haben würde: Seine Augen versprachen Witz und Charme, seine Gesichtszüge waren das, was man später einmal attraktiv nennen würde. Einem Vierzehnjährigen brachten diese Erkenntnisse nicht viel: Er befand sich mitten im Krieg gegen Eltern, Lehrer, Hormone und das Leben, am meisten aber gegen sich selbst.

Sander hatte Ben dort draußen tief verletzt, als er ihn angeschrien hatte: »Was bist'n du für'n Journalist?« Die Worte klangen noch in seinen Ohren, übertönten alles andere, weshalb die Stimme aus dem Flur ihn wohl nicht erreichen konnte. Vielleicht hatte der Junge recht, und Ben hatte einfach nicht das Zeug zu mehr als einem Gerichtsreporter.

Sander riss ihn aus seinen Gedanken. »Jetzt passiert was«, flüsterte er und zerrte aufgeregt an Bens Arm. Sie spähten um die Ecke, sahen, dass der Sozialarbeiter aufgestanden war und die Türklinke in der Hand hatte.

»Sie kommen raus. Er hat's geschafft.« Sanders Augen leuchteten, als er Ben ansah. Gerade wollte er losrennen. Ben hielt ihn zurück.

»Warte noch.«

Die Tür öffnete sich. Niemand kam raus. Der Sozialarbeiter ging rein. Sander drehte sich zu Ben.

»Was soll das?«

Ben schüttelte den Kopf. »Keine Ahnung.«

»Lass uns hingehen.«

»Warte.« Ben hielt Sander am Arm.

»Worauf? Der ist drin, was soll jetzt noch passieren?«

»Warum ist er da reingegangen? Ich versteh das nicht«, sagte Ben nachdenklich.

»Damit er ihm das Messer abnehmen kann.« Sander schlug sich mit der flachen Hand gegen die Stirn. »Ist doch logisch.«

»Nein«, beharrte Ben. »Da stimmt was nicht. Und wo ist die Polizei überhaupt?«

»Ich hab dir gleich gesagt, die kommen immer erst, wenn alles vorbei ist. Und jetzt lass uns hingehen.«

Sander war schon auf halbem Weg zu der Wohnungstür, als sich diese langsam einen Spalt öffnete. Die kleine Tina flog mit so viel Schwung raus, als wäre sie gestoßen worden. Kaum war sie durch die Tür, knallte diese wieder zu.

»Er hat sich als Geisel zur Verfügung gestellt und sich gegen Tina austauschen lassen«, sagte Sander.

Ben lief auf das kleine Mädchen zu. Es hob schreiend die Arme vors Gesicht und kauerte sich auf den Boden.

»Ruhig, Tina, ich will dir helfen«

Tina schrie und weinte weiter. Er sah Blut an ihrem Hals.

»Wo ist ihre Schwester? Ihre Schwester war doch eben noch hier? Bleib bei ihr, ich suche sie.« Ben rannte den Flur entlang und hämmerte gegen jede Tür. »Taylor, wo bist du? Tina ist hier.«

Endlich ging eine Wohnungstür auf. Taylor schoss raus, sah sich im Flur um, entdeckte ihre Schwester und stürzte auf sie. Sie zerrte das Mädchen vom Boden hoch, ungeachtet der Schläge, die ihre Schwester mit den kleinen Fäusten auszuteilen versuchte, und trug sie zu ihrer Wohnung.

»Sie hat einen Schnitt am Hals«, sagte Ben und drängte sich ebenfalls in die Wohnung.

»Raus«, sagte Taylor, aber sie klang erschöpft und schenkte ihm keine weitere Beachtung, während sie die weinende Tina auf ein kleines Kinderbett legte, das fast schon zu klein war für eine Sechsjährige, und sich die Wunde ansah. Der Schnitt schien nicht tief, aber er war lang und blutete genug, um die Kleine zu Tode zu ängstigen. Taylor rannte in die Küche. Ben folgte ihr, um zu sehen, ob er helfen konnte. Sie hatte ein Geschirrtuch aus einer Schublade hervorgewühlt und riss es mit Hilfe eines Messers in lange Streifen. Ben nahm ihr einen Streifen ab, drehte den Wasserhahn in der Spüle auf und hielt den Stoff unters Wasser.

»Taylor, hast du Jod? Irgendwas zum Desinfizieren?«

»Ich seh im Bad nach.« Sie gab ihm die restlichen Stofffetzen und rannte aus der Küche.

Ben ging zurück zu Tina. Sie hatte sich auf ihrem Bettchen zusammengerollt, die Knie bis ans Kinn gezogen, die Hände zu Fäusten geballt, und wimmerte.

»Kleines, lass mich nach deinem Hals schauen. Wir

müssen uns um die Wunde kümmern«, sagte Ben und streckte vorsichtig eine Hand nach ihr aus. Sie ließ ihn gewähren, als er ein paar von Tränen feuchte blonde Strähnen aus ihrem Gesicht strich.

»Nimm die Beine runter, Tina. Lass mich sehen.«

Sie wimmerte, ohne sich zu rühren.

»Tina?« Taylor kam in das Zimmer. Sie hielt eine Flasche Jod in der Hand. »Tina, Schatz. Zeig mir, was du hast.« Sie setzte sich neben ihre Schwester auf das Bett, und die Spannung im Körper des Mädchens ließ nach, kaum dass es die Hand seiner Schwester fühlte.

Er assistierte Taylor, die die Wunde an Tinas Hals versorgte. Sie sprachen kein Wort. Währenddessen sah er sich um: Im Zimmer stand ein weiteres Bett, ein großes, wohl das von Taylor. Die Möbel waren alt und abgestoßen, der Fußboden hatte jede Farbe verloren. Das Zimmer war sauber und aufgeräumt, die Mädchen machten das Beste aus dem, was sie hatten. Tinas Bett war über und über mit Stofftieren bedeckt. Auch sie alt und zerschlissen, kaputtgeliebt im Laufe von mehr als nur einer Kindheit. Taylor hatte die Decke auf ihrem Bett ordentlich glattgestrichen. An der grau gewordenen Tapete darüber hingen keine Poster von Popstars, sondern aus Zeitschriften ausgeschnittene Abbildungen bekannter Gemälde: Vincent van Goghs »Sternennacht«, Edvard Munchs »Schrei«, Gustav Klimts »Kuss« und Margaret Macdonald Mackintoshs »Oh ye, all ye that walk in Willowood«. Die Wohnung hatte außer Küche und Bad nur noch ein weiteres Zimmer, Ben hatte die geschlossene Tür im Vorbeigehen bemerkt. Das der Eltern? Wo waren sie? Taylor hatte ausgespuckt, als er nach ihnen gefragt hatte. Er wagte nicht, noch einmal zu fragen. Als Taylor fertig war und Tina übers Haar strich, reichte ein Blick von ihr: Er sollte gehen.

Auf dem Flur fand er Sander. Der presste sein Ohr an die Tür, hinter der immer noch Jamie und der Sozialarbeiter waren.

»Was passiert?«, fragte Ben.

Sander hob eine Hand, um ihn zum Schweigen zu bringen. Ungeduldig ging Ben im Flur auf und ab. Sander blieb mit seinem Ohr an der Tür kleben.

Die Polizei, dachte Ben und ging ins Treppenhaus: Die meisten Schaulustigen waren verschwunden, einige standen noch rum und redeten miteinander. Weit und breit kein Streifenwagen zu sehen.

Gut, das war Craigmillar. Möglich, dass sich die Polizisten etwas mehr Zeit ließen. Aber so viel Zeit? Er nahm sein Handy und rief noch einmal das zuständige Revier an.

»Hören Sie, Sir, jetzt reicht's aber wirklich«, sagte die Frau, mit der er vorhin schon gesprochen hatte. »Erst sollen wir kommen, dann heißt es, alles sei falscher Alarm, und jetzt ruft wieder einer an.«

»*Ich* habe bei Ihnen angerufen. *Ich* war das. Wieso falscher Alarm?«

»Ja, falscher Alarm. Vor einer Dreiviertelstunde. Wir sind nicht blöd. Finden Sie einen anderen Dummen, alles klar?«

»Es war kein falscher Alarm. Wir warten hier schon eine Ewigkeit auf Sie. Wir haben ... Ich habe bei Ihnen angerufen und dann noch jemand von der Stiftung ...«

»Sir, bitte ...«

»Ein Junge hat ein kleines Mädchen mit einem Messer bedroht, er wollte sich und die Kleine umbringen.«

Die Polizistin seufzte. »Ja, genau. Dieselbe Geschichte wie vorhin. Geben Sie sich keine Mühe. Mr Cunningham hat uns gesagt, dass es sich um ein Missverständnis handle und alles unter Kontrolle sei. Sie verschwenden unsere Zeit, Sir.«

»Verdammt, es ist kein Missverständnis.«

»Sir, ich lege jetzt auf.«

Die Verbindung wurde unterbrochen.

Jemand hatte der Polizei gesagt, es sei falscher Alarm. Um ihr Kommen zu verhindern.

Ben rannte zurück in den Flur. Sander wich gerade von der Tür zurück und stürmte ihm entgegen.

»Sie kommen gleich«, rief er und drängte Ben zurück ins Treppenhaus. »Runter. Verschwinden wir.« Er floh die Stufen hinab. Ben hatte Mühe mitzuhalten. Sander rannte und rannte. Raus aus dem Haus und die Straße runter, immer weiter. Bens Orientierungssinn hatte sich schon längst verabschiedet, als Sander endlich anhielt.

Er starrte Ben an und versuchte, etwas zu sagen, aber er fand keine Worte. Sie standen auf einem leeren Grundstück, auf dem offenbar noch bis vor Kurzem die abrissreifen Reste eines Wohnblocks gestanden hatten.

»Was, Sander? Was?«, stieß Ben hervor, noch immer nach Luft schnappend. Er schüttelte den Jungen. »Was ist los? Ist Jamie was passiert? Hat er sich was angetan?«

Sander schüttelte den Kopf. Er keuchte und sah durch Ben hindurch.

»Sander.«

Der Junge wartete, bis er sich etwas beruhigt hatte, dann setzte er sich auf die mit neuem Gras bewachsene Erde.

»Dieser Typ von der Stiftung. Die hatten was miteinander am Laufen.«

»Wie meinst du das?«

»Ich meine: Die hatten was miteinander.«

Ben schüttelte verständnislos den Kopf und setzte sich neben Sander. Der Boden war kalt wie ein Eishockeyfeld.

»Die haben geredet, als hätten sie ein Geheimnis.« Sander starrte auf seine Fußspitzen. »Verstehst du? Schon als der vor der Tür saß und Jamie die Kleine bei sich hatte, da hat der Typ dauernd gesagt: Jamie, weißt du noch, worüber wir vor drei Tagen geredet haben, blabla. Die kannten sich *gut*, weißt du. Jamie hat mir nie was von dem erzählt. Der erzählt mir sonst alles, sogar, wann er sich worauf einen runterholt. Alles.«

»Vielleicht haben sie nur kurz geredet, und es war total unwichtig, und er hat nur jetzt versucht, mit Jamie eine gemeinsame Basis zu finden? Ich glaube, so läuft das ...«

»Nein«, schrie Sander. »Als die beiden allein waren, haben sie die ganze Zeit darüber geredet, was sie zusammen beschlossen haben und dass Jamie sich erinnern soll, was er versprochen hat, und dass es das Beste für ihn sei, und es würde nicht mehr lange dauern, er soll nur durchhalten, dann wäre alles gut und vorbei und was weiß ich nicht noch alles. Jamie, hat er gesagt, du hast mir dein Wort gegeben, und daran glaube ich, Jamie. Halte durch, wir schaffen das zusammen, hat er gesagt. Was soll der Scheiß?«

Ben zuckte die Schultern. »Sozialarbeitergequatsche für: ›Alles wird gut, wir packen das gemeinsam‹?«

»So hat sich das nicht angehört«, beharrte Sander und sah Ben in die Augen. »Echt nicht. Ich weiß, wie die quatschen. Das war was anderes, und Jamie hat sich auch ganz komisch angehört. Er hat geheult und gewimmert, wie ein Mädchen. Der war durch. Ich kapier es nicht.« Er schlug sich mit beiden Fäusten gegen den Schädel, als könne ihm das helfen, die Sache zu begreifen.

»Jamie war im totalen Ausnahmezustand. Natürlich hat er geweint«, versuchte Ben.

»Du hast doch gefragt, ob mit Jamie was anders war die letzte Zeit. Klar, er hat mehr gesoffen, und wenn ich drüber nachdenke: Er hing viel mehr zu Hause rum als sonst. Hat er jedenfalls behauptet. Das fand ich schon komisch. Sonst geht der nur zum Essen heim, oder wenn er total dicht ist. Aber weißt du, was noch anders war? Er hat ununterbrochen von Pädos gefaselt. Wie scheiße die drauf sind und dass er total den Hass auf die schiebt. Egal, wer, jeder war ein Pädo. Der Sportlehrer. Sogar die Schulleiterin.«

Ben fing an zu frieren. Er war sich nicht sicher, ob es nur an der untergehenden Sonne lag. »Du meinst …«

»Was sonst? Was hatten die sonst so Geheimes zu besprechen?« Sander sprang auf und blies Luft in seine hohlen Hände, um sie zu wärmen. »Was sonst«, wiederholte er leise.

15

Caitlin rannte. Es musste eine halbe Stunde her sein, seit sie die Klinik hinter sich gelassen hatte, aber der Feueralarm klingelte immer noch in ihren Ohren. Sie rannte, ohne genau zu wissen, wohin. Sie bemühte sich, in Richtung Nordosten zu laufen, aber da sie den schmalen Fahrweg mied, hatte sie Gehölz und Felsen ausweichen müssen. Sie hatte einige Fußwege gekreuzt, es jedoch nicht gewagt, ihnen zu folgen. Die Absätze ihrer Stiefel und der enge Rock machten ihr die Flucht nicht leichter.

Nicht langsamer werden!

Sie hatte die Kondition, um weiterzulaufen. Die pulsierenden Schmerzen in ihrem Knöchel zwangen sie aber, immer wieder stehen zu bleiben, und die kurzen Pausen machten den Weg noch länger und unerträglicher. Sie biss die Zähne zusammen und kämpfte sich weiter vor. Irgendwann würde eine Straße kommen.

Was kam, war die Dunkelheit. Noch eine halbe Stunde, und sie würde nichts mehr sehen können.

Dann knickte sie ein zweites Mal um. Ihr wurde schwarz vor Augen.

Weiter! Sie können überall sein!

Können sie nicht, dachte sie und biss sich fest auf die Unterlippe. Tränen liefen ihr übers Gesicht.

Vielleicht bist du im Kreis gelaufen!

Dann wäre die Sonne im Kreis untergegangen, rief sie sich zur Vernunft. Sie hatte keine Ahnung, wie man in der freien Natur eine Nacht überstand, aber *das* wusste sie.

Sie schleppte sich eine weitere Viertelstunde voran, bis sie auf einen Weg kam, der breit genug war, dass Autos darauf fahren konnten. Wenn sie auf diesem Weg blieb, würde vielleicht jemand vorbeikommen und sie mitnehmen. Vielleicht kam auch irgendwann ein Haus. Vielleicht ein Dorf.

Oder sie fahren hier entlang, weil sie nach dir suchen!

Ihr Handy nützte ihr nichts. Wie sollte sie ein Taxi rufen, wenn sie keine Ahnung hatte, wo sie überhaupt war. Sie konnte den Fahrer kaum bitten, sie so lange auf einspurigen Straßen in der Nähe der Klinik zu suchen, bis er sie gefunden hatte.

Sie können dein Handy orten!

Sie wühlte in ihrer Handtasche und zog es raus: kein Empfang. Sobald sich das änderte, würden sie sie finden. Sie musste es ausschalten. Brauchten sie eine richterliche Genehmigung, um sie zu orten? Ihr Wissen über Recht und Gesetz stammte aus Fernsehserien, und dort war alles erlaubt. Gleich kamen entweder Hubschrauber oder Suchhunde, dann folgte die Werbepause – und danach ihre Verurteilung. Ohne Fortsetzung.

Konzentriere dich!

Sie konnte nur weitergehen und hoffen, dass irgendjemand vorbeikam, der nicht vorhatte, ihr Handschellen anzulegen.

Es kam niemand. Es wurde stockdunkel, ohne dass sie einem Menschen begegnet wäre. Vielleicht war sie doch im Kreis gelaufen. Vielleicht konnte man sich in der Dämmerung nicht mehr auf die Sonne verlassen. Oder sie hatte, die Sonne im Rücken, die falsche Richtung eingeschlagen.

Sie hatte geglaubt, in nordöstliche Richtung zu laufen. Die Krankenschwester hatte gesagt, im Nordosten sei Loch Katrine, und dort kannte sie sich aus. Aber vielleicht war sie zu weit nördlich geraten. Dann müsste irgendwann dieser andere See kommen. Wie hieß er? Loch Arklet. Und wäre sie zu weit östlich, müsste dennoch irgendwann Loch Katrine kommen, so langgezogen, wie der See war.

Du bist zwischen den Seen durchgegangen!

Nein. Irgendwann hätte eine Straße kommen müssen.

Hier ist eine Straße.

Eine richtige Straße. Caitlin schwor sich, dass Geografie ihr neues Hobby werden würde, sofern sie hier jemals heil herauskam. Wann wusste man, dass man sich verlaufen hatte?

Wie kann man sich verlaufen, wenn man kein Ziel hat?

Auch wieder wahr. Aber das hier war eine Straße. Sie musste irgendwohin führen. Es war alles nur eine Frage der Zeit.

Und eine Frage der Schmerzgrenze.

Wenn sie jetzt ihren Stiefel auszog, würde sie ihn nicht mehr anziehen können. Ihr Knöchel würde auf das Fünffache anschwellen. Jedenfalls fühlte er sich so an. An den Bruch in ihrer rechten Hand dachte sie schon gar nicht mehr. Die Platzwunde am Kopf war längst vergessen. Aller Schmerz, den ihr Körper empfinden konnte, konzentrierte sich in ihrem Knöchel.

Wie war sie hier reingeraten? Sie hatte nur frei sein wollen. Einen guten Job, eine nette kleine Wohnung, neue Freunde finden. Mehr hatte sie nicht gewollt. Und das hier schon gar nicht.

Die totale Dunkelheit war nur noch Minuten entfernt. Caitlin stolperte vorwärts, taumelte und strauchelte, weil sie nicht mehr sehen konnte, wo sie hintrat.

Nur nicht ohnmächtig werden!

Sicher. Aber wäre es nicht wunderbar, einfach nur zu schlafen? Kein Schmerz mehr, nicht mehr frieren. Was hatte sie sich gedacht, als sie gestern in diesem viel zu dünnen Mantel das Haus verlassen hatte? Sie hatte gedacht: Endlich habe ich ein Meeting. Ich fahre nach Edinburgh und habe ein Meeting. Da sind Leute, die auf mich warten und mit mir reden wollen und mich ernst nehmen.

Sie hatte gedacht: Ich will gut aussehen, elegant, aber nicht zu sehr. Business-Stil, aber nicht zu streng. Weiblich, aber nicht zu aufreizend.

Wie sah sie jetzt aus? Die Stiefel zerkratzt und voller Schmutz, das halbe Feld, in dessen aufgeweichter Erde sie gestern Nacht versunken war, schien noch daran zu hängen. Der Rock zerknittert, wie auch der Mantel, alles war nass geworden und nur notdürftig getrocknet. Im Gesicht eine genähte Platzwunde. Der Verband an ihrer rechten Hand war schmutzig und löste sich langsam auf. Wer sie so aufsammelte, musste denken, sie sei aus einer Anstalt entlaufen. War sie ja auch. Irgendwie. Aber immerhin nicht aus der Psychiatrie. Noch nicht.

Seit eben hörte sie ein Brummen. Es wurde für einen Moment lauter, dann entfernte es sich wieder. Wieder ein Brummen, aus derselben Richtung. Motorengeräusche. Irgendwo fuhren Autos. Sie blieb stehen und lauschte. Ja, irgendwo in der Ferne: ein Auto ... noch eins ... zwei Motorräder ... Stille. Nein, keine Stille, nur ein leises Brummen.

Sie ging weiter, blieb stehen. Es kam näher. Sie ging weiter, blieb stehen. Licht. Sie wartete. Wartete, bis das Licht näher kam, und mit ihm das Surren des Motors.

Freund oder Feind?

Wenn es der Feind ist, lauf ich weg und werde nach fünf Schritten vor Schmerzen ohnmächtig, dachte sie. Aber ich laufe weg.

Der Wagen holperte sehr langsam den Weg entlang.

Freund oder Feind?

Caitlin duckte sich hinter ein Gebüsch. Erst als der Wagen an ihr vorbeifuhr, konnte sie sehen, dass es kein Streifenwagen war. Sie humpelte, so schnell sie konnte, zurück auf den Weg, dem Wagen hinterher.

»Anhalten! Halten Sie an! Stopp!«

Tatsächlich blieb der Wagen stehen. Der Fahrer ließ den Motor laufen und öffnete die Fahrertür.

Caitlin schluckte.

Wie sah der Wagen aus, der an der Straße auf dich gewartet hat?

Genauso, dachte Caitlin. Oder anders. Eben auch dunkel und eine Limousine.

»Hallo?«, rief ein Mann, dessen Gesicht sie nicht erkennen konnte. Er musste sie sehen, sie wurde von den roten Rücklichtern angestrahlt.

»Hier bin ich«, sagte sie.

»Hab ich sie verletzt?« Der Mann eilte auf sie zu.

Sie wich zurück und wollte fliehen.

Feind!

Aber sie konnte nicht. Die Schmerzen ließen sie auf der Stelle einknicken. Diesmal gab es einen lauten Knall, als das Band riss. Sie fiel hin.

Er beugte sich über sie, stützte sie, half ihr auf.

Sie wollte wegrennen, als sie wieder stand, aber er hielt sie fest.

»Einmal reicht Ihnen wohl nicht? Ich kann Sie gern gleich hier niederschlagen, dann erspare ich Ihnen vielleicht die Mühe, sich erst noch jemanden suchen zu müssen, der Sie überfällt. Und dann würden Sie vielleicht auch endlich aufhören, mich zu kratzen.«

Dr. Balfour hatte den Arm mit eisernem Griff um sie gelegt.

»Wie konnten Sie eigentlich abhauen? Reese hat Ihnen einen Constable vor die Tür gesetzt.«

»Feueralarm«, murmelte Caitlin und versuchte, ihre Atmung wieder unter Kontrolle zu bringen.

»Feueralarm. Und der brave Polizist ist nach draußen marschiert, ohne nach Ihnen zu sehen?«

Er hielt sie so fest, dass sie sich kaum bewegen konnte. Da sie nur eine gesunde Hand hatte, gab sie die Versuche, sich zu befreien, widerwillig auf.

»Ich hab ihn in meinen Kleiderschrank gesperrt«, gab sie zu.

»Das glaub ich ja nicht«, sagte Dr. Balfour. »Wie haben Sie das denn hinbekommen?«

»Mir ist kalt.«

»Gut. Dann kommen Sie mit in mein Auto. Haben Sie Ihre Handtasche? Ich glaube, Ihnen ist vorhin was runtergefallen. Ah, da ist sie, ich nehme sie. Sie bleiben schön da stehen, wo ich Sie sehen kann.« Er achtete darauf, ihr nicht den Rücken zuzudrehen. Wohl aus Angst, sie könnte ihm etwas antun.

Sie hätte es getan, wenn sie dazu in der Lage gewesen wäre.

Er half ihr zum Wagen und ließ sie auf dem Beifahrersitz Platz nehmen. Als er hinter dem Steuer saß, fragte er: »Wohin wollten Sie?«

»Flughafen. Bahnhof. Egal. London.«

Er legte den Gang ein und fuhr los. »Oh. London wird ein bisschen knapp, ich hab heute Dienst. Ich komme gerade aus Inversnaid, von einem Fotoworkshop. Einer der Teilnehmer wollte mir weismachen, er hätte eine Pilzvergiftung. Ein Kanadier. Dabei hat er nicht mal Pilze gegessen.« Der Arzt lachte.

»Sondern?«, hörte Caitlin sich fragen.

»Haschkekse. Einer der anderen Teilnehmer hatte wohl welche mitgebracht. Verträgt nicht jeder gleich gut. Schon gar nicht fünf auf einmal, bei der Dosierung. Da vorne ist Inversnaid. Hätten Sie noch zehn Minuten durchgehalten ... Aber was sag ich da.«

»Wo genau liegt Inversnaid? Im Verhältnis zu den Lochs?«, fragte Caitlin.

»Oh, auf dem Weg von Loch Arklet zu Loch Lomond. Sagt Ihnen das was? Es gibt einen zauberhaften Wasserfall ...«

Sie hörte nicht mehr zu. Sie gratulierte sich innerlich dazu, dass sie so wunderbar die Richtung gehalten hatte. Es war nur die falsche gewesen: Nordwest.

»Wo fahren wir hin?«, unterbrach sie seinen Vortrag über die landschaftlichen Schönheiten.

»In meine Praxis.«

»Arbeiten Sie nicht im Krankenhaus?«

»In diesem Betty-Ford-Abklatsch? Nein, ich habe eine eigene Praxis, und ansonsten bin ich Polizeiarzt.«

»Dann werden Sie Reese anrufen?«

»Dieses Ploppen vorhin klang sehr nach Bänderriss. Ich werde Sie mir in Ruhe ansehen. Vorher rufe ich niemanden an.«

Caitlin betrachtete sein Profil, während er sich auf die Straße konzentrierte. Dann fragte sie: »Warum tun Sie das?«

»Was?«

»Ihn nicht anrufen.«

»Weil ich in erster Linie Arzt bin und mich um Sie als Patientin kümmern muss. Und weil ich denke, dass Reese auf der falschen Fährte ist.«

Caitlin richtete sich in ihrem Sitz auf, vergaß dabei ihre gebrochene Hand und zuckte vor Schmerz zusammen. »Wieso denken Sie das?«

»Ich habe Sie wegfahren sehen. Ich war gestern Abend in Callander bei einem Patienten. Und da sah ich, wie Sie losfuhren, nachdem Sie mit Bernie geplaudert hatten. Sie sahen nicht so aus, als hätten Sie vor, eine Stunde später zurückzukommen und einen Brand zu legen.«

»Zumal Bernie mein Alibi für die Mordnacht gewesen wäre«, warf sie ein.

»Ja, er hat mir davon erzählt.«

»Hat er? Und Sie haben der Polizei nichts davon gesagt?«

»Ich habe ihm gesagt, er muss das zu Protokoll geben. Alles, was von mir kommt, ist Hörensagen.«

»Sie müssen mit der Polizei sprechen.«

Er antwortete nicht.

»Haben Sie gestern Abend vielleicht jemanden bei meinem Haus gesehen?«

Er schüttelte den Kopf. »Aber ich habe gesagt, dass Ihre Platzwunde mit großer Sicherheit nicht von Ihrem Unfall stammt. Dass Sie niedergeschlagen wurden.«

Caitlin starrte ihn mit offenem Mund an. »Und trotzdem kommt dieser schwachsinnige Inspector zu mir und lässt mir meine Rechte vorlesen?«

»Sie müssen eines bedenken«, sagte Balfour. »Alles sprach dafür, dass Sie den Brand gelegt haben. Und die Stimmung im Ort war auch nicht gerade auf Ihrer Seite. Keiner kennt Sie, man hat Sie nur ein einziges Mal im Pub gesehen, und da haben Sie offensichtlich auch gleich für Aufregung gesorgt ...«

»O bitte«, rief Caitlin.

»Jenna ist sehr zurückhaltend, was Sie angeht – dabei mag sie im Grunde jeden.«

»Jenna *mag* Menschen?«

»Jenna hat den Suchtrupp organisiert, der Sie schließlich gefunden hat.«

Caitlin schüttelte den Kopf. »Nein. Nein, das war Dan, mein Chef von der Stiftung. Er hat nach mir suchen lassen. Das haben Sie mir gesagt.«

»Nein. Ihr Chef rief die örtliche Polizei an. Er tauchte später auf und machte sich wichtig. Es war Jenna, der Sie Ihre Rettung zu verdanken haben. Sie ist die Schwester von Sergeant Kerr, falls Sie das noch nicht wussten.«

»Oh. Ja.« Caitlin versuchte sich zu erinnern, war sich aber sicher, es nicht gewusst zu haben.

»Als Jenna mitbekam, dass Sie gesucht werden, hat sie Himmel und Hölle in Bewegung gesetzt. Überlegen Sie mal: Ihr Chef sucht nach Ihnen, kurz darauf brennt Ihr Haus. Sie dachte, Sie wären vielleicht noch drin. Sie hätten sie erleben sollen. Auf die Feuerwehr wollte sie erst gar nicht warten. Aber Ihr Auto war nicht mehr da, und ich hatte Sie wegfahren sehen. Also ließ Jenna alles absuchen. Ich glaube, sie hat jeden aus Callander mobilisiert, der ein Auto besitzt.«

Jenna mochte sie offenbar doch mehr, als sie zeigte. »Während es brannte?«

»Als man Sie fand«, fuhr er fort, ohne auf ihre Frage einzugehen, »da waren Sie schon so weit unterkühlt, dass ich mir sicher war, dass Sie dort schon um einiges länger gelegen haben mussten, als Reese annahm.«

»Warum bin ich eigentlich in dieser Klinik gelandet?«

»Ich weiß es nicht. Die Sanitäter sagten, sie würden Sie ins Harlan Trent Centre bringen. Als ich gefragt habe, ob sie auf diese Art Notfall im Centre vorbereitet seien, schlugen sie nur vor, ich solle mitkommen.«

»Bestimmt war es die Idee von Reese, weil er dachte, dort könnte er mich besser bewachen«, spekulierte Caitlin.

»Fragen Sie ihn das nächste Mal«, schlug der Arzt vor. »Ich bin sicher, Sie werden ihm bald wieder begegnen. Aber bis dahin kümmere ich mich erst einmal um Sie.« Er stoppte den Wagen. Sie hatte gar nicht bemerkt, dass sie längst in einer Ortschaft angekommen waren. Balfour parkte den Wagen vor einem großen georgianischen Haus. »Scheußlicher Kasten, oder? Die Schotten lassen ihre Ärzte immer in den hässlichsten Bruchbuden wohnen. Sie wollen uns klarmachen, dass wir uns bloß nicht für was Besseres halten sollen.« Er stieg aus und ging um das Auto herum, um ihr die Tür zu öffnen. »Willkommen zurück in Callander.«

Caitlin rührte sich nicht. Sie starrte auf die Spitze der St. Kessog's Church und bildete sich ein, sie könnte ein paar Meter daneben noch Rauch aufsteigen sehen.

Callander, dachte sie. Auch eine Art, im Kreis zu laufen.

16

»Mein Finanzberater hat vor geraumer Zeit jemanden beauftragt, sich diskret mit den Zahlen von Duncan Livingston Pharmaceutics zu beschäftigen.«

Cedric Darney ging in Bens Wohnung langsam auf und ab, die Hände tief in den Hosentaschen vergraben, während Ben sich eilig umzog. Das Angebot, sich zu setzen, hatte er ähnlich vehement abgelehnt wie die Tasse Tee, die ihm Ben einfach hingestellt hatte. »Diskret?« Ben kramte seine einzige Krawatte zwischen den Socken hervor. »Privatdetektiv?« Er sah aus dem Augenwinkel, dass Cedric im Türrahmen seines Schlafzimmers stehen geblieben war und ihn beobachtete.

»Jedenfalls scheint mein Finanzberater der Auffassung zu sein, dass die Bilanzen gefälscht sind«, fuhr er fort, ohne auf Bens Frage einzugehen.

»Jemand bereichert sich?«

»Oder ...«, soufflierte Cedric.

»Oder die Firma schreibt schlechte Zahlen, und wenn das rauskäme, würden die Aktien einbrechen?«

»Was mir wohl am meisten schaden würde.«

Ben kämpfte vor dem Wandspiegel mit seinem Krawattenknoten. »Dann fälschen *Sie* also die Bilanzen. Sagen Sie das doch gleich.«

»Wenn, dann würde ich sie fälschen *lassen*.« Kein Lächeln. »Aber ich kann mich nicht erinnern, jemanden damit beauftragt zu haben. Ich glaube auch nicht, dass mein Vater es veranlasst hat. Mein Vater hat sich damals zwar bei DLP eingekauft, aber ich habe nichts gefunden, das darauf hingewiesen hätte, dass er sich ins Tagesgeschäft eingebracht hat.«

Ben löste den schief sitzenden Knoten und fing wieder von vorne an. »Sie haben Ihren Vater überprüft?«

»Natürlich. Und jetzt lassen Sie das mit der Krawatte. David wird Ihnen helfen. Wir müssen los.«

Ben nahm mit Cedric auf dem Rücksitz der Mercedes-Limousine Platz. Er sollte als Cedrics persönlicher Assistent auftreten: mit Pokerface danebensitzen, irgendwelche Unterlagen vor sich platzieren und in der Anzugsinnentasche ein Diktiergerät mitlaufen lassen, das Cedric ihm gegeben hatte.

»Für das nächste Mal kaufen wir Ihnen einen anderen Anzug«, sagte Cedric und sah dabei aus dem Fenster.

»Wieso? Hab ich irgendwo Flecken?« Ben sah an sich hinab.

»Sie sehen aus, als wollten Sie zu einer Beerdigung. In den Neunzigern.«

»Den hab ich mir für meinen Uniabschluss gekauft. In den Neunzigern. Und trotzdem passe ich noch rein«, sagte Ben zufrieden. »Es lohnt sich doch, alte Sachen aufzuheben, irgendwann sind sie wieder modern.«

Cedric musterte ihn und schüttelte den Kopf. »Sicher nicht. Wir kaufen Ihnen einen neuen Anzug.«

»Wofür?«, fragte Ben alarmiert.

»Falls Sie für mich arbeiten wollen.«

»Ich arbeite schon für Sie«, erinnerte Ben ihn.

»Als persönlicher Assistent.«

Heute war der Tag der Jobangebote. Erst Nina, jetzt Cedric. »Scherz, oder?«

»Warum sollte ich?«

»Haben Sie nicht schon einen?« Ben deutete auf David.

»David ist mein Butler.«

»Und Sie haben keinen persönlichen Assistenten?«

»Ich hatte einen, nachdem mein Vater verschwunden war. Man könnte sagen, dass ich mir einen seiner PAs ›ausgeliehen‹ habe, um einen Überblick zu bekommen. Lenard McGarrigle, ursprünglich aus Glasgow. Arbeitete gut fünf Jahre für meinen Vater in London und war ganz froh, wieder nach Schottland kommen zu können. Nachdem ich mich aber entschieden hatte, Teile des Besitzes meines Vaters entweder zu verkaufen oder nur als stiller Teilhaber zu agieren, gab es für ihn nicht mehr viel zu tun. Er ist jetzt bei ...«

»We Help.«

»Genau. In gewisser Weise ist er also bei der Familie geblieben.«

Ben wechselte das Thema. »Was denkt Ms Livingston, warum wir sie treffen?«

»Sie hat mich gebeten, zu ihr zu kommen. Manchmal brauchen sie meine Unterschrift, und ich habe den lästigen Brauch eingeführt, mir alles erklären zu lassen, bevor ich es unterschreibe.« Er lächelte.

»Worum geht es heute?«

»Eine Budgeterhöhung für Forschungen.«

»Duncan Livingston Pharmaceutics stellt doch in erster Linie Generika her«, hakte Ben nach.

»Seit ein paar Jahren entwickeln sie auch eigene Medikamente.« Er nahm eine Mappe mit Unterlagen aus seiner Aktentasche und reichte sie Ben. »Es gibt von einer schwedischen Firma ein Antihistaminikum der neuen Generation. In einem Jahr laufen die Patente aus. Das hieße für DLP, sie könnten von diesen auslaufenden Patenten Generika herstellen. Aber sie wollen mit einem eigenen, neu patentierten Stoff auf den Markt gehen. Hier können Sie die Einzelheiten nachlesen.« Er blätterte in der Mappe, die Ben in den Händen hielt. »Vorteile im Vergleich zu bereits marktgängigen Medikamenten ... mögliche Nebenwirkungen ... Ergebnisse der Testreihen ... Stand des Zulassungsverfahrens ...«

Ben nickte und las die Seiten quer. »Sieht gut aus«, murmelte er, ohne ein Wort zu verstehen.

»Sieht es nicht. Das neue Medikament wird kaum Vorteile im Vergleich zu seinen Vorgängern haben. Ich hätte dem nie zugestimmt. Mein Vater aber hat es getan, und so kann ich nur darauf drängen, dass sie sich ein verdammt cleveres Marketing ausdenken und möglichst viele Auslandslizenzen verkaufen. Es ist Augenwischerei, aber es gibt einen sehr großen Markt. Man muss hier auf den Placeboeffekt setzen: Blättern Sie vor zu den Auswertungen der Testgruppen. Etwa die Hälfte der Testpersonen hat angegeben, sich mit dem Wirkstoff besser zu fühlen als mit dem Medikament, das sie vorher über Jahre eingenommen hatten. Die Mehrzahl der anderen sah keinen Unterschied zu dem vorherigen Medikament. Eine kleine Gruppe fühlte sich schlechter, plus die üblichen eingebildeten Nebenwirkungen wie Kopfschmerzen, Schwindel direkt nach der Einnahme und so weiter. Auf der nächsten Seite sehen Sie die Ergebnisse nach Einnahme eines Placebos: Ungefähr dieselbe Anzahl an Testpersonen spürt die gerade genannten Nebenwirkungen, dreißig Prozent fühlen sich deutlich besser als mit ihrem zuvor eingenommenen Wirkstoff, der Rest merkte keinerlei Nebenwirkung beziehungsweise klagte über das Ausbleiben der therapeutischen Wirkung.«

»Die Kraft der Gedanken«, nickte Ben. »Manche von denen, die Traubenzucker bekommen, glauben, sie kippen aus den Latschen. Placeboeffekt bei Placebo. Und ein paar von denen, die das Medikament bekommen, glauben, es wirkt besonders toll, weil es neu ist. Placeboeffekt beim Wirkstoff. Richtig?«

»Das kann passieren«, nickte Cedric. »Die Hersteller von Generika hingegen haben das Problem, dass Patienten der Meinung sind, die Pillen der Firma mit der roten Flasche sind besser als die aus der blauen Flasche, weil sie die rote Flasche schon seit Jahren kennen. Die Inhaltsstoffe gleichen sich bis ins letzte Molekül. Aber viele Patienten wollen bei dem bleiben, was sie kennen, selbst wenn sie ihre Medikamente billiger haben können.«

Ben las weiter in den Unterlagen. »Was ist das hier?« Er zeigte auf einen neuen Abschnitt.

»Ein Analgetikum. Dieses Projekt ist wirklich interessant. Die Entwicklung begann bereits vor über zehn Jahren. Es wurde nach einem schmerzstillenden Stoff gesucht, der schnell wirkt, gut vertragen wird und selbst bei extensivem Gebrauch nicht abhängig macht. Dazu wurde sehr viel in Richtung Suchtverhalten geforscht.«

»Das hört sich gut an. Patienten mit chronischen Schmerzen hätten dadurch ein paar Sorgen weniger.«

Cedric nickte und blätterte für ihn weiter. »Nicht nur die. Man ist bei den Forschungen auf ein paar hochspannende Abwege geraten. Zunächst beschäftigte man sich mit den Regionen im Gehirn, die für Abhängigkeit zuständig sind. Auf dem Gebiet war man schon recht weit. Für Alkoholiker gibt es zum Beispiel ein Mittel, das direkt auf das Belohnungszentrum des Gehirns wirkt und dessen Aktivität verhindert. In der Folge wird der Genuss von Alkohol nicht mehr mit Wohlbefinden assoziiert. Der Alkohol schmeckt scheußlich, und der Betroffene empfindet weniger Verlangen danach.«

»Schon gehört«, murmelte Ben.

»Man hat auch schon nach einem Alkoholikergen geforscht, gelangte aber zu der Auffassung, dass es eine Genkombination sein muss, die einen zum Trinker werden lässt. Früher hieß es immer: Fünfzig Prozent machen die Gene, fünfzig Prozent die Sozialisation. Bei Rauchern allerdings hat man herausgefunden, dass es ein Gen gibt, das die Sucht verhindert. Ungefähr zehn Prozent der Bevölkerung haben dieses Gen.«

»Das heißt, die können rauchen, so viel sie wollen, und von jetzt auf gleich einfach aufhören, weil sie nicht süchtig sind?«

»Theoretisch ja.« Cedric lächelte ihn erwartungsvoll an. Es dauerte einen Moment, bis Ben begriff.

»Jemand hat das Gen gefunden, das Alkoholsucht verhindert?«

Cedric nickte. »Sieht ganz so aus.«

»Und jetzt gibt es ein Medikament?«

»Kein Medikament, sondern einen Impfstoff. Wer genetisch belastet ist, also Alkoholiker in der Familie hat, kann sich dagegen impfen lassen.«

»Und anschließend kann man so viel trinken, wie man will?«

»Besser: Man wird keinerlei Verlangen nach Alkohol haben.«

Ben verzog das Gesicht. »Nicht mal ein Glas Wein zum Abendessen?«

»Bestenfalls. Aber ohne Genuss.« Cedric blätterte weiter. »Die Testpersonen verspürten schon bei dem Geruch eines alkoholischen Getränks Abscheu.«

»Was ist mit alkoholhaltigen Medikamenten? Oder Pralinen mit Alkoholfüllung?«

»Nichts. Sie schmecken ihnen nicht, und sie entwickeln eine Aversion dagegen.«

Ben las in den Unterlagen. »Gentherapie ...«

»DLP hat vor vier Jahren den Forscher eingekauft, der diese Gentherapie entwickelt hat.«

»Muss eine schöne Stange Geld gekostet haben.«

»Und es wird sich auszahlen. In einem Jahr ist die Genehmigung durch.«

»So lange dauert es noch?«

»Schlecht für die, die es heute schon brauchen. Gut für die, die in den nächsten Jahren mit ruhigem Gewissen ein ausreichend getestetes und weitgehend sicheres Medikament nehmen können.«

»Mir scheint, Sie werden den Budgeterhöhungen zustimmen.«

»Würden Sie mir abraten?«

Ben klappte die Mappe mit den Unterlagen zu. »Mag sein, dass sich das alles hervorragend anhört. Aber je besser eine Sache klingt, desto misstrauischer werde ich. Sie

haben sicher einen Experten, der sich das für Sie angesehen hat?«

»Natürlich.«

»Und wenn er sagt, es ist alles okay …«

»*Sie* fand, es sei alles okay. Ich habe eine Medizinprofes-
sorin aus Cambridge um Hilfe gebeten. Ihr Gutachten finden Sie ganz am Ende.«

Ben schüttelte den Kopf. »Wozu brauchen Sie einen Assistenten? Sie haben alles selbst im Kopf. Sie sind hervorragend organisiert.«

Cedric sah zum Fenster hinaus. Sie hatten die Autobahn
vor einigen Minuten verlassen. Glasgow lag hinter ihnen.
Gerade fuhren sie durch Dumbarton, eine der Schlafstädte
von Glasgow. Früher hatte es hier noch Industrie gegeben:
erst Schiffe, später Whisky, heute kaum noch etwas. Die
Ballentine's Distillery war das jüngste Opfer. Von ihr war
nach dem Abriss im vergangenen Jahr nur noch der Turm
geblieben. Seit den 60ern war Polaroid ein wichtiger Arbeitgeber gewesen: das größte Polaroid-Werk außerhalb
der USA, 1800 Angestellte. Dann kam die digitale Fotogra-
fie, und heute arbeiteten gerade mal hundert Leute an der
Herstellung von Sonnenbrillen. Schottland war kein auf-
strebendes Land. Alles, was es bieten konnte, war längst
nicht mehr gefragt. In absehbarer Zeit würde selbst das
Erdöl vor den Küsten, sofern es überhaupt den Schotten gehörte, nichts mehr wert sein. Irgendwo auf der Welt würde
man etwas anderes erfinden, das die Schotten um ihre Ar-
beitsplätze brachte.

Ben hatte seine Frage schon fast vergessen, als Cedric
sagte: »War das eine rhetorische Frage? Wozu ich einen
Assistenten brauche?«

Ben hob die Schultern. »Sie müssen mir keine Antwort geben. Aber es interessiert mich natürlich schon.«

»Die Antwort wird Ihnen nicht besonders gefallen.«

Ben lachte. »Das macht mich nur noch neugieriger.«

Wieder ließ sich Cedric Zeit. Endlich sagte er: »Sie haben recht: Ich habe alles im Kopf, ich vergesse keinen Termin, ich bin ein Pedant, und ich erledige deshalb lieber gleich alles selbst. Aber ich habe niemanden, mit dem ich mich über das, womit ich mich beschäftigen muss, unterhalten kann.«

»Sie brauchen einen Gesprächspartner?« Ben wusste nicht, was er empfand: Belustigung oder Mitleid.

»Nein. Einen Denkpartner«, korrigierte Cedric.

Sie sahen sich an. Cedrics Blick war prüfend. Ben war auf der Hut, weil er nicht sicher war, ob man ihn gerade zum Narren hielt. Er, Ben, trug zum zweiten Mal in seinem erwachsenen Leben einen Anzug, und ein Mann, der zwar jünger war als er, aber bereits mehrere Millionen Pfund verwaltete, hätte ihn gern als *Denkpartner*. Ein Mann, der für Unsummen seine Schulausbildung in Eton absolviert hatte, während Ben auf die staatliche Schule geschickt worden war, die seinem Elternhaus am nächsten lag. Ben erinnerte sich, irgendwo gelesen zu haben, Cedric hätte einen IQ von 160. Warum sollte er Ben einen Job anbieten, bei dem er ihm so nah wäre? Was steckte wirklich hinter dem Angebot? Mehr und mehr bekam er das Gefühl, in etwas hineingeraten zu sein, das er weder überblicken noch kontrollieren konnte. Eben noch war er in Craigmillar Zeuge eines verhinderten Amoklaufs gewesen, und Sander hatte ihm erklärt, dass er den Sozialarbeiter einer Kinderhilfsstiftung für einen Pädophilen hielt. Jetzt saß er in einem Auto, das mehr gekostet hatte, als er in drei Jahren brutto verdiente, und kam sich vor wie ein Kandidat in einer perfiden Reality-Show. Wobei: Das mit der Realität galt es noch zu überprüfen.

»Wir sind jetzt in Alexandria, Sir«, erklang Davids Stimme vom Fahrersitz.

17

Vielleicht hatte der Doktor sie absichtlich allein gelassen, damit sie abhauen konnte. Sie humpelte durch die in oranges Laternenlicht getauchten Straßen von Callander, bis sie die dunklen Felder am Ortsrand erreicht hatte, und rief ein Taxi. Hier kannte sie sich aus. Von hier kam sie weg.

Dr. Balfour hatte ihre Verbände gewechselt und den Bänderriss fixiert. »Schön ruhig halten«, hatte er gemahnt, und sie hatte brav genickt.

Natürlich hatte er gewusst, dass sie abhauen würde. Wie blöd müsste er sein, sie allein in einem Behandlungsraum zu lassen, dessen Hintertür direkt nach draußen führte.

Kaum, dass sie im Taxi saß, ging alles ganz einfach: Der Fahrer war gut informiert über die Zugverbindungen und schlug ihr vor, sie nach Edinburgh zu bringen. Dort würde sie noch den letzten Zug nach London erwischen, und sie müsste nicht mal mehr umsteigen. Die Fahrt würde etwas über fünf Stunden dauern, sagte der Taxifahrer. Wenn sie ein gutes Buch dabeihätte, wäre alles gut.

Als ob sie jetzt die Nerven hätte, ein Buch zu lesen. Caitlin freute sich vielmehr über fünf Stunden Ruhe, in denen sie nachdenken konnte.

Die Polizei würde so oder so herausfinden, dass sie auf dem Weg nach London war. Aber am Flughafen konnten sie sie leichter abfangen. Sie rief Val an, die halb erfreut, halb zurückhaltend reagierte, letzten Endes aber bereit war, sie am Bahnhof King's Cross abzuholen.

»Seit Monaten hab ich nichts von dir gehört, und jetzt so was«, schimpfte Val und schloss ihre ramponierte Freundin in die Arme. »Schlecht siehst du aus, Vicky. Ganz blass und verschwitzt. Hast du Fieber?«

»Alles in Ordnung«, sagte Caitlin sanft.

»Bist du beim Laufen gestürzt?« Sie deutete auf Caitlins Verbände.

»Vergiss nicht den Bänderriss.« Caitlin hob ihren verletzten Fuß. »Ich passe kaum noch in den Stiefel. Aber du siehst gut aus.« Sie kniff ihrer Freundin in den Oberarm. »Abgenommen?«

Val nickte. »Fünf Kilo. Paul sagte, er wollte seine Frau verlassen. Ich sagte ihm: Lass doch alles laufen, wie es ist. Aber nein, er wollte, dass wir zusammenziehen. Ich hab ihn also gefragt: Und was ist mit deinen Kindern? Die bleiben hoffentlich bei ihrer Mutter. Ich dachte, ich mache einen Scherz. Weißt du, was er sagte? Die Kinder werden dich mögen, es ist viel besser, wenn sie bei mir leben und nicht bei meiner Frau. Kannst du dir vorstellen, was das für ein Stress für mich war? Den Kerl davon abzuhalten, seine Ehe hinzuschmeißen und seine Familie auseinanderzureißen? Puh. Das war ein Haufen Arbeit. Jetzt macht Paul wieder schön den braven Familienvater und Ehemann, und ich hab zum ersten Mal im Leben Größe 38. Aber du bist wohl kaum nach London gekommen, um mit mir über mein Gewicht zu reden. Sagst du mir jetzt, was los ist?«

Es gab so viel zu erklären. Caitlin wusste nicht, wo sie anfangen sollte. Die Tränen der Erschöpfung und der Wiedersehensfreude waren schließlich stärker, und so sank sie erst einmal der lange vermissten Freundin in die Arme.

»Thomas ist tot«, brachte sie endlich hervor.

Val zuckte zusammen. Dann drückte sie Caitlin fester an sich und sagte: »Verdient hat er's. Wie ist das passiert? War er krank?«

»Er wurde ermordet«, schniefte Caitlin und löste sich aus der Umarmung.

Val sah sie einen Moment lang unsicher an, glaubte wohl, es sei ein Scherz. Ihre Augen wanderten zu den vorbeieilenden Reisenden, als erwarte sie, unter ihnen Thomas zu sehen. »Verdient hat er's«, wiederholte sie.

»Sie glauben, ich war's.« Caitlin suchte und fand ein Taschentuch und schnäuzte sich.

»Du? Quatsch. Du warst die ganze Zeit weg. Wo warst du überhaupt?«

»Schottland.«

»Na eben. Du kannst ihn ja schlecht von Schottland aus ermordet haben.«

»Er war auch da.«

Val schloss für ein paar Sekunden ihre großen babyblauen Augen. »Okay. Ich schicke meinem Chef eine SMS, dass ich mit einer Lebensmittelvergiftung flachliege. Dann haben wir die ganze Nacht und morgen den ganzen Tag zum Reden.«

»Ich muss in seine Wohnung«, sagte Caitlin.

»Was – jetzt?«

Sie nickte.

»Gut. Dann die Kurzfassung im Taxi«, sagte Val und half ihrer Freundin zur Rolltreppe.

»Caitlin«, murmelte Val.

Caitlin saß schräg auf dem Sitz, ihr Fuß ruhte in Vals Schoß.

»An den Namen muss ich mich erst gewöhnen.«

Caitlin war irgendwie traurig, dass es zu spät für die U-Bahn gewesen war. Erst jetzt spürte sie, wie sehr sie London vermisst hatte. Die vielen Menschen, die bunten Lichter, die Gerüche. Sie fuhren durch Marylebone und Notting Hill, während sie Val alles erzählte, durch Shepard's Bush und dann in südliche Richtung durch Acton, überquerten die Themse und ließen sich in einer Seitenstraße absetzen. Nur zur Sicherheit. Eine Dreiviertelstunde hatte nicht ausgereicht, um Val ins Bild zu setzen. Sie war noch immer umgeben von Fragezeichen.

»Wenn du nicht langsam aufhörst, die Stirn zu runzeln, bekommst du über Nacht ganz schreckliche Falten, die nie wieder weggehen«, warnte Caitlin.

Val runzelte weiter die Stirn. »Wenn ich nicht langsam verstehe, was du mir da alles erzählst, platzt mein Schädel, und dann ist es völlig egal, ob ich Falten bekomme oder nicht. Wie kommen wir jetzt in seine Wohnung rein? Hast du die Schlüssel?«

Caitlin schüttelte den Kopf. »Habe ich vor der Scheidung abgegeben. Du aber nicht.« Sie fasste in Vals Handtasche und zog ihren Schlüsselbund hervor. »Die hier.«

»Meine Güte, die hatte ich ganz vergessen«, murmelte Val und beäugte misstrauisch ihre umfangreiche Schlüsselsammlung. »Das kommt davon, wenn man der Zweitschlüsselaufbewahrer für die gesamte Verwandtschaft ist. Wer weiß, zu welchen Londoner Verliesen ich noch Zugang habe.«

Val stützte ihre Freundin, während sie sich die Treppe in den ersten Stock hinaufquälte. An der Wohnungstür klebte ein Polizeisiegel. Caitlin durchtrennte es und öffnete die Tür. Der Geruch, der ihr entgegenschlug, war ihr so fremd, dass sie es nicht fertigbrachte, über die Schwelle zu gehen.

Val schob sich an ihr vorbei. »Was ist? Komm. Bevor uns die Nachbarn sehen.« Sie packte Caitlin am Arm, zerrte sie in die Wohnung und schloss leise die Tür.

Caitlin blieb widerwillig im Flur stehen. »Hier ist alles so anders«, wisperte sie.

»Natürlich ist es das. Du wohnst jetzt schon über ein halbes Jahr nicht mehr hier.«

»Es *riecht* sogar anders.«

Val verdrehte die Augen. »Nicht rumstehen und träumen. Sag lieber, was wir hier suchen.«

Caitlin öffnete der Reihe nach alle Türen: Das Badezimmer sah aus, als hätte es seit Monaten niemand mehr geputzt. In der Küche stapelten sich gebrauchte Tassen und Gläser, aber keine Teller und kein Besteck, so als hätte Thomas immer nur auswärts gegessen. Das Schlafzimmer wirkte ohne ihre Sachen karg und leer. Der Kleiderschrank stand weit offen und zeigte die große Lücke, die durch sie entstanden war. Nur seine Anzüge hingen sauber aufgereiht auf der linken Seite. Ihre Seite hatte er nicht benutzt. Ebenso im Bett: Nur ein Kopfkissen und eine Decke lagen auf der Doppelmatratze. Nicht in der Mitte, sondern auf der linken Seite, wo er immer geschlafen hatte. Das Wohnzimmer wirkte unbewohnt, abgesehen von den Spuren, die die Polizei bei der Durchsuchung hinterlassen hatte.

Thomas' Arbeitszimmer sah aus, als wäre eingebrochen worden: Die Aktenordner lagen teils geöffnet auf dem Boden. Der Laptop fehlte. Sämtliche Bücher und Zeitschriften waren aus den Regalen gerissen worden.

»Hier finden wir nichts mehr«, seufzte Val. »Die Polizei hat bestimmt nichts herumliegen lassen, auf dem draufsteht: Hallo, das ist der Name meines Mörders.«

Caitlins Schmerzen wurden unerträglich. Sie konnte nicht mehr stehen, ihr Kopf fühlte sich an, als würde er explodieren, und sie musste sich setzen. Am besten hinlegen, aber es war ihr zuwider, es sich in dieser Wohnung bequem zu machen. Sie brachte es nicht einmal über sich, etwas anzufassen. Die Hand, mit der sie die Türen geöffnet hatte, brannte, und die Luft, die sie einatmete, kam ihr giftig vor.

»Ich schaff das nicht«, flüsterte sie Val zu, die bereits begonnen hatte, in den Unterlagen herumzublättern. »Ich muss hier raus.« Aber sie blieb stehen, unfähig, sich zu rühren.

»Das ist hochinteressant.« Val hob nicht mal den Blick.

»Ich muss hier raus«, wiederholte Caitlin etwas lauter.

»Unsinn. Reiß dich zusammen«, sagte Val, mit den Gedanken bei den Unterlagen. »Ganz langsam atmen«, schob sie nach, während sie sich auf Thomas' Schreibtischstuhl setzte und den Ordner auf den Tisch legte, um weiterzulesen.

Caitlin humpelte in die Küche und öffnete ein Fenster. Sie atmete die kalte Nachtluft ein, bis sie vor Kälte zitterte. Dann erst schloss sie das Fenster und zwang sich, auf einem der Küchenstühle Platz zu nehmen und ihr Bein auf den Küchentisch zu legen. Langsam wurde es besser, die anfängliche Panik verflog.

Diese Wohnung, dachte sie. Wie hatte sich alles verändert. Unaufgeräumt und verdreckt, das sah Thomas gar nicht ähnlich. Als sie zusammengelebt hatten, musste sie jeden Tag die gesamte Wohnung putzen. In Küche und Bad sollten die Armaturen blinken, das Bett musste täglich neu bezogen werden. Wenn Thomas nach Hause kam, wechselte er seine komplette Kleidung. Manchmal zog er sogar vorm Schlafengehen noch einmal eine neue Unterhose an, die dritte für den Tag. Sie wusste nicht, ob er es getan hatte, um ihr mehr Arbeit zu machen. Damit sie beschäftigt war, nicht auf dumme Gedanken kam. Vielleicht war der Grund auch übertriebene Reinlichkeit. Sie hatte mal über Menschen gelesen, die sich so oft am Tag die Hände wuschen, dass sie blutig und rissig wurden. So etwas hatte sie an Thomas nie beobachtet. Und wenn sie sich umsah, schien sich ihr Verdacht zu bestätigen: Es war alles reine Quälerei gewesen. Hätte er wirklich einen so übertriebenen Sinn für Sauberkeit und Ordnung gehabt, hätte er eine Putzfrau eingestellt. Mit was für einem Mann war sie nur verheiratet gewesen?

»Was hat Thomas eigentlich genau gearbeitet?«, riss Vals Stimme sie aus ihren Gedanken.

»Wieso? Das weißt du doch. Er war Investmentbanker.«

»Und was hat er gemacht? Als Investmentbanker?«

Caitlin rieb sich die Augen. Sie versuchte aufzustehen. Als sie ihr Bein vom Küchentisch hob, schoss der Schmerz so stark durch ihre Nervenbahnen, dass sie auf den Stuhl zurückfiel und die Augen schloss. »Irgendwas mit Aktienfonds«, sagte sie. »Er sagte immer, er sorgt dafür, dass andere Leute unheimlich viel Geld verdienen, und deshalb könne ich es mir leisten, den ganzen Tag zu Hause zu bleiben und zu tun, was mir Spaß macht.«

»Als ob«, tönte es direkt neben ihr. Val setzte sich zu ihr an den Tisch. »Und wie viel hat er im Jahr verdient?«

»Glaubst du wirklich, er hat mich über seine Finanzen informiert? Vergiss es.« Caitlin hatte die Augen wieder geschlossen. Sie konnte ihren Pulsschlag im Ohr spüren.

»Dann rate doch mal.«

»Ich weiß es nicht. Viel. Achtzigtausend Pfund? Keine Ahnung.«

»Pah. Du unterschätzt die Qualitäten deines Exmanns. Hundertfünfzigtausend Pfund. Hat dein Anwalt keinen Unterhalt ausgehandelt, basierend auf seinem Einkommen?«

Caitlin schüttelte den Kopf. »Ich wollte nie wieder mit ihm zu tun haben. Mein Anwalt hat eine einmalige Abfindung ausgehandelt.«

»In Höhe von?«

»Fünfzigtausend Pfund. Ich dachte, das sei eine Menge Geld für ihn, und er würde mich runterhandeln. Mir hätten zwanzigtausend gereicht. Aber der Anwalt sagte mir nur, er sei direkt darauf eingegangen.«

»Und du hast dich nicht darüber gewundert?«

Sie hob die Schultern. »Es erschien mir logisch. Ich war überzeugt, dass er mich einfach nur so schnell wie möglich loswerden wollte. So wie ich ihn. Und ich dachte, sein schlechtes Gewissen hätte sich gerührt. Oder er hätte Angst, ich würde zur Polizei gehen und ihn anzeigen. Irgendwas in der Art.«

»Bei seinen Rücklagen war diese Summe kein Problem. Er hat dir das Geld doch gegeben?«

»Gleich zum Scheidungstermin wurde es überwiesen.«

Val blätterte in dem Ordner. »Weißt du, es wird dich nicht sehr überraschen, wenn ich sage, du hast deinen Mann nicht wirklich gut gekannt.«

»Nein.«

»Und ich meine damit, du hast ihn wahrscheinlich gar nicht gekannt. Du wusstest nicht mal, womit er sein Geld verdient hat.«

Caitlin rutschte auf ihrem Stuhl herum. »Ich hab dir gerade gesagt ...«

»Er war kein Investmentbanker.«

»Doch. Er ist jeden Morgen ...«

»Er war nicht mal angestellt.«

»Aber du hast gerade gesagt, er hätte hundertfünfzigtausend Pfund im Jahr verdient. Wo soll er das Geld denn herbekommen haben?«

Val tippte mit dem Finger auf den Ordner. »Dein Thomas war selbstständig. Vermutlich hat er irgendwann mal als Investmentbanker gearbeitet. Aber seit über drei Jahren nicht mehr.«

Das konnte nicht wahr sein. Es hatte sich nichts bei ihm verändert. Er war in all den Jahren, die sie mit ihm verheiratet gewesen war, jeden Morgen um dieselbe Zeit aufgestanden. Er hatte immer dieselbe Art Anzug getragen und immer dieselbe Aktentasche mitgenommen. Er hatte sogar immer dasselbe gefrühstückt, mit minimalen Variationen: Müsli mit fettarmer Milch, ein Apfel (manchmal eine Banane) und schwarzer Tee mit Zitrone. Nur die Zeit, zu der er nach Hause kam, hatte sich geändert, aber das war schon immer an jedem Tag anders gewesen. Mindestens zwölf Stunden hatte er pro Tag gearbeitet. Anfangs hatte sie ihn vermisst, irgendwann war ihr jede Stunde, die er fortblieb, wie ein Geschenk erschienen. War er in den letzten Monaten ihrer Ehe besonders oft lange weggeblieben? Ja, das war er, aber sie hatte dem keine Beachtung geschenkt. Hatte gedacht, er sei sie vielleicht genauso leid wie sie ihn. Manchmal hatte sie gehofft und zugleich auch gefürchtet, er hätte eine Affäre. Sie hatte seine Kleidung daraufhin überprüft, aber nie auch nur das kleinste Anzeichen für die Existenz einer anderen Frau entdeckt. Manchmal war er an den Wochenenden unterwegs gewesen, aber auch das kannte sie von ihm nicht anders. Kein radikaler Wechsel irgendwelcher Gewohnheiten war ihr an ihm aufgefallen, während er einfach mal so seine Arbeit gekündigt und sich selbstständig gemacht hatte.

»Als was hat er gearbeitet? Als Finanzberater?«, fragte Caitlin matt.

»Als Wirtschaftsdetektiv. Mit einer eigenen Agentur. Es sieht nicht so aus, als hätte er an Miete gespart.«

»In der City?«

Val schüttelte den Kopf. »Canary Wharf. Meine Güte, wie lang hat er wohl gebraucht, um von hier zur Arbeit zu kommen ...«

»Eine Stunde, mit Umsteigen in die Jubilee Line«, sagte Caitlin zu Vals Überraschung.

»Hast du den Linienplan auswendig gelernt, als du in Schottland warst? Scheint ein ziemlich langweiliges Land zu sein. Früher wusstest du nicht mal, mit welcher Linie man am besten zu Harrod's kommt.«

Caitlin schüttelte den Kopf. »Er hat es einmal gesagt. Es ist mir gerade eingefallen. Er sagte: ›Ich arbeite jeden Tag zwölf Stunden und mehr, dazu kommen noch insgesamt zwei Stunden Fahrt, die Hälfte davon in dieser albernen Jubilee Line. Da kannst du nicht von mir verlangen, dass ich auch noch mein Frühstück selbst mache.‹«

»Ach«, sagte Val, »ich werde ihn vermissen.«

»Er hat wirklich viel gearbeitet«, verteidigte Caitlin ihn.

»Das war kein Grund, dich ...«

»Val, es ist vorbei.«

»In die City braucht man eine Dreiviertelstunde, und man fährt nicht die Hälfte der Strecke mit der Jubilee. Ist dir das nicht aufgefallen?«

»Nein, darüber habe ich nicht nachgedacht. Was macht ein Wirtschaftsdetektiv?«

»Alles, was seine Auftraggeber von ihm verlangen, würde ich annehmen. Und das lässt er sich gut bezahlen.«

Caitlin verstand nicht. »Was lässt er sich gut bezahlen? Unter einem Privatdetektiv kann ich mir was vorstellen. Der überprüft, ob Ehefrauen fremdgehen oder ob der zukünftige Schwager ein Heiratsschwindler ist. Aber ein Wirtschaftsdetektiv?«

Val zuckte die Schultern und klappte den Ordner zu. »Hier drin findest du einige seiner Aufträge. Sie sind alle schon älter und abgeschlossen. Wahrscheinlich hat die Polizei die Akten über die laufenden Fälle mitgenommen, um nach Motiven zu suchen. In diesen Papieren ist die Rede von Mitarbeiterüberprüfungen, von Projektüberwachungen, von Konkurrenzbeobachtung, von Versicherungsmissbrauch und von Prüfung der Kreditwürdigkeit diverser Firmen. Ich sag dir was, meine Liebe. Ich bin zwar nur eine von vielen kleinen Assistentinnen, die bei der BBC tagtäglich durch die Büros wackeln und ihren Chefs Kekse bringen. Aber irgendetwas sagt mir, dass sein Job was mit seinem Tod zu tun hatte.«

Caitlin kämpfte gegen bleierne Müdigkeit an. »Und was?«

Val verdrehte die Augen. »Das weiß ich nicht. Das wird die Polizei schon rausfinden. Aber überleg mal: Niemand hätte einen Grund, einen Investmentbanker umzulegen. Verklagen, ja. Umbringen, nein. Aber bei einem Wirtschaftsdetektiv, der dazu da ist, die schmutzige Wäsche anderer Leute ans Tageslicht zu zerren ...«

»Ich kann einfach nicht glauben, dass ich davon nichts wusste«, sagte Caitlin.

»So ergibt alles einen Sinn. Ich meine, was macht ein Wirtschaftsdetektiv in der schottischen Einöde?«, fragte Val herausfordernd.

»Er hatte einen Platz in der Entzugsklinik.«

»Tarnung«, behauptete Val. »Er hat dort jemanden beschattet.« Sie stand auf und riss die Küchenschränke auf. »Hier. Weinflaschen. Und hier. Teurer Whisky. Hier. Noch mehr Weinflaschen. Und im Kühlschrank: Bier. Ein Mann, der so viele Alkoholvorräte in der Küche hat, dass er damit die halbe Stadt zu einer Party einladen könnte, geht in eine Entzugsklinik? Ich glaube nicht.« Sie verschränkte die Arme und sah Caitlin herausfordernd an. »Thomas war irgendeiner Sache auf der Spur. Was wetten wir?«

»Ich wette nicht. Ich bin die Hauptverdächtige und werde früher oder später im Gefängnis landen.«

»Du hast nichts getan. Oder doch?«

»Alles spricht gegen mich. Val, ich bin vor der Polizei abgehauen. Das allein ist Grund genug, mich für eine Weile einzusperren.«

Val nickte. »Ich weiß. Aber noch haben sie dich nicht. Und außerdem können sie dir gar nichts …«

»Thomas wollte sich in der Nacht, in der er ermordet wurde, mit mir treffen.«

Val blieb erstaunlich ruhig. »Weiß die Polizei davon? Können sie das irgendwie rausfinden?«

»Sie haben noch nichts zu mir gesagt. Er hatte mir eine Mail geschrieben: Ich sollte um Mitternacht kommen. Dazu ein Link zu Google Maps, damit ich die Stelle finde. Loch Katrine als Treffpunkt. Ausgerechnet.« Sie sagte nichts von der Angst, die sie seit dieser Mail gehabt hatte. Wie sie sich in ihrem Haus eingeschlossen hatte, wie sie Messer, Scheren und alles sonst, was sich als Waffe eignete, griffbereit in jedes Zimmer gelegt hatte. Wie sie versucht hatte, sich alles ins Gedächtnis zu rufen, was sie nach ihrer Ehe zur Selbstverteidigung gelernt hatte. Sie musste nichts von ihrer Angst sagen. Val wusste es auch so.

»Woher hatte er deine Mailadresse?«

»Ich weiß es nicht.«

»Er wusste, wo du warst.«

»Ja.«

»Und du wusstest, dass er wusste. Na toll.«

Er war nicht gekommen. Stattdessen kam der Morgen und mit dem Morgenlicht ihr Selbstvertrauen, ihre Gewissheit, dass er ihr nichts tun würde. Wenn er bis zu diesem Morgen noch nicht bei ihr aufgetaucht war, obwohl er ihre Adresse längst kannte, dann hatte sie auch weiterhin nichts zu befürchten. Sie beschloss, wie jeden Morgen laufen zu gehen ... Die Mail, die er ihr geschrieben hatte, hatte sie gelöscht. Aber die Polizei würde sie früher oder später in seinem Account finden.

»Und warum wollte er dich wohl treffen? Sicher nicht, um dir zu sagen, dass er einen Entzug macht.«

»Vielleicht doch.« Ihr Kopf schwirrte.

»Nachts. An einem einsamen See. Alles klar.«

»Worauf willst du hinaus?«

»Woher wusste er, wo er dich finden kann? Er war Detektiv. Er hat es irgendwie herausgefunden. Dann hat er dich kontaktiert. Aber nicht sofort, nachdem er es herausgefunden hat ...«

»Woher willst du das wissen?«

»Man meldet sich nicht heute in so einer Klinik an und hat morgen einen Platz. Also, warum hat er sich erst einen Tag vorher bei dir gemeldet?«

Caitlin wusste es nicht.

»Er wollte sich jemanden genauer ansehen, der in der Klinik ist. Die Polizei muss nur noch rausfinden, wer das war.«

»Die Polizei wird nichts dergleichen tun.« Schlafen, das wäre jetzt das Richtige ...

»Dann müssen wir sehen, wie wir das rausfinden.«

Aber Caitlin hörte die Stimme ihrer Freundin nur noch aus weiter Ferne. Ihre Gedanken glitten in die Traumwelt: Sie sah sich durch Wälder und über Hügel laufen, verfolgt von jemandem, der aussah wie Thomas und der immer vor ihr am Ziel war. In ihrer Tasche klingelte ununterbrochen ihr Handy, und sie wusste, dass sie es nicht anrühren durfte, sondern dass sie immer weiterlaufen musste.

18

Verschwendete Zeit, dachte Ben.

Er achtete darauf, mit den Augen immer bei demjenigen zu sein, der gerade sprach. Der finstere Blick, von dem er hoffte, dass er ihn wirklich hatte und sich nicht nur einbildete, sollte die anderen in dem Glauben wiegen, er höre völlig unbeeindruckt zu und merke sich jedes Wort. In Wirklichkeit hörte er längst nicht mehr hin.

Cedric sprach mit Andrew Mitchell und Bree Livingston, einer Enddreißigerin, der Ben keinen zweiten Blick geschenkt hätte, wäre sie nicht so teuer zurechtgemacht gewesen. Livingstons Antworten waren so inhaltsleer, dass Ben Angst hatte, sein Gehirn würde in Brei verwandelt, wenn er zu viele davon zu hören bekäme. Mitchell war der angestrengte Eifer eines sozialen Aufsteigers ins Gesicht geschrieben. Er kontrollierte jede seiner Bewegungen und bemühte sich bei allem, was er sagte, die Vokale möglichst *upper class* klingen zu lassen. Man sollte ihn wegen Sprachmisshandlung aus dem Verkehr ziehen, dachte Ben.

Was für eine elende Zeitverschwendung.

Zur gleichen Zeit saß Sander vermutlich in Craigmillar in seinem Zimmer – falls er ein eigenes Zimmer hatte – und hatte eine Höllenangst um Jamie. Wie verloren der Junge ausgesehen hatte, nachdem ihm Ben gesagt hatte, dass er wegmusste. Was, wenn Sander recht hatte und einer dieser Sozialarbeiter sich an die Jungs ranmachte? Sie irgendwie zum Schweigen brachte, vielleicht mit Geld? Und wenn sie drohten, jemandem davon zu erzählen, brachte er sie um.

Unvorstellbar?

Aber nicht unmöglich.

Und er saß hier am selben Tisch mit denen, die diesen Mann bezahlten. Wenn auch nur indirekt.

Die Stiftung operiere unabhängig, hatte er erfahren, als sich Cedric auf Bens Bitte hin gleich zu Anfang des Gesprächs nach We Help erkundigt hatte. Ein lockerer Einstieg, bevor es zum geschäftlichen Teil ging. We Help war eine hundertprozentige Tochter von Duncan Livingston Pharmaceutics, aber unter eigener Geschäftsführung und mit eigenen inhaltlichen Konzepten, um einen reibungslosen Arbeitsablauf zu gewährleisten.

Mit dem Geschäftsführer müsste man reden, dachte Ben. Aber unter welchem Vorwand? Nein, das alles hier war verschwendete Lebenszeit. Ben bemühte sich, nicht unruhig auf seinem Sitz herumzurutschen und auf die Uhr zu sehen.

Ob Sander versucht hatte, ihn anzurufen? Was würde er zu ihm sagen: Tut mir leid, ich konnte nicht ans Telefon gehen, als du den wahrscheinlich größten Horror deines bisherigen Lebens durchgemacht hast, weil ich mit ein paar aufgeblasenen Typen an einem Tisch sitzen musste? Wir haben über Budgets in Millionenhöhe diskutiert, während du und deine Familie und deine Freunde und deren Familien sich nichts Neues zum Anziehen, nichts Gesundes zum Essen leisten können, während ihr in schuhkartongroßen Wohnungen lebt und kaum eine Chance habt, dort rauszukommen, weil das Geld für eure Ausbildung nicht da ist?

Sander konnte da rauskommen. Er hatte den Kopf dafür. Ihm fehlte nur ein Stipendium. Ben würde ihm helfen. Er könnte mit Cedric über ihn sprechen. Eine gute Idee.

Als er dies für sich beschlossen hatte, fühlte er sich gleich viel besser. Er hörte wieder auf das, was gesprochen wurde: Irgendein Forscher, den sie vor Jahren eingekauft hatten, verlangte ein höheres Einkommen, um ein Medikament, das kurz vor der Zulassung stand, noch bis zu diesem Termin »zu begleiten«, wie die Enkelin des Firmengründers es ausdrückte. Cedric schien sich die Sache überlegen zu wollen, und endlich brachen sie auf. Mechanisch reichte Ben den beiden Geschäftsführern die Hand, packte die Unterlagen unter den Arm, die Cedric mehr zur Show als aus Notwendigkeit mitgenommen hatte, und atmete erst auf, als er auf der Rückbank der Mercedes-Limousine Platz genommen hatte.

»Gelangweilt?«, fragte ihn David, der Butler, noch bevor Cedric zu ihnen gestoßen war.

»Gar kein Ausdruck«, gab Ben zu, und David zwinkerte ihm wissend zu.

»Ihr Vorgänger hat seine Emotionen stets weitaus deutlicher zum Ausdruck gebracht. Er war das, was man wohl exzentrisch nennt.«

»Mein Vorgänger?«

»Mr McGarrigle.«

»Moment, ich *bin nicht* sein persönlicher Assistent«, unterbrach Ben.

David nickte wissend. »Warten Sie ab.«

David stieg aus dem Wagen, um die Tür für Cedric aufzuhalten, der noch ein paar Höflichkeiten mit Andrew Mitchell ausgetauscht hatte. Ben überprüfte sein Handy: keine Anrufe. Kein Sander. Aber anderthalb Stunden Zeit, um sich mit Cedric zu besprechen.

Wozu es vorerst nicht kam. Cedric hatte sein Telefon bereits am Ohr, als er sich neben Ben setzte. Er gab David ein Zeichen, dass er losfahren solle, und hörte dann konzentriert seinem Gesprächspartner zu.

»Warum weiß ich das nicht schon längst? Ich hatte heute einen Termin mit ihr, das wussten Sie.« Falls Cedric verärgert war, ließ er sich nichts anmerken. Er hörte wieder eine Weile zu, dann verabschiedete er den Anrufer und klappte das Handy zu. »Informationen über Bree«, erklärte er Ben. »Ich hatte Ihnen gesagt, dass mein Finanzberater jemanden beauftragt hat?«

»Bree zweigt Geld von der Firma ab?«, fragte Ben interessiert.

»Sie hat vor anderthalb Jahren ein Luxusapartment im Glasgow Harbour gekauft, mit Blick auf den Clyde. Außerdem eine Villa am Lago Maggiore. Auf der Schweizer Seite des Sees.«

Ben stieß einen Pfiff aus. »Das kostet.«

»Sie verdient natürlich gut als Geschäftsführerin von DLP, aber nicht *so* gut. Ihr Vater hatte noch drei Geschwister, die ebenfalls erbberechtigt waren, also kann das Familienvermögen nicht allzu üppig ausgefallen sein.«

»Verhältnismäßig«, sagte Ben.

»Verhältnismäßig, ja.«

»Und? Hat sie sich was in die eigene Tasche gesteckt?«

»Das wird sich zeigen. Die ... Quellen meines Finanzberaters sind diesmal etwas träge«, sagte Cedric.

»Das heißt, diejenigen, die er beauftragt hat, etwas über Bree herauszufinden, haben es schwerer als erwartet?«

»Das geht mich nichts an«, wiegelte Cedric ab.

»Illegale Ermittlungen?«

»Mein Finanzberater wird mit Sicherheit niemandem den Auftrag geben, illegal aktiv zu werden.« Cedric lächelte.

»Verstehe. Er sucht sich jemanden, von dem er weiß, dass er tut, was getan werden muss, und der im Zweifelsfall auch alles auf sich nimmt.«

Ben sah Cedric an, aber der sagte nur: »Ich halte mich da raus.«

»Lassen Sie uns mal überlegen. Bree steckt also Geld in die eigene Tasche. Aber damit ruiniert sie das Lebenswerk ihrer Familie?«

»Ms Livingston hatte nicht den besten Draht zu ihrem Vater.«

»Aber sie hat die Firma übernommen.«

»Ihre Schwestern hatten noch weniger Interesse, dafür aber deutlich mehr Talent für andere Berufe. Die Ältere ist bei Ärzte ohne Grenzen, die Jüngste macht sich einen Namen als Theaterregisseurin. Gerade läuft eine ihrer Inszenierungen in London am Royal Court Theatre.«

»Wow. Welches Stück?«

»Sie werden es nicht kennen. Es ist eine Uraufführung. Sie hat es selbst geschrieben.«

Ben nickte. »Gut, und Bree, die Mittlere, hat sich in Jura versucht?«

»Und nie einen Abschluss gemacht. Ihr Vater war zum Teil natürlich froh darüber. So hatte er wenigstens jemanden, dem er die Firma aufbürden konnte.«

»Sie denken, sie schafft die Gelder in die Schweiz, um sich dann irgendwann aus dem Staub zu machen?«

Cedric nickte. »Es sieht alles danach aus.«

Sie schwiegen ein paar Minuten. Ben dachte nach: Bree bestahl also die Firma, die ihr Großvater aufgebaut hatte. Besonders sentimental war sie nicht. So weit okay. Sie fälschte die Bilanzen, damit sie genug Zeit hatte, ihre Schäfchen ins Trockene zu bringen. Hier wankte die Theorie bereits: Hatte Bree wirklich das nötige buchhalterische Wissen für solche Transaktionen? Wahrscheinlicher war, dass ihr jemand half.

»Was ist mit dem zweiten Geschäftsführer, Andrew Mitchell? Käme der als Komplize in Frage? Ich kann mir kaum vorstellen, dass Bree weiß, wie man Bilanzen fälscht.«

Cedric lachte. »Der gute Andrew. Wäre gern etwas Besseres, oder vielmehr das, was er dafür hält. Seine Frau, eine Anwältin, kommt aus einer sehr reichen Familie. Ihr Vater war ein einflussreicher Richter, Sir Richard Nesbitt. Sie hat Zugang zu den Kreisen, zu denen er schon immer gehören wollte. Viele behaupten, er habe sie nur deshalb geheiratet. Und natürlich – darauf wollten Sie sicher hinaus – heißt es, er habe ein Verhältnis mit Bree.«

»Hat er?«

Cedric hob die Schultern. »War ich dabei? Möglich ist alles.«

»Und Ihr Finanzberater, kann der da nicht ...«

»Etwas herausfinden? Warten wir einfach ab. Manchmal brauchen diese Dinge Zeit, weil diskret vorgegangen werden muss.«

Ben nickte. »Aber wie passt da die Sache mit der Stiftung rein? Ich meine, das Fax, das ich bekommen habe.«

Cedric schüttelte den Kopf. »Mit Bree kann das nichts

zu tun haben. Sie würde sich damit nur ins eigene Fleisch schneiden.«

»Oder ihren Abflug vorbereiten«, warf Ben ein. »Vielleicht hat sie einfach keine Lust mehr.«

»Keine Lust worauf?«

»Was weiß ich. Blöde Idee. Vergessen Sie's.«

»Das ergibt wenig Sinn.«

»Ja, ich hab's kapiert.«

»Sie bleiben an dieser Sache dran, nicht wahr?«

»Sicher. Aber lassen Sie uns noch einmal nachdenken: Wem könnte daran gelegen sein, der Stiftung zu schaden? Hätte irgendjemand einen Vorteil dadurch? Gibt es Konkurrenzprojekte? Oder will jemand die Gelder lieber für sich? Irgendetwas in der Art?«

Cedric dachte einen Moment nach, zuckte dann aber mit den Schultern. »Die Stiftung selbst ist niemandem im Weg, denke ich«, sagte er schließlich. »Sie tut keinem weh.«

»Und genau in diesem Punkt bin ich anderer Meinung.«

Cedric sah ihn erstaunt an. »Sie meinen, vom wirtschaftlichen Standpunkt aus ist die Stiftung kritisch zu bewerten?«

»Nein, ich rede eher vom menschlichen Standpunkt.«

Cedric hob die Augenbrauen. »Ich höre.«

Ben erzählte von Jamie und von Sanders Verdacht, dass dieser Stiftungsmitarbeiter, der sich ihm als Marc vorgestellt hatte, Geheimnisse mit den Jungs teilte ...

»Halten Sie an«, sagte Cedric.

David räusperte sich. »Sir, wir sind mitten auf der Autobahn ...«

»Das seh ich selbst. Halten Sie an.«

David setzte den Blinker und fuhr auf den Standstreifen. Nach einer sanften Bremsung hielt der Wagen. Cedric riss die Tür auf und sprang raus.

»Was ist denn jetzt los?«, fragte Ben. »Hat er das öfter?«

»Es kommt vor«, gab David zu. »Glücklicherweise sucht er sich sonst weniger gefährliche Stellen zum Nachdenken aus.«

»Ach, er denkt nach«, murmelte Ben und drehte den Kopf, um durch die Heckscheibe sehen zu können, was Cedric tat. Er stand einfach nur hinter dem Auto, beide Hände tief in den Hosentaschen vergraben, den Rücken dem vorbeisausenden Autobahnverkehr zugewandt, und schien in die Dunkelheit zu starren.

»Wo sind wir eigentlich?«

»Auf der M8 zwischen Glasgow und Edinburgh. Ziemlich genau in der Mitte.«

»Soll ich rausgehen und mit ihm reden?«, fragte Ben.

»Nein, das schätzt er nicht. Er wird in wenigen Minuten sicherlich wieder einsteigen und das Gespräch mit Ihnen fortsetzen, Sir.«

Ben konnte sich nicht erinnern, wann er jemals »Sir« genannt worden war. Ganz sicher nicht zu Hause im County Durham, und wenn, dann nur zum Spott. David allerdings meinte es ernst. Auch, als er kurz darauf höflich nachfragte, ob Ben etwas dagegen einzuwenden hätte, wenn er sich die Nachrichten im Radio anhören würde.

Die Wettervorhersage war noch nicht durch, als Cedric zurückkam.

»Entschuldigen Sie. Wir können fahren.«

David fädelte sich geschickt in den laufenden Verkehr ein und fuhr weiter, als sei nichts gewesen.

»Hab ich was Falsches gesagt?«, wollte Ben wissen.

»Nein. Überhaupt nicht. Ich musste nur eine Weile nachdenken.« Cedric verfiel wieder in Schweigen, und Ben wagte nicht, ihm noch eine Frage zu stellen. Endlich meldete sich Cedric wieder zu Wort. »Ich habe die ganze Zeit nur an mich gedacht und daran, wie angreifbar ich bin. An Geld und Geschäfte. Ich habe keine Sekunde an die Kinder gedacht. «

»Sie konnten das nicht wissen«, sagte Ben.

»Aber was ich wusste, war das, was Sie mir gleich zu Anfang erzählt haben. Dass es wirklich Todesfälle gegeben hat. Die aussahen wie Unfälle. Und? Habe ich auch nur ein einziges Mal danach gefragt? Wollte ich wissen, ob es etwas gibt, das man für die Hinterbliebenen tun kann? Ich habe nicht einmal daran *gedacht*.«

»Sie hatten andere Probleme«, versuchte Ben, ihn zu beruhigen.

»Oh. Ja. Unglaubliche Probleme. Geldprobleme. Wissen Sie was? Sollte DLP den Bach runtergehen, verliere ich ein Drittel des aktuellen Vermögens meines Vaters. Ein Drittel. Und wissen Sie noch was? Ich würde es nicht einmal merken, so viel Geld besitze ich. Ich kann Ihnen gar nicht sagen, was *das* für Probleme sind.« Cedric drehte sich von Ben weg und sah schweigend aus dem Fenster.

Ben sah Cedric Darney gerade, wie ihn die Öffentlichkeit besser nicht sehen sollte: als einen jungen, unsicheren Mann, der nur wenig länger als ein Jahr von der Universität weg war.

Sein Vater war spurlos verschwunden, was zu einem Medienspektakel geführt hatte. Lord Darney, dem Besitzer einiger TV-Produktionsgesellschaften und Verlage, wurden Beziehungen zur organisierten Kriminalität nachgesagt, und angeblich gingen einige Kapitalverbrechen – auch Morde, hieß es – auf sein Konto. Er musste eine Art Jekyll und Hyde gewesen sein. Cedric hatte die Geschäfte seines Vaters übernommen und eng mit der Polizei zusammengearbeitet. Der flüchtige Lord war bis heute nicht aufgetaucht. Zur selben Zeit war der Kopf einer Menschenhandelsorganisation verschwunden, und man ging mittlerweile davon aus, dass beide tot waren. Aber sicher war nichts.

Cedric hatte mit großem Geschick die Geschäfte übernommen und war sehr für seinen klaren Stil und den offenen Umgang mit der Vergangenheit seines Vaters gelobt worden. Was Ben aber nach Cedrics Ausbruch ganz deutlich spürte: wie verletzlich er wirklich war, und wie wenig ihm die Rolle, die er nach außen hin so gut ausfüllte, gefiel.

Im Wagen machte sich eine angespannte Stille breit. Als sie schon fast in Merchiston angekommen waren, sagte Cedric endlich: »David, wir fahren nach Craigmillar.«

»Sir, wenn ich mir erlauben darf ...«, hob David an.

»Craigmillar. Sie wissen, wie wir dorthin kommen?«, unterbrach ihn Cedric.

»Keine gute Idee«, mischte sich Ben ein. »Um diese Uhrzeit mit *dem* Auto ...«

»David passt auf den Wagen auf.«

»Was sollen wir dort?«

»Ich will mit diesem Jamie sprechen.«

Ben schüttelte den Kopf. »Mit Jamie? Ich denke nicht, dass er heute noch mit irgendjemandem reden will, nach alldem, was heute Nachmittag passiert ist. Und mit Ihnen wird er schon gar nicht sprechen. Ich meine ...«

»Rufen Sie Ihren Freund Sander an«, unterbrach Cedric. »Er soll alles arrangieren.«

»*Arrangieren*, ja? Glauben Sie, Sie können da einfach reinspazieren, und nur weil Sie sind, wer Sie sind, erzählt man Ihnen alles, was Sie wissen wollen? Glauben Sie das?«

Cedric sah Ben an. »Sagen Sie ihm, dass ich Jamie sprechen will, und nennen Sie es, wie Sie wollen.«

Zögernd nahm Ben sein Handy und wählte Sanders Nummer.

Ben war klar gewesen, dass das Treffen in einem Desaster enden würde, aber er hatte Cedric nicht mehr umstimmen können. Sander musterte Cedric so feindselig, als hätte er mit ihm eine persönliche Rechnung offen, und Cedric hielt Abstand von dem Jungen, als hätte dieser eine ansteckende Krankheit. In der Wohnung von Jamies Eltern war Cedric die Erschütterung über die Wohnverhältnisse deutlich anzusehen. Jamie hatte drei Geschwister und vier Stiefgeschwister. Sie teilten sich jeweils zu viert ein Zimmer, wobei der Jüngste auf dem Boden schlafen musste. Eine Ausziehcouch im Wohnzimmer diente Jamies Vater und Stiefmutter als Ehebett. In diesem Zimmer wurde gegessen, geraucht, ferngesehen und herumgeschrien. Jamies Vater saß auf der Couch und stieß eine Drohung nach der anderen gegen die lärmende Kinderschar aus, die ihn ignorierte. Der Fernseher lief. Während Jamies Stiefmutter noch versucht hatte, den beiden Besuchern ein Minimum an Höflichkeit entgegenzubringen, hatte Jamies Vater bei ihrem Erscheinen nur kurz vom Fernseher hochgeschaut und gefragt, ob sie nicht wenigstens eines der Bälger mitnehmen und durchfüttern könnten.

Jamie selbst hatte sich in die ruhige Küche verzogen, wo er am Fenster einsam eine Zigarette rauchte, während auf dem Herd Tomatensoße mit gebackenen Bohnen bedenkliche Blasen schlug, die in alle Richtungen zerplatzten. Es roch angebrannt. Sander war unten geblieben und ließ sich von David den Wagen zeigen. Jamie konnte ihn vom Küchenfenster aus sehen.

»Geile Karre.« Jamie klang müde und sprach schleppend. »Gehört sie dir?« Er zeigte mit der glühenden Zigarettenspitze auf Cedric. »Oder deinem Lover?«, nickte er zu Ben. Seine Augen waren glasig. Auf dem Tisch stand eine halb leere Flasche Wodka.

»Der Wagen gehört mir«, sagte Cedric.

»Hab ich doch gleich gewusst«, grinste er Ben an. »Entweder ein Pädo oder schwul«, nickte er zufrieden. »Und? Wollt ihr Sander mitnehmen? Ins Auto locken, Sack übern Kopf und dann schön zu Hause ...«

»Jamie«, unterbrach Ben. »Wir wollen mit dir über das reden, was heute Nachmittag los war.«

»Ach, heut Nachmittag.« Sein Grinsen verschwand, und er sah gelangweilt zu der Wodkaflasche. »Kleiner Scherz. Kam nur irgendwie nicht so gut an.« Er nahm die Flasche und trank einen Schluck.

Cedric stand regungslos neben Ben, die Hände tief in den Hosentaschen, und schwieg, in Gedanken scheinbar weit weg. Also übernahm Ben das Fragen: »Jamie, dieser Typ von der Stiftung. Marc. Kennst du ihn gut?«

»Klar, Mann, aber nicht so gut wie ihr zwei euch.« Jamie grinste wieder dreckig.

»Ist mit ihm alles in Ordnung?«

»Was, mit Marc? Klar, warum nicht? Ist ein Labersack wie alle. Aber ganz okay. Versteh mich gut mit ihm.«

»Wenn es irgendwas gibt, worüber du reden willst ...«

»Hey, bleib ganz cool, okay? Reicht mir, wenn mir die von der Stiftung dauernd das Ohr abkauen wollen. Nicht du auch noch. Und von 'ner Schwuchtel lass ich mir eh nix sagen.« Er nahm noch einen Schluck Wodka. So kamen sie nicht weiter. Jamie war betrunken, und selbst wenn er reden wollte, dann ganz sicher nicht mit ihnen.

»Jamie, mein Name ist Cedric Darney«, schaltete sich Cedric nun doch ein. »Ich habe Einfluss auf die Stiftung und ihre Mitarbeiter, den ich selbstverständlich jederzeit geltend machen kann. Sofern es jemanden gibt, der sich dir gegenüber falsch verhalten hat, musst du es mir sagen.«

Jamies Augen waren ganz groß geworden. Während Ben noch überlegte, ob der Junge Cedrics Satzbau überhaupt folgen konnte, zündete der sich die nächste Zigarette an seinem alten Stummel an.

»Woa woa woa«, nuschelte er, die Kippe zwischen den Zähnen. »Ich hab kein Ton über irgendwen gesagt, okay? Alle sind cool, alle sind super. Wirklich, ganz klasse Typen.«

Ben konnte die Angst in seinem Gesicht sehen. »Jamie, was ist los?«

»Nix. Alles cool. Alles läuft nach Plan. Sie können wieder fahren«, sagte er, an Cedric gerichtet. »Es läuft echt klasse. Marc ist ein prima Kerl.«

»Marc wer?«, fragte Cedric ruhig.

»Cunningham. Super Typ.«

Ben zog Cedric leicht am Ärmel. Er verstand. »Danke, Jamie. Wir gehen jetzt. Aber wenn etwas sein sollte, melde dich bitte. In Ordnung?«

Jamie nickte. »Alles cool«, rief er den beiden nach.

»Cunningham«, sagte Ben, als sie das Gebäude verließen. »Cunningham hieß der Mann, der bei der Polizei angerufen hatte, um ihnen zu sagen, es sei falscher Alarm.«

Cedric sah ihn an. »Marc Cunningham, der Jamie dazu gebracht hat, das kleine Mädchen wieder laufen zu lassen und auch sonst keine schlimmen Dinge mit dem Messer anzustellen? Er hat sich seine fünfzehn Minuten Ruhm selbst genommen, indem er die Polizei abbestellt hat? Jeder andere hätte sich darum gerissen. Mit der Polizei kommt die Presse. Große Schlagzeile: Sozialarbeiter verhindert Amoklauf!« Cedric schüttelte den Kopf. »Finden Sie alles über diesen Marc Cunningham raus.«

»Cedric, ich bin kein Detektiv, ich kann nicht ...«

»Ich habe Sie freistellen lassen, damit Sie ausschließlich für mich arbeiten. Ich dachte, darin wären wir uns einig. Morgen will ich alles über Cunningham wissen. Wie Sie das machen, ist mir egal.«

»Engagieren Sie einen Detektiv.«

»Engagieren *Sie* einen, wenn nötig, und geben Sie mir die Rechnung«, sagte Cedric.

Sander kam auf die beiden zu.

»Und? Hat er was gesagt? Mir wollte er die ganze Zeit

erzählen, er hätte nur Spaß gemacht. Aber ich sag euch was: Der hatte die Hosen voll. Hab noch nie gesehen, dass der so eine Angst gehabt hat. Ehrlich. Mit dem stimmt was nicht.«

»Er hat die Stiftung und diesen Marc in den höchsten Tönen gelobt.«

Sander verdrehte die Augen. »Mann, und das glaubt ihr, oder was? Ey, da stinkt was, das riech ich meilenweit. Ich sag dir was, Ben, ich wär bestimmt ein besserer Journalist als du.«

»Mach zuerst einen Schulabschluss«, sagte Cedric im Vorbeigehen. »Und dann kannst du dich bei uns bewerben.«

»Guter Abschluss«, rief Sander. »Dann zahl mir 'ne gute Schule.«

Cedric blieb stehen, sah sich aber nicht zu ihm um. »In Ordnung. Aber deine Noten müssen gut sein.«

»Die *sind* gut«, antwortete Sander und verdrehte die Augen.

»Ben, klären Sie das.« Cedric stieg ein, und David schloss die Wagentür hinter ihm.

Sander starrte ihm wütend nach. »Wer is'n der?«

»Der Herausgeber vom *Scottish Independent*. So gesehen mein alleroberster Vorgesetzter.«

»Will mich wohl verarschen, der Kerl?«

»Wenn du Pech hast, meint er das ernst.«

»Glaubt wohl, ihm gehört die Welt.«

»Hör zu, Sander, lass uns morgen weiterreden. Ich will ein paar Leute treffen, und es wäre gut, wenn du mitkommst.«

Sander verzog misstrauisch das Gesicht. »Wohin mitkommen?«

»Journalistische Routinearbeit. Interesse?«

Der Junge hob die knochigen Schultern und zog den Kopf ein. »Vielleicht. Mal sehen.«

Ben fiel etwas ein. »Ach nein, das geht nicht, du hast morgen Schule.«

»Nicht lange«, sagte Sander. Sein Interesse war geweckt. »Wie lange?«

»Eins.«

Ben legte den Kopf schief. »Und wie lange in Wirklichkeit?«

Sander sah auf seine Schuhspitzen und wippte auf den Fußballen herum. »Sport fällt aus.«

»Also gut. Wir treffen uns um eins.«

»Und dann?«

»Abwarten«, sagte Ben und stieg in den Wagen.

Drei Tage zuvor ...

Sie war so vertieft gewesen, dass sie seine Schritte nicht gehört hatte.

»Spionierst du?«, fragte er und schloss die Tür hinter sich.

Sie zuckte zusammen. »Das glaub ich nicht«, sagte sie und zeigte auf die Papiere. »Das bist nicht du. Das ist ein Irrtum.«

Er lächelte. »Stell dich nicht so an. Geschäft ist Geschäft. Man kommt nicht nach oben, indem man nett zu anderen ist.«

»Du bringst Menschen um.«

Er lachte. »Ich bringe Menschen um? Ein interessanter Gedanke. Ich dachte immer, ich sehe nur dabei zu, wie sie sterben.«

»Wo ist der Unterschied?«, fragte sie.

»O bitte. Komm mir nicht mit Moral. Ich kann mir Moral nicht leisten. Wenn du es kannst: Herzlichen Glückwunsch.«

Sie dachte rasch nach. »Du hast damit nichts zu tun«, sagte sie. »Du kannst zur Polizei gehen und sagen, du wusstest nichts davon. Das geht. Bestimmt. Du kannst dich ganz raushalten!« Sie sah ihn an, und ihre Hoffnung starb sofort wieder.

»Ich gehe ganz sicher nicht zur Polizei, meine Liebe«, sagte er und nahm ihr die Unterlagen weg.

»Dann werde ich ...«

»Du auch nicht.«

»Willst du mich daran hindern? Indem du mich um-
bringst?«

Er lächelte sie an. »Dich? Wäre das nicht zu auffällig?
Ich habe eine viel bessere Idee. Deine Freundin, die du so
sehr liebst, wird sterben, wenn ich mitbekomme, dass du
auch nur ein Wort ausgeplaudert hast.«

Sie versuchte einen Bluff. »Ich weiß nicht, von wem du
redest«, sagte sie so gelassen wie möglich.

»Ach nein?« Er nahm sein Handy aus der Jackettasche,
tippte darauf herum und hielt es ihr hin. »Erkennst du jemanden auf dem Foto? Außer dir? Und die Situation, würde ich sagen, ist eindeutig, nicht?«

Sie sah ihn an. »Seit wann?«, fragte sie.

»Schon immer«, sagte er.

Mehr musste er nicht sagen. Sein Blick reichte. Er drehte sich um und verließ den Raum.

Sie saß noch eine Weile da und bebte vor Angst und
Wut.

Es musste einen Weg geben, dachte sie. Irgendwie
musste sie es schaffen, dass jemand davon erfuhr. Ohne
dass es auf sie zurückfiel. Ohne dass er Verdacht schöpfte.
Ohne dass noch mehr Menschen starben.

Wenn sie das nächste Mal in Edinburgh war, würde sie
eine Nachricht versenden, die er niemals zu ihr zurückver-
folgen konnte.

Irgendwie, dachte sie, irgendwie muss es möglich sein …

DONNERSTAG

19

Alles war düster und verschwommen, als Caitlin von dem Pochen in ihrem Knöchel geweckt wurde. Sie versuchte, es zu ignorieren, als sich ihre Hand meldete und schließlich der Kopf.

Tabletten!

Sie blinzelte. Ihre Augenlider fühlten sich an, als seien sie aus Hefeteig.

Besser die Augen zulassen.

Sie lag auf der Seite, ihr Rücken fühlte sich wärmer an als ihre Brust. Hand ausstrecken und vorsichtig tasten: Jemand lag hinter ihr.

Val.

Sie lagen in Vals Bett. Val bewegte sich nicht. Ihren Atem konnte sie erst hören, nachdem sie sich eine Weile darauf konzentriert hatte. Val, die Optimistin. Wenn es ihr mit einem Mann unbequem wurde, machte sie Schluss. Wenn ein Mann sie verließ, zuckte sie die Schultern und hatte ihn schon vergessen. Hätte sie nur ein kleines bisschen mehr Val in sich.

Mit ihrer gesunden Hand tastete sie ihre Augenlider ab. Sie waren geschwollen. Wieder blinzelte sie, und diesmal blieben ihre Augen offen. Val hatte keine Vorhänge im Schlafzimmer. Oranges Laternenlicht drang herein, und Caitlin konnte die fluoreszierenden Zeiger von Vals altem Wecker sehen: gerade halb sechs.

Sie stand auf. Probierte vorsichtig aus, wie stark sie den verletzten Knöchel beanspruchen konnte – so gut wie gar nicht. Aber sie musste ins Bad. Dort hatte Val Schmerztabletten. Sie erinnerte sich kaum noch an gestern Abend. Aber irgendwo in ihrem Gehirn hatte sie abgespeichert, dass es im Bad Ibuprofen gab.

Caitlin musste sich am Waschbecken festhalten, um das Gleichgewicht nicht zu verlieren. Ihr Kreislauf streikte. Das Bad wurde schwarz, ihr Körper kribbelte. Dann wurde langsam alles rot, und endlich konnte sie wieder normal sehen.

Wie du aussiehst ...

Sie starrte ihr Spiegelbild an. Die Faszination des Grauens, dachte sie. Verquollene Augen, bleicher Teint, fettige Haare.

Als sich Kreislauf und Gleichgewichtssinn geeinigt hatten, öffnete sie das Spiegelschränkchen über dem Waschbecken und fand mit einem Handgriff die Tabletten.

Drei Stück, dachte sie. Das sollte die Schmerzen eine Weile in Schach halten. Sie trank das Wasser direkt aus der Leitung und schluckte die Tabletten damit runter. Wie lange es wohl dauern würde, bis sie wirkten? Mühsam schaffte sie es in die Küche. Sie setzte sich und legte ihr Bein hoch. Einen Arzt aufzusuchen, wäre das Vernünftigste. Aber konnte sie es riskieren, zum Arzt zu gehen? Warum nicht? Der National Health Service behandelte jeden Bürger der EU und war nicht gerade berühmt dafür, besonders strenge Patientenkontrollen durchzuführen. Im Moment waren sie eher berühmt dafür, ihre Patientendaten zu verlieren. Und selbst wenn sie – was unwahrscheinlich war – ihr Foto in allen Zeitungen und auf allen Fernsehkanälen zeigten (»Entflohene Mordverdächtige! Belohnung!«), in London achtete niemand auf den anderen. Hier waren sogar Popstars sicher, wenn ihnen nicht gerade ein Pulk Paparazzi folgte. Sie erinnerte sich an etwas, das sie über Chris Martin, den Sänger von Coldplay, gelesen hatte: Er war mit der U-Bahn zu seinem Konzert gefahren. Hier in London. Um ihn herum begeisterte Fans, Konzerttickets für Coldplay in den Händen. Keiner hatte ihn erkannt.

Die Haare zum Zopf binden. Andere Kleidung tragen. Die Verbände waren ein Problem, daran könnte man sie identifizieren.

Mütze und Handschuhe. Fäustlinge!

Es gab eben doch für alles eine Lösung.

Wenn sie jetzt mit Val in ein Krankenhaus fuhr, erwischten sie vielleicht noch die Nachtschicht. Die Ärzte und Pfleger würden übernächtigt sein und sich nicht drum scheren, wen sie vor sich sitzen hatten. Sie könnte auch allein fahren. Val hatte schon so viel für sie getan. Besser, sie nicht in zu viel hineinzuziehen.

Zu spät.

Aber sie sollte wenigstens ausschlafen. Caitlin schloss einen Moment die Augen, wartete, bis die Wirkung der Tabletten einsetzte. Sie schienen sich Zeit zu lassen. Wirkten die Dinger überhaupt? Oder musste man dafür erst das Zehnfache der erlaubten Tagesdosis nehmen? Warum produzierten sie dieses Zeug überhaupt in so winzigen Einzeldosen?

Sie hievte sich vom Küchenstuhl hoch und humpelte zurück ins Schlafzimmer. Ihre Kleider konnte sie nicht mehr anziehen. Sie waren verdreckt und rochen schlecht. Leise tastete sie sich durch Vals Kleiderschrank und fand einen schwarzen Rollkragenpullover und eine schwarze Jogging-hose. Außerdem lilafarbene Kniestrümpfe (wo, liebe Val, gehst du einkaufen?). Pullover und Hose waren zu groß, da Val zehn Zentimeter größer und einige Kilo schwerer war als Caitlin. Im Flur entschied sie sich für ein paar Laufschu-he, dankte dem Universum und dem Gott des Zufalls, dass Val nicht auch noch größere Füße hatte als sie. Sie hinter-ließ Val eine kurze Nachricht, nahm ihr Handy, eine von Vals Winterjacken, eine Strickmütze und Fäustlinge und ging nach draußen in die feuchtdunkle Londoner Kälte.

Nur wenige Minuten später hatte sie ein Taxi angehal-ten. Das nächste Krankenhaus war nicht weit. Sie humpel-te in die Notaufnahme, wurde von einer Krankenschwester begutachtet und als Notfall eingestuft, Wartezeit ungefähr zwei Stunden. Sie dachte kurz darüber nach, einen Schwä-cheanfall vorzutäuschen, um schneller dranzukommen, bekam aber ein schlechtes Gewissen, als ein stark aus dem Bauch blutender Mann von ein paar Pflegern im Sprint an ihr vorbeigeschoben wurde.

Zwei Stunden. Hätte sie doch Val mitgenommen. Oder etwas zu lesen. Die abgegriffenen Magazine, die auf einem Tisch herumlagen, wollte sie nicht anfassen. Dazu hätte sie auch die Fäustlinge ausziehen müssen. Wenigstens den einen könnte sie ausziehen und eine SMS an Val schreiben. Besser noch: Val anrufen und sie bitten, zu ihr zu kommen. Es war mittlerweile halb sieben.

Caitlin nahm ihr Handy, und noch bevor sie auf das Dis-play sah, durchzuckte sie eine Vorahnung.

Sieh nicht hin!

Auch keine Lösung. Sie hatte Angst vor dem, der sie

verfolgte. Aber es würde nichts bringen, sich eine andere Nummer geben zu lassen. Vielleicht war es wichtig, mit ihm in Kontakt zu sein. Vielleicht sollte sie einfach antworten. Und sehen, was dann passierte. Was hatte sie zu verlieren? Außer ihrem eigenen Leben nicht mehr viel. Nein, eigentlich nur noch ihr Leben, von dem sie gerade nicht mehr wusste, ob es sich lohnte, dafür zu kämpfen.

Du hast dich schon mal neu erfunden, dachte sie. Es ist vielleicht nicht brillant gelaufen, aber man lernt dazu. Das nächste Mal wird besser.

Und ganz egal, wie ihr Leben in Zukunft aussehen würde: Es war ihr Leben.

Sie würde diesem Mistkerl schreiben.

Sieh nicht hin!

Zu spät: Zwei neue Nachrichten, ein verpasster Anruf. Sie klickte als Erstes in die Anrufliste: Das Pflegeheim, in dem ihre Mutter lag, hatte angerufen. Die erste Nachricht war von ihrer Mailbox. Mit klopfendem Herzen hörte sie sie ab. Eine Schwester aus dem Pflegeheim bat sie, sich möglichst schnell zurückzumelden. Ihrer Mutter ginge es sehr schlecht, sie habe sich sehr aufgeregt und wieder einen Herzinfarkt gehabt. Caitlin rief auf der Station an.

»Sie ist stabil«, sagte ihr die Nachtschwester, die sie offenbar gerade mitten in der Übergabe gestört hatte. »Sind Sie in London? Dann kommen Sie bitte vorbei. Sie waren schon sehr lange nicht mehr hier.«

Diese Art Einmischung prallte normalerweise an Caitlin ab. Nur heute waren ihre Nerven zu dünn. Wie oft hatten sie sie schon an das Bett ihrer Mutter gerufen, obwohl nichts wirklich Dringendes gewesen war. Sie verstanden einfach nicht, dass sie keinen besonderen Wert darauf legte, Zeit mit ihrer Mutter zu verbringen.

»Ich lebe jetzt in Schottland, und ich arbeite«, fauchte sie deshalb.

»Mag sein, aber dieses Mal sollten Sie wirklich kommen.«

»Okay. Ich habe aber noch was zu erledigen, ich glaube nicht, dass ich vor heute Nachmittag ...«

»Ich weiß nicht, ob es heute Nachmittag nicht schon zu spät ist.« Mit diesen Worten legte die Stationsschwester auf.

Caitlin starrte ihr Handy an. Die Schwestern hatten offenbar beschlossen, den Druck auf sie zu erhöhen. Für Caitlins Geschmack waren sie dieses Mal allerdings den entscheidenden Schritt zu weit gegangen. Als Erstes würde sie sich um ihren Fuß kümmern. Dann mit Val frühstücken. Dann einen Plan fassen, was als Nächstes zu tun war. Und vielleicht blieb wirklich genug Zeit, dass sie noch vor Mittag ihre Mutter besuchen konnte.

Sie klickte sich zu der zweiten Textnachricht durch. Wie sie befürchtet hatte, kam sie vom Handy ihres toten Exmanns.

»Mrs Clark?«, rief eine Frau.

Caitlin hatte einen falschen Namen angegeben und war mittlerweile gewohnt, auf falsche Namen zu reagieren. Sie stand vorsichtig auf und humpelte auf die Frau zu, die sie aufgerufen hatte.

»Jetzt ging es doch schneller«, erklärte die Ärztin. Sie sprach mit einem starken Akzent.

»Deutschland?«, fragte Caitlin.

Die Frau nickte ohne ein Lächeln und führte Caitlin in einen Behandlungsraum. Der Boden und ein Teil der Wand waren mit bräunlichen Flecken übersät.

»Ich hoffe, es ist nicht das, was ich denke«, murmelte Caitlin.

»Desinfektionsmittel«, antwortete die Ärztin, und Caitlin wusste, wenn es Blut gewesen wäre, hätte sie es ihr in demselben Ton gesagt.

»Sieht aus, als müsste nicht operiert werden«, war die lakonische Ansage nach einer verdächtig schnellen Untersuchung. »Ich gebe Ihnen was gegen die Schmerzen mit. Dreimal eine. Hier ist ein Rezept für mehr. Die Schwester macht Ihnen einen neuen Kompressionsverband. Die nächsten Tage kühlen und hochlegen.« Schon war sie verschwunden, und die Schwester übernahm.

»Da werden Sie in den nächsten Wochen schön zu Hause bleiben müssen«, mahnte sie.

Caitlin dankte, lehnte es ab, im Rollstuhl zum Ausgang gefahren zu werden, wünschte sich unterwegs, sie hätte das Angebot angenommen, und nahm eines der Taxis, die vor dem Krankenhaus warteten.

Erst als sie vor Vals Haus angelangt waren, fiel ihr die Nachricht auf ihrem Handy ein. Es war, als drückte sich ihr Unterbewusstsein davor, sie zu lesen. Sie bezahlte den Taxifahrer, humpelte die Stufen zu Vals Wohnung hinauf und fiel in der Küche auf den nächsten Stuhl.

Val hatte Tee gemacht. »Gerade wollte ich dich anrufen«, sagte sie. »Das ging ja richtig schnell.«

»Zeichen und Wunder«, murmelte Caitlin und nahm eine der Tabletten, die ihr die deutsche Ärztin mitgegeben hatte. »Das Pflegeheim, in dem meine Mutter liegt, hat angerufen. Ich soll sofort kommen.«

»Mal wieder?« Val kannte das Prozedere ebenso gut wie Caitlin.

»Angeblich soll es diesmal wirklich wirklich ernst sein.«

»Oh, *wirklich wirklich*? Was das wohl übersetzt heißen mag?«, überlegte Val.

»Dieser Typ, der Thomas' Handy hat, hat mir wieder geschrieben«, sagte Caitlin. In Vals Gegenwart fühlte sie sich sicher genug, um sich endlich die wartende Nachricht anzusehen.

»Fast schon geschwätzig«, urteilte Val. »Wenn man will, dass die Typen anrufen, tun sie's nicht. Und wenn man nichts mit ihnen zu tun haben will, kleben sie an einem wie Hundescheiße.«

Caitlin versuchte ein Lächeln. Sie klickte die Nachricht an. Und wieder war es, als öffnete sich der Boden unter ihr.

Val riss ihr das Telefon aus der Hand. »Gib schon her.« Ihr Gesicht veränderte sich nicht, während sie die wenigen Zeilen las. »Na und?«, sagte sie nur und legte das Handy auf den Tisch.

»Er weiß, wo ich bin.«

»Das ist nicht so schwer. London. Na und? London ist ein bisschen größer als ... Wie hieß das Kaff noch?«

»Callander.«

»Also. ›Herzlich willkommen in London‹. Das könnte sich ja wohl jeder zusammengereimt haben.« Val stellte Teller auf den Tisch und machte sich daran, Spiegeleier zu braten.

»Dieser Mistkerl.«

»Du weißt, wer es ist?«

»Der Doktor. Sein Wagen ... Das könnte derselbe gewesen sein, der mich abgedrängt hat. Und er hat mich absichtlich laufen lassen, da bin ich mir sicher.«

»Wozu?«

Caitlin zuckte die Schultern. »Weil er mich bei der Polizei so richtig reinreißen will? Damit der Verdacht nicht von mir abfällt?«

Val schaufelte perfekte Spiegeleier auf die Teller. »Nein ... Vielleicht. Aber was ist, wenn er denkt, du weißt etwas von Thomas?«

»Was soll ich denn wissen?« Caitlin stocherte den Eidotter kaputt.

»Vielleicht denkt er, Thomas hat dir vor seinem Tod etwas anvertraut.«

»Ich weiß nicht ...« Das Klingeln ihres Handys unterbrach sie. Wieder eine Nachricht.

»Sehr geschwätzig«, urteilte Val und lud Toast auf ihre Teller. »Was will er jetzt?«

Caitlin schüttelte den Kopf. »Es ist Lenny. Offenbar wissen jetzt alle, dass ich abgehauen bin. Er schreibt: ›Du bist so cool, wenn ich das gleich gewusst hätte!‹« Caitlin konnte nicht anders und musste lächeln. »So ein Verrückter.«

»Schreib ihm zurück. Jetzt.«

»Lenny? Der kann warten.«

»Nicht Lenny. Dem anderen. Na los, schreib ihm zurück.«

»Darüber hab ich auch schon nachgedacht ... Aber was soll ich ihm schreiben?«

»Er hat dich in London willkommen geheißen. Also

schreibst du zurück: ›Wenn nur das Wetter nicht so schlecht wäre.‹«

»Spinnst du?«, rief Caitlin. »So einen belanglosen Mist?«

Val schnaubte. »Er will dich nur nervös machen. Zeig ihm, dass du keine Angst vor ihm hast.«

Das klang logisch. Caitlin tippte, was ihre Freundin vorgeschlagen hatte, und schickte die Nachricht ab.

»Damit rechnet er ganz sicher nicht«, nickte Val zufrieden.

»Val, ich habe Angst.«

Val streckte ihre Hand aus, und Caitlin nahm sie. »Jeder in deiner Situation hätte Angst.«

»Jeder in deiner Situation hätte Angst?«, wiederholte Caitlin ungläubig und ließ Vals Hand los. »Hast du vielleicht noch ein paar Plattitüden auf Lager? So was wie ›Das wird schon wieder‹? Oder: ›Mach dir keine Sorgen‹?«

»Jetzt wirst du unfair«, verteidigte sich Val, und Caitlin begriff im selben Moment, dass ihre Freundin recht hatte.

»Es tut mir leid«, sagte sie leise. »Ich bin es nur nicht gewohnt, dass du …«

»Dass ich auch mal nicht weiterweiß?«

Caitlin kam nicht dazu zu antworten. Ihr Handy piepte wieder.

»Geschwätzig *und* schnell«, kommentierte Val, und Caitlin war beruhigt: Da war wieder die alte Val. Die Val-ohne-Grenzen. »Was jetzt?«

Caitlin las den Text. Wünschte sich, sie hätte auf diese innere Stimme gehört und die Augen davor verschlossen. Wortlos legte sie ihr Handy auf den Tisch. Val nahm es, um die Nachricht zu lesen:

Wie geht es Ihrer Mutter? Hat sie die Nacht gut überstanden?

»Komm schon«, rief Val und sprang auf.

20

»Sie kennen ihn nicht?«, hakte Ben noch einmal nach. »Vielleicht habe ich den Nachnamen falsch verstanden?«

Karen, die Sozialarbeiterin, schüttelte den Kopf. »Wir haben auch keinen Marc, tut mir leid.« Sie biss sich auf die Unterlippe und sah ihn nachdenklich an. »Einen Martin gibt es bei uns. Ab und zu kreuzen hier natürlich Leute aus dem Stiftungsbüro auf, oder welche, die in anderen Projekten arbeiten. In Glasgow werden nächste Woche zwei Jugendzentren eröffnet. Vielleicht fragen Sie da mal nach?«

Ben rieb sich das Kinn und starrte der Frau über die Schulter. Das Gebäude war früher einmal ein Pub gewesen. Der fleckige grüne Teppichboden und die nikotingelben Tapeten waren nicht erneuert worden. Auch die Theke war geblieben, nur dass jetzt kein Alkohol mehr verkauft wurde. Nur Cola, Limo, Wasser, vielleicht noch Kaffee und Tee. Ein paar Jugendliche hingen herum und glotzten auf den Fernseher über der Theke. Ein paar andere saßen vor den Internetterminals, und ein Grüppchen hatte Spaß beim Tischfußball.

»Gehören die nicht in die Schule?«, fragte Ben.

Karen lächelte. »Besser, sie schwänzen hier als auf der Straße, finden Sie nicht? Wir lassen sie sich ein bisschen austoben, und dann reden wir mit ihnen über ihre Zukunft und darüber, wie sie sich ein Leben ohne Schulabschluss vorstellen. Wir zeigen ihnen Perspektiven auf, was sie mit einem Abschluss alles machen können, was es später noch für Weiterbildungsprogramme gibt, und oft genug kriegen wir ein paar von ihnen dazu, dass sie wieder regelmäßig zur Schule gehen. Viele lassen sich sogar bei den Schulaufgaben helfen. Aber die meisten, die Sie hier sehen, haben den Anschluss längst verloren. Wir starten demnächst ein Programm, in dem sie in kleinen Gruppen und mit individueller Förderung ihren Abschluss nachholen können.«

»Und das klappt? Ich meine, was ist mit der staatlichen Anerkennung?«

Karen lachte. »Natürlich klappt das. Unsere Projekte wurden ja sorgfältig geplant. Was wollten Sie denn von diesem Marc? Kann ich Ihnen nicht weiterhelfen?«

Ben hatte nicht damit gerechnet, dass er eine Ausrede brauchte. »Das ist eine persönliche Angelegenheit«, redete er sich heraus.

»Persönlich? Und dann wissen Sie nicht genau, wo er arbeitet?«

Er hatte das Gefühl, sie wollte mit ihm flirten. »Ich hatte ihn so verstanden, dass er hier arbeitet. Aber Sie haben sicher recht. Ich rufe einfach mal bei der Stiftung selbst an.«

»Haben Sie die Nummer? Soll ich sie Ihnen geben?«, bot Karen an, als sich die Tür zu den hinteren Räumen öffnete und Dr. Keane erschien. Ben bemerkte sofort, wie sich die Atmosphäre veränderte: Schon als er hereingekommen war, waren die Jugendlichen für einen Moment verstummt. Sie hatten ihn misstrauisch beäugt, sich dann aber wieder entspannt, als sie merkten, dass er sich nicht für sie interessierte. Auf Dr. Keane reagierten sie ganz anders: Sie drängten sich zusammen wie junge Hunde, die im Rudel Schutz suchten. Dr. Keane schien das nicht zu bemerken.

»Mr Edwards«, rief sie ihm zu. »Was verschafft uns die Ehre?«

Karen sah zu ihrer Chefin, erstaunt darüber, dass sie Ben bereits kannte. »Er sucht hier nach einem Marc Cunningham.«

Dr. Keanes Augen weiteten sich. »Hat er etwas angestellt?«

»Sie kennen ihn?«, fragte Ben.

»Aber nein. Geht es um einen Jungen, der abgehauen ist?« Sie zupfte an ihrer Kostümjacke, die verdächtig teuer aussah, und lächelte von Ben zu Karen und wieder zurück.

»Nein, der Marc Cunningham, den ich meine, ist schon etwas zu alt, um seinen Eltern auszubüxen.« Ben lächelte kühl zurück.

»Ich habe ihm gesagt, er soll es mal im Büro der Stiftung versuchen«, erklärte Karen hilfreich.

Dr. Keane schüttelte den Kopf und legte ihre manikürte Hand ans Kinn. »Der Name wäre mir geläufig. Machen Sie sich nicht die Mühe, dort anzurufen. Würden Sie mich entschuldigen? Es hat mich sehr gefreut, Sie wiederzusehen, Mr Edwards.« Sie reichte ihm die Hand und verschwand wieder.

»Kommt sie öfter mal nach vorne? Mir hatte sie gesagt, dass sie einen Bogen um diese Räumlichkeiten macht«, sagte Ben.

Karen hob die Schultern. »Hier ist alles videoüberwacht. Wahrscheinlich hat sie gesehen, dass Sie da sind. Sie kennen sich ja offenbar schon?«, bohrte die Sozialarbeiterin neugierig nach Informationen.

»Ich schreibe für eine Zeitung«, gab Ben nach.

»Ach, Sie machen die Reportage über die Stiftung?«, strahlte sie. »Warum haben Sie das nicht gleich gesagt?«

»Wer hat Ihnen davon erzählt? Dr. Keane wahrscheinlich.«

»Oh, nein, die redet kaum mit uns. Sander hat mir von Ihnen erzählt.« Sie betrachtete Ben, als nähme sie seine Maße, und nickte dann zufrieden. »Er ist seitdem richtig aufgeblüht.«

»Jetzt übertreiben Sie mal nicht«, sagte Ben. »Ich hab ihn erst vorgestern kennengelernt. So viel kann sich seitdem nicht verändert haben.«

Karen schob Ben mit Nachdruck an die Theke. »Sie müssen sich einen Moment setzen. Trinken Sie etwas? Cola?« Sie verschwand hinter der Theke, angelte zwei Colaflaschen aus dem Kühlschrank und sah ihn mit leuchtenden Augen an. »Sie wissen ja nicht, wie er vorher war. Völlig demotiviert. Wusste nicht, wo er hingehörte. Er könnte leicht das Abitur schaffen und studieren. Aber er hat Angst vor den anderen. Und er kann sich kein anderes Leben vorstellen als dieses hier. Verstehen Sie? Er kennt *nur* dieses Leben. Und wer gut in der Schule ist, wird gemobbt und gemieden. Aufsteiger sind nicht gern gesehen. Sander wäre ein Aufsteiger. Seine Eltern sind arbeitslos, natürlich, und ich glaube nicht, dass sie jemals gearbeitet haben. Seine Mutter war erst vierzehn, als sie ihn bekommen hat. Sein Vater war fünfzehn. Er war später kurz beim Militär, ist aber unehrenhaft entlassen worden. Mehr weiß ich nicht über ihn. Können Sie sich vorstellen, wie das ist für ein Kind? Wenn es auch nur einen Funken Begabung hat? Hier gibt es niemanden, der es fördern würde. Deshalb sind wir hier.«

Ben unterbrach sie, bevor ihr Redeschwall in einer Werbeansprache für We Help endete. »Inwiefern hat er sich verändert?«, fragte er.

Karen nahm einen Schluck von ihrer Cola. »Er hat mir sofort von Ihnen erzählt. Dass Sie Journalist sind. Dass Sie einen coolen Job haben und dass Sie ihm gesagt haben, er könnte eines Tages auch Journalist werden. Seitdem redet er von nichts anderem. Und Ihren Chef hat er wohl auch kennengelernt? Der soll ja ziemlich seltsam sein.«

Ziemlich seltsam traf es ziemlich genau. »Hat Sander mit Ihnen eigentlich auch über Jamie gesprochen? Dem ging es ja nicht so gut«, untertrieb er.

»Oh. Jamie. Der ist ein ganz trauriges Kapitel. Seit einiger Zeit hat er schlimme Ausraster. Der Junge hat keinen richtigen Platz in seiner Familie, keine Rückzugsmöglichkeit, gar nichts. Manchmal kommt er hierher und sitzt einfach nur in der Ecke, ohne mit jemandem zu sprechen. Er trinkt auch sehr viel ...«

»Und Sie haben ihn nie mit jemandem sprechen sehen, der nicht hierhergehörte?«

Karen dachte nach, dann fiel ihr etwas ein. »Jetzt weiß ich, wen Sie meinen. Das ist ein Psychologe, er hat sich mir aber nie vorgestellt. Seltsam eigentlich, ich habe ihm zwar mal die Hand geschüttelt, aber er hat nur etwas gemurmelt ... Nein, ich glaube, ich wusste seinen Namen nie. Schaut manchmal rein und spricht mit ein paar der Jungs. Ziemlich groß, etwa Ihr Alter, kurze dunkle Haare. Das ist keine sehr gute Beschreibung, nicht wahr?«

»Passt aber zu dem, den ich suche«, sagte Ben freundlich, während er darüber nachdachte, wie es sein konnte, dass Dr. Keane ihn nicht kannte. »Freut mich, das mit Sander«, lotste er sie vom Thema weg. »Ich treffe mich heute Nachmittag mit ihm. Aber jetzt muss ich leider wieder los.« Hoffentlich hatte der Junge nicht zu viel ausgeplaudert.

Karen sah ihn traurig an. »Wollen Sie nicht ein andermal vorbeikommen und vielleicht so etwas wie einen Vortrag halten? Nein, Vortrag ist das falsche Wort ... Einfach den Jungs ein wenig über Ihren Job erzählen? Sander sagte mir, Sie seien aus eher einfachen Verhältnissen?«

Ben lächelte. »Tiefste nordenglische Arbeiterklasse. Drei Generationen Kohleabbau und die jüngste Generation in der Hauptsache arbeitslos. Ich bin die schlecht gelittene Ausnahme.«

»Perfekt«, rief sie und schlug eine Hand vor den Mund. »Ich meine, nein, so habe ich das nicht gemeint, das ist natürlich nicht perfekt ... Bitte, denken Sie mal drüber nach. Es sind ja fast nur Jungs, die hierherkommen, und vielleicht können Sie etwas tun, um den einen oder anderen zu motivieren.«

Ben versprach es und verspürte sogar einen Anflug von Stolz: Stolz, dass Sander ihn offenbar bewunderte, und Stolz, dass er vielleicht wirklich ein paar jungen Menschen Mut machen konnte. Schließlich Stolz auf das, was aus ihm geworden war.

Auch wenn er im Moment nicht so genau wusste, was das war. Aber darüber würde er ein anderes Mal nachdenken.

Als er ein paar Straßen von dem Jugendtreff entfernt war, rief er im Büro der Stiftung an. Lenny McGarrigle beschwerte sich erst einmal umfassend darüber, dass offenbar jeder dachte, er sei die neue Caitlin Anderson, und erklärte ihm dann, dass bei der Stiftung weit und breit kein Marc Cunningham arbeitete.

»Seltsam«, hakte Ben nach. »Mir wurde gerade versichert, er sei Psychologe und sähe öfter mal bei dem Edinburgh-Projekt vorbei?«

»Ja. Hören Sie. Es gibt einen *Dr.* Marc Cunningham. Der ist allerdings kein Psychologe, sondern ein Psychiater. Und er arbeitet auch nicht für We Help.« McGarrigle stieß einen genervten Seufzer aus. »Vielleicht meinen Sie den? Sind Sie sich eigentlich sicher mit dem Namen?«

»Ich bin mir *sehr* sicher.«

»Aber nicht *ganz*. Na gut. Reden wir beide von einem schmalen Typen, wenig Hintern, hübsches Gesicht wie der junge Jeremy Northam, Mitte dreißig?«

Auch eine interessante Beschreibung. »Hört sich nach ihm an«, bestätigte Ben.

»Es könnte also sein, dass Sie den Dr. Marc Cunningham meinen, der im Harlan Trent Centre arbeitet. Ich wüsste allerdings nicht, was der mit der Stiftung zu tun haben sollte.«

»Sicher eine Verwechslung«, murmelte Ben zerstreut. Er dankte ihm und beendete das Gespräch.

Was machte ein Psychiater aus dem Harlan Trent Centre im Jugendzentrum? Und warum behauptete die ehemalige Chefärztin des Centres, sie würde ihn nicht kennen? Hatte er erst dort angefangen, als sie schon nicht mehr da war? Aber warum kannte Lenny McGarrigle, der niemals im Harlan Trent Centre gearbeitet hatte, ihn dann? Ben mochte keine offenen Fragen. Er setzte sich in den nächsten Bus, um zu Hause als Erstes das große Orakel des 21. Jahrhunderts zu befragen: Google.

21

Mal abgesehen von den Schläuchen und Geräten, sah ihre Mutter im Grunde so aus wie an jedem anderen Tag in ihrem Leben: vollkommen deplatziert. Ihr Haar war etwas länger, und graue Strähnen hatten das frühere Dunkelblond fast völlig ersetzt. Aber sonst konnte Caitlin kaum einen Unterschied ausmachen. Jedenfalls nicht durch die Glasscheibe, durch die sie in das Krankenzimmer sah.

»Herzinfarkt?«

Die Krankenschwester hob die Schultern. »Ein leichter. Sie hat sich wohl sehr über etwas aufgeregt.«

Caitlin sah die Schwester prüfend an. »War gestern irgendetwas anders? Hatte sie vielleicht Besuch?«

»Nicht während meiner Schicht.«

»Hat sie telefoniert?«

Die Frau verzog den Mund. »Wen hat sie denn, außer Ihnen?«

Val legte beruhigend eine Hand auf Caitlins Rücken. »Darf sie zu ihr?«

»Wer sagt, dass ich das will?«, zischte Caitlin und verschränkte die Arme. »Diese Frau hat sich in ihrem ganzen Leben noch nie für mich interessiert.« Sie schluckte die Tränen hinunter.

»Ms March …«

»Anderson«, korrigierte Caitlin. »Ich habe meinen Namen geändert.«

»Ach«, sagte die Schwester. »Jetzt versteh ich …«

»Was?«, fuhr Caitlin sie an und erwartete einen weiteren Kommentar über ihre vernachlässigten Tochterpflichten.

»Es gibt Post für Sie.«

Caitlin und Val warfen sich einen fragenden Blick zu. »Für mich? An diese Adresse?«

»Ja, es kam ein Umschlag für eine Ms Anderson. In Klammern stand der Name Ihrer Mutter, aber hinter Anderson stand dick unterstrichen: persönlich. Deshalb hat niemand von uns den Brief geöffnet. Wir dachten, wir lassen ihn ein paar Wochen liegen, und wenn sich nach drei Monaten immer noch niemand gemeldet hat ...«

»Hast du ihnen nicht deine neue Adresse gegeben?«, fragte Val.

»Ich habe meine neue Handynummer hinterlassen.«

»Also nicht. Und auch nicht deinen neuen Namen?« Val zog die Augenbrauen hoch. Die Schwester ebenfalls.

»Die Handynummer ist wichtiger«, verteidigte sich Caitlin und fragte dann, an die Schwester gewandt: »Hat jemals irgendwer versucht, an meine Nummer ranzukommen? Mein Exmann zum Beispiel?«

Jetzt war es an der Schwester, die Arme zu verschränken. »Sie haben uns mehr als einmal deutlich gesagt, dass wir diese Nummer nie herausgeben dürfen.«

»Das heißt ja nicht, dass Sie es nicht vielleicht *doch* getan haben.«

»Haben wir nicht.«

»Ach nein?«

Beide bekamen einen hochroten Kopf. Sie starrten sich in die Augen und warteten darauf, dass die andere zuerst wegsah.

»Das bringt jetzt nichts«, ging Val dazwischen. »Das Allerwichtigste ist, wie es ihr geht und ob sie diesen Infarkt gut übersteht.«

»Mrs March ist schon sehr lange sehr schwach. Die Ärzte waren nicht sehr optimistisch. Sie hat keinen Lebenswillen mehr.«

»Den hatte sie noch nie«, grollte Caitlin. Seit sich ihre Mutter vor vier Jahren ins Koma gesoffen und nach dem Aufwachen vom behandelnden Krankenhaus in eine Entzugsklinik überwiesen worden war, hatte sich an ihrem Zustand nicht viel geändert. Anfangs noch hatte sie wieder nach Hause gewollt, um an Alkohol zu gelangen, aber man hatte ihr gesagt, dass sie erst nach einem vollständigen Entzug entlassen werden würde. Als sie dies endlich begriffen hatte, hatte sie aufgehört zu reden. Sie hatte Essen und Trinken verweigert, war künstlich ernährt worden. Phasenweise hatte sie gegessen, dann wochenlang nichts, dann aß sie wieder und immer so weiter. Sprechen aber wollte sie nicht mehr. Und aus dem Bett aufstehen auch nicht. Man hatte sie in die Psychiatrie überwiesen. Weder Medikamente noch gutes Zureden hatten an ihrem Zustand etwas geändert. Es folgten noch zwei oder drei Krankenhauswechsel, bis sie schließlich in diesem Pflegeheim gelandet war.

»Es ist schwer, ohne Angehörige ...«, fing die Schwester wieder an, und Caitlin verlor endgültig die Geduld.

»Mir kommen die Tränen. Diese Frau hat mich im Stich gelassen, als ich sie am meisten gebraucht habe. Ich war ein kleines Mädchen, ich ging zur Schule, sie lag jeden Tag betrunken auf dem Sofa. Sie hat mir weder Essen gemacht noch neue Kleider gekauft. Sie hat mir manchmal Geld hingelegt. Na, großartig. Ich bin von den Eltern meiner Schulkameradinnen aufgezogen worden. Die einzige Familie, die ich habe, ist Val. Ohne Val und ihre Eltern hätte ich das wohl nicht überlebt. Noch Fragen?« Wütend humpelte Caitlin den Flur runter zur Toilette und knallte die Tür laut hinter sich zu. Ein paar Sekunden später öffnete sie sie leise wieder und spähte raus.

Die Schwester hatte noch immer die Arme verschränkt und sah nicht weniger trotzig aus als Caitlin. »Das kann ich doch nicht wissen«, brummte sie. »Sie ist ihre Mutter.«

Val nickte beruhigend. »Sie muss selbst entscheiden, ob sie zu ihr reingeht oder nicht. Bitte drängen Sie sie nicht.«

»Schon gut«, murmelte die Schwester.

»Sind Sie ganz sicher, dass Mrs March keinen Besuch hatte? Dass niemand für sie angerufen hat? Oder sich jemand nach ihr erkundigt hat?«

Caitlin sah die Schwester vage die Schultern zucken. Wenn sie herausfinden wollten, warum ihre Mutter in der Nacht einen Infarkt bekommen hatte, mussten sie mit der Nachtschwester reden. Andererseits: Wer jahrelang ohne nennenswerte Bewegung im Bett herumlag, hatte nicht die stabilsten Herzkranzgefäße. Und eigentlich war es egal, ob ihr Verfolger hier im Pflegeheim gewesen war oder nicht. Er war ihr immer einen Schritt voraus. Wenigstens hatte er den Brief an Caitlin nicht entdeckt und mitgenommen – falls er wirklich hier gewesen war. Und der Brief nicht von ihm war.

Sie schloss leise die Tür und drehte den Wasserhahn auf, um sich kaltes Wasser über die Hand laufen zu lassen.

Wenn nur diese Schmerzen endlich nachließen, dachte sie und legte die kalte, feuchte Hand auf die Stirn. Sie wusste nicht, was weher tat: Fuß, Hand oder Kopf. Oder ihr Herz. Ganz egal, was in den letzten fünfundzwanzig Jahren geschehen war, diese Frau hinter der Glasscheibe war ihre Mutter.

Sie schaffte es trotzdem nicht, in das Zimmer hineinzugehen und ihre Hand zu nehmen. Sie zu riechen, ihren Atem zu hören, etwas zu ihr zu sagen. Sie hatte es in all den Jahren nicht gekonnt, und sie war immer noch nicht so weit. Es sah so aus, als würde sie es nie sein.

Caitlin öffnete die Tür und ging zurück zu den anderen. »Ich hätte gern diesen Brief«, sagte sie zur Schwester.

Val hatte es offenbar geschafft, ihre starre Haltung aufzuweichen und sie Caitlin gegenüber milder zu stimmen. Nach kurzer Zeit kehrte sie mit einem wattierten weißen Umschlag zurück.

Die Handschrift erkannte Caitlin sofort: Sie gehörte Thomas. Aber er hatte keinen Absender auf den Umschlag geschrieben. Sie riss den Umschlag auf. Eine Plastikhülle mit einer CD fiel ihr entgegen. Keine Beschriftung. In dem Umschlag war kein Brief, keine Notiz. Nur diese CD.

Die Schwester sah sie neugierig an. »Und? Ist es für Sie?«

»Sicher«, sagte Caitlin und bemühte sich, ruhig und überzeugend zu klingen. »Darauf habe ich schon seit einer Ewigkeit gewartet. Offenbar gab es ein Missverständnis, was die Adresse betraf. Seit wann liegt dieser Brief schon hier?«

»Ein paar Tage? Höchstens eine Woche.«

»Prima. Vielen Dank. Wir gehen jetzt.« Brüsk wandte sich Caitlin ab, ohne einen weiteren Blick auf ihre Mutter zu werfen. Val folgte ihr und bot ihren Arm als Stütze an.

Sie wäre das kurze Stück vom Taxi in Vals Wohnung am liebsten gerannt, wenn sie gekonnt hätte. Als der Laptop endlich hochgefahren war und Val die CD eingelegt hatte, hatte sie das Gefühl, ihr müsste der Kopf vor Aufregung platzen.

»Was ist das? Val, was hat er mir da geschickt?«, fragte sie nervös. »Und warum ans Pflegeheim? Er hat gewusst, wo ich wohne und arbeite und unter welchem Namen ich jetzt lebe. Warum hat er es mir nicht nach Callander geschickt?«

Val zuckte die Schultern und tippte auf der Tastatur herum. »Warte erst mal ab, was auf dem Ding drauf ist. Die Datei ist ja riesig ...« Auf dem Bildschirm erschienen Namen, Adressen, Nummernreihen. Val scrollte nach unten: Die Liste der Namen schien kein Ende zu nehmen. »Was zum Teufel ...?«, murmelte sie. »Das sind bestimmt zwanzig- oder dreißigtausend Datensätze. Was ist das?«

»Wirtschaftsdetektiv, hast du gesagt?«, erinnerte Caitlin. »Überleg mal. Er wusste, dass ich meine Mutter so gut wie nie besuche. Wenn er gewollt hätte, dass ich mir das da ansehe, hätte er mir die CD direkt geschickt. Er wollte sie vielleicht nur im Pflegeheim deponieren.«

»Zur Sicherheit hinterlegen.«

»Falls ihm was passiert«, ergänzte Caitlin.

»Damit du es findest, *wenn* ihm was passiert«, führte Val den Gedanken weiter.

»Aber ich kann damit überhaupt nichts anfangen«, seufzte Caitlin.

Val sah sie genervt an. »Nicht wieder zu dem armen kleinen Häschen werden, das nichts auf die Reihe kriegt. Wir werden das Geheimnis schon lüften.«

Caitlin sah ihre Freundin zweifelnd an. »Glaubst du, es hat etwas mit seinem letzten Auftrag zu tun?«

»Glaubst du, diese CD ist der Grund, warum er ermordet wurde?«, fragte Val zurück.

Ungeduldig zog Caitlin an Vals Arm.

Val schüttelte sie ab. »Sekunde …« Sie starrte auf die vorbeiziehenden Zahlenkolonnen. »Das sind Gesundheitsdaten. Hier, zu jedem Namen persönliche Informationen und Details zur Krankengeschichte.« Sie hielt inne. »Das ist …« Val zeigte auf den Bildschirm.

»Meine Mutter«, rief Caitlin. »Val, ich verstehe das nicht.«

»Warte …« Val studierte die Einträge. »Das sind alles Patienten, die als suchtkrank erfasst wurden.«

»Erfasst? Von wem erfasst?«

»So wie es aussieht, vom National Health Service.«

»Aber was wollte Thomas mit Daten vom NHS? Sind das die, die gestohlen wurden? Das ging durch die Presse. Im letzten halben Jahr sind dem NHS mehrere Datensätze mit Patientendaten abhandengekommen. Das Problem war nicht, dass die Daten auf Nimmerwiedersehen verschwunden wären. Es handelte sich um Kopien: Drei CD-ROMs verschwanden aus der Post oder gingen verloren, als sie von einem Boten überbracht werden sollten. Eine wurde wohl aus dem Auto des Boten gestohlen.«

»Lass mal nachsehen.« Val ging ins Internet. »Hier: Vor fünf Monaten ist ein Datensatz mit Informationen über dreißigtausend Suchtpatienten aus England verschwunden. Das ist wohl dieser hier. Zwei Monate später verschwand eine CD vom NHS Schottland mit Informationen über zehntausend Kinder. Und vor Kurzem eine mit allgemeinen Patientendaten, auch vom NHS Schottland.«

Sie berieten sich noch eine Weile. Die Spur, wie Val sie abenteuerlustig nannte, führte zurück nach Schottland, und wenn sie weiterkommen wollten, mussten sie genau dorthin zurück.

»Ich kann mich vielleicht in London eine Weile vor der Polizei verstecken, aber in Schottland?«, gab Caitlin zu bedenken.

»Hast du eine Wahl?«, drängte Val. »Ich denke, früher oder später musst du sowieso zur Polizei gehen und ihnen alles erzählen. Was sind denn deine Möglichkeiten? Die schottische Polizei oder ein durchgeknallter Killer, der offenbar recht gut Bescheid weiß über dich. Na?«

Caitlin verzog das Gesicht. »Darf ich wenigstens fünf Minuten nachdenken? Es ist nicht leicht, sich zwischen Pest und Cholera zu entscheiden.«

Val lachte.

22

Sander wartete auf dem leeren Baugrundstück. Er hatte Ben den Rücken zugewandt und saß auf dem Boden, zeichnete mit einem Stein Trolle in die Erde.

»Hey«, rief Ben schon von Weitem, um ihn nicht zu erschrecken. Sander winkte ihm lustlos zu. Er ließ die Schultern hängen und sah müde aus. Seine Sommersprossen hoben sich noch viel deutlicher von der weißen Haut ab als sonst, und er sah verstört aus.

»Alles klar?«, fragte Ben.

»Nee. Die Sache mit Jamie macht mich fertig.«

Ben hockte sich neben ihn. »Weil er so viel getrunken hat?«

Sander grunzte. »Das wird immer mehr ... Er findet sich so toll und sagt, er kann trinken, so viel er will.« Er wischte sich die dreckigen Hände an den Jeans ab. »Das interessiert mich schon gar nicht mehr. Aber die Eltern, die kapier ich nicht.« Er rieb seine Handflächen aneinander. »Die haben nicht mal was gesagt. Sitzen nebenan und sagen kein Wort. Meine Mutter hätte mich grün und blau geschlagen, wenn ich mit 'ner Flasche Wodka nach Hause gekommen wär. Merken die's denn nicht?«

Ben saß hilflos daneben. Er kam vielleicht aus einer Arbeiterfamilie, aber im Vergleich zu den Verhältnissen hier war er auf einer Insel der Glückseligkeit aufgewachsen. Nein, Ben war ganz sicher keiner von denen, die es hatten »schaffen« müssen. Er hatte es so viel leichter gehabt als Jamie. Oder als Cameron, den er nie kennengelernt hatte.

Als er sich an das Gefühl von Stolz erinnerte, das ihn vor wenigen Stunden noch erfüllt hatte, schämte er sich.

Unbeholfen suchte er nach den richtigen Worten. Sie fielen ihm nicht ein. Er wechselte das Thema, sprach über das, was er vorhatte: die Eltern aller Kinder aufsuchen, die er auf seiner Liste der verdächtigen Todesfälle hatte. Er erklärte Sander, dass er hoffte, es handele sich wirklich »nur« um Unfälle, aber dass auch etwas ganz anderes dahinterstecken konnte.

»Jemand hat nachgeholfen?«, folgerte Sander.

Ben nickte und sah, wie der Junge die Zähne fest zusammenbiss, die Augen schloss und sich die Nasenwurzel rieb, um sich zu konzentrieren – oder um nicht zu weinen. Mutete er ihm zu viel zu? Konnte er es überhaupt vertreten, einen Vierzehnjährigen in diese Sache hineinzuziehen? Als Ben ihm anbot, das Ganze doch lieber allein durchzuziehen, lehnte Sander ab. Er brauchte ihn, ohne ihn würde er nicht mal einen Fuß in die Tür bekommen, sagte Sander, und Ben wusste, dass er recht hatte. Er zeigte Sander die Liste, die er gemacht hatte:

Cameron McFadden (15) – Sturz vom Dach
Dylan Christie (10) – ertrunken
Aidan Henderson (12) – mit Vaters Waffe gespielt
Ryan Fleming (8) – Glasscherben, verblutet
Adam Gordon (9) – Sturz aus Fenster, 10. Stock

»Diese Kinder sind in den letzten drei Monaten umgekommen. Sie kommen hier aus der Gegend, und ich würde gerne wissen, ob sie wirklich einen Unfall hatten oder ob was anderes dahintersteckt.«

Sander las die Namen. »Bei Cameron haben alle gesagt, dass es Selbstmord war. Der war richtig, richtig abgedreht die letzten Tage. Muss auf Drogen gewesen sein. Dachte bestimmt, er kann fliegen.« Sander zuckte die Schultern. »Was denkst du?«

»Ich würde gern wissen, ob er zum Jugendtreff der Stiftung gegangen ist.«

»Sind doch alle«, sagte Sander, mit den Gedanken bei den anderen Namen. »Bei Dylan kannst du sicher sein, der ist ertrunken. Sein großer Bruder Matthew ist in meiner Klasse. Der war dabei. Ist seitdem völlig im Arsch und kommt nicht mehr zur Schule. Die haben sich nämlich vorher gestritten, vorne in Portobello am Strand. Matthew hat zu Dylan gesagt, dass er ein Baby ist und sich nix traut. Dylan wollt ihm was beweisen und ist einfach los ins Wasser. Er konnte nicht schwimmen, und Matthew hat ihn ausgelacht. Also ist er immer weiter raus ins Wasser, und irgendwann ...«

»Was ist mit Matthew? Wird er psychologisch betreut?«

»Der? Wird jeden Tag von seinem Vater durchgeprügelt, *das* ist mit ihm. Strafe muss sein, hat Matthew gesagt, als ihn der Lehrer drauf angesprochen hat, und seitdem war er nicht mehr in der Schule.«

»O Mann«, stöhnte Ben.

Sander las den nächsten Namen. »Aidan Henderson ... Ach, Scheiße, ich weiß, wer das ist. Der hat sich erschossen. Jemand hat erzählt, dass er die Knarre von seinem Alten ansehen wollte, und dann ist das Ding losgegangen. Das kann nicht sein, weil jeder wusste, dass Aidan besser mit den Dingern schießen konnte als jeder Bulle. Du hättest ihn mal sehen sollen, vor dem war keine Schießbude sicher. Der hat immer alles abgeräumt, selbst wenn die Typen von der Schießbude den Lauf falsch eingestellt hatten. Ein Probeschuss, und Aidan wusste, wie's geht. Nie im Leben hat der rumgepfuscht.«

»Ryan Fleming?«

Sander stiegen Tränen in die Augen. »Glasscherben, hieß es. Das war ganz schlimm. Keiner wollte das glauben.«

»Das mit den Glasscherben?«

»Nee, dass der Kleine tot ist. Er war so ein lieber Junge. Wenn der kam, haben alle gestrahlt. Fiese Eltern. Da fragt sich jeder, wie die so ein Kind haben konnten. Er hat noch drei Geschwister. Sein ältester Bruder ist ungefähr vierzig, und die beiden Schwestern sind auch nicht viel jünger: Mitte dreißig. Die Mutter hat mit fast fünfzig noch mal ein Kind gekriegt. Sie wollte es nicht haben, aber es war zu spät zum Abtreiben. Die ist total fett, die hat erst gemerkt, dass sie schwanger ist, als sie schon im achten Monat war. Ryan war so lieb, aber die haben nie auf den aufgepasst. Ich kann mir gut vorstellen, dass sie den stundenlang in seinem Blut haben liegen lassen und ihn nicht mal vermisst haben. Pack«, spuckte er.

»Über Adam hab ich gehört, er sei etwas depressiv gewesen.«

Sander warf ihm einen düsteren Blick zu. »Adams Mutter ist die Matratze von Craigmillar. Macht's mit jedem, überall und zu jeder Tageszeit. Sogar an der Schule sind ein paar Jungs, die schon bei ihr waren, um von ihr was zu lernen. Die lässt jeden ran.«

»Gegen Geld?«

»Gegen alles. Geld, Kippen, egal. Die hebt den Rock schon hoch, wenn du nur Hallo zu ihr sagst. Wer hat dir von Adam erzählt?«

Ben wiegelte ab. »Ich war letztens im Pub, da hab ich was gehört.«

»Im Pub? Vorne an der Ecke?«

Ben nickte.

»Ich sag dir was: Alle da, ohne Ausnahme, waren schon irgendwo mit der. Und ich sag jetzt nicht im Bett, das würde ja zu lang dauern. Die geht abends nicht ins Pub, um was zu trinken, die geht hinten aufs Klo und wartet, bis wer zu ihr kommt. Widerlich.«

»War Adam ihr einziges Kind?«

Sander nickte. »Seitdem passt sie auf. Oder vielleicht hat sie auch schon so oft abgetrieben, dass sie keine mehr kriegen kann. Hab beide Versionen gehört. Kann's dir nicht sagen. Die war ja fünfzehn, als sie Adam bekommen hat.«

»Oha.«

Ben hätte es besser wissen müssen. Sander ging sofort auf Abstand. »Meine Mutter war vierzehn«, sagte er. »Und sie ist trotzdem für mich da. Sie kümmert sich um mich, weißt du? Sie würde mich nie mit 'ner Wodkaflasche in die Wohnung lassen. Und sie weiß, wer mein Vater ist, und mit dem ist sie verheiratet. Immer noch.«

»Entschuldige«, sagte Ben und meinte es auch so. Adam Gordons Mutter war demnach gerade fünfundzwanzig und hatte schon ihr Kind beerdigen müssen. »Meinst du, wir können mit Ms Gordon anfangen?«

Sander lachte.

»Was ist so komisch?«, fragte Ben.

»Ms Gordon. So nennt sie keiner hier.«

»Ich kann sie schlecht mit ›Matratze‹ ansprechen.«

Sander bestätigte, dass Adam ein scheuer, verschlossener Junge gewesen sei. Persönlich hatte Sander ihn nicht gekannt, aber er hatte ihn ein paar Mal auf der Straße gesehen. Immer war er allein gewesen, und die, die etwas mehr über ihn wussten, weil ihre kleinen Geschwister mit Adam in eine Klasse gingen, erzählten sich Geschichten über ihn. Dass er seiner Mutter immer beim Sex zusehen musste, zum Beispiel. Dass er zu jedem Mann, der je bei ihnen gewohnt hatte – und das waren viele gewesen – »Papa« hatte sagen müssen. Dass diese Männer sich nicht für seine Mutter interessierten, sondern für Adam. Dass Adam mit den Männern das machen musste, was sonst seine Mutter machte.

»Gerüchte«, sagte Sander. »Aber ein bisschen was dran ist ja immer.«

»Wo wohnt sie?«

»Die Matratze?«

»Ms Gordon.«

Sander stand auf, klopfte sich die Jeans ab und ging los. Als Ben ebenfalls aufstehen wollte, spürte er, dass seine Beine eingeschlafen waren. Seine Gelenke knackten, und er dachte daran, dass es Zeiten im Leben gab, in denen man es okay fand, nachmittags stundenlang auf dem kalten Erdboden herumzusitzen. Aber diese Zeiten waren seit knapp zwanzig Jahren vorbei.

»Denk dran, du bist nur mit dabei, um das Eis zu brechen, klar?«

»Klar, Mann.«

»Kein Wort von Jamie, ja?«

»Jawoll, Boss«, salutierte Sander und murmelte dann: »Glaubt wohl, ich bin weich in der Birne oder was.«

Bis sie an dem abbruchreifen Wohnturm angekommen waren, in dem Mairie »Matratze« Gordon wohnte, diskutierten Sander und Ben eingehend darüber, ob Ben wirklich dachte, Sander sei weich in der Birne oder nicht. Ben verstand es als *fishing for compliments*: Sander musste einfach von jemandem hören, dass er wirklich was auf dem Kasten hatte.

Seine Hoffnung auf einen funktionierenden Aufzug wurde belohnt. Dafür roch es in der Kabine nach Urin und Erbrochenem. Er hielt die Luft an, solange er konnte, atmete dann in seine Hände. Als sie oben angekommen waren, stürzten beide japsend durch die sich öffnende Tür. Die Luft im Gang war nur unwesentlich besser, aber diesmal roch es wenigstens nur nach verbranntem indischem Essen und sehr viel Knoblauch.

»Hab mich selten so gefreut, dass jemand sein Curry anbrennen lässt«, röchelte Sander.

Mairie Gordon war viel hübscher, als Ben nach Sanders Ausführungen erwartet hatte. Eine zierliche junge Frau mit fast hüftlangem blondem Haar, ebenmäßigem Gesicht und großen dunklen Augen. Sie sprach mit einer angenehm tiefen, rauchigen Stimme, die nicht ungebildet klang.

»Vater und Sohn?«, fragte sie, als sie die beiden vor ihrer Tür sah.

»Oh, nein, das ist nicht ... Wir sind hier wegen ...«, verhaspelte sich Ben.

»Das ist mein Kumpel Ben, und der kommt von 'ner Zeitung. Der will Ihnen helfen wegen dem, was mit Adam passiert ist«, bog Sander die Sache wieder hin.

Mairie Gordon zog die sauber gezupften Augenbrauen hoch. »Welche Art Hilfe brauche ich denn?«, fragte sie mit einem Lächeln.

»Können wir reinkommen? Ich meine, hier auf dem Gang ist das irgendwie ... Also wenn Sie nichts dagegen haben ...«, stotterte Ben.

Mairie führte die beiden in ihre kleine Küche. »Tee?«, fragte sie und setzte Wasser auf.

Die Küche war sehr aufgeräumt. Zu aufgeräumt, fand Ben.

»Dürfte ich mal das Bad benutzen?«, fragte er. Diesmal war seine Schüchternheit nur gespielt. »Ich hab da eben in etwas reingelangt ... Der Aufzug ...«

Sie verzog wissend das Gesicht. »Natürlich. Gleich die erste Tür links.«

Ben sah aus dem Augenwinkel Sanders panisches Gesicht. Bevor er aus der Küche verschwand, zwinkerte er ihm zu, in der Hoffnung, der Junge würde ihn richtig verstehen: Halt die Stellung, ich seh mich um.

Die Wohnung war klein. Bei nur vier Türen, die außer der Wohnungstür von dem winzigen dunklen Flur abgingen, konnte man schlecht sagen, man hätte sich verlaufen. Abgesehen davon hing an jeder Tür ein von Kinderhand gemaltes Bild: Küche, Bad, Adam, Mairie. Leise öffnete er die Tür zu Adams Zimmer: Es stand voller Umzugskartons. Es auszuräumen, war vielleicht gesünder, als aus dem Kinderzimmer für die nächsten dreißig Jahre einen Schrein zu machen. Dann spähte er in Mairies Zimmer: ebenfalls Umzugskartons. Der Kleiderschrank war bis auf ein paar Pullover leergeräumt. Das Bett war noch bezogen.

Rasch ging Ben ins Badezimmer. Er verstand jetzt, was ihn in der Küche gestört hatte: Es stand nur das Allernötigste herum. Der ganze Kram, der sich über Jahre ansammelte, fehlte. Ben ließ den Wasserhahn laufen, während er Schranktüren öffnete und schloss.

Wieder in der Küche, fand er Sander und Mairie im Gespräch über die Schule. Sander erzählte von seinem Lieblingsfach Geschichte. Mairie hörte zu und rührte versunken in ihrem Tee. Was Sander ganz eindeutig guttat.

»Wie wollen Sie mir eigentlich helfen?«, fragte sie Ben, als er sich gesetzt hatte. »Sie können mir meinen Jungen nicht zurückbringen, oder doch?«

»Ich kann Ihnen helfen, falls es Ihnen an etwas fehlt. Wir bei der Zeitung haben großes Interesse daran, Missstände aufzudecken.«

Sie lächelte wieder, und Ben wusste, dass ihr Gesicht wunderbar gestrahlt haben musste, bevor Adam gestorben war. Er konnte sich nicht vorstellen, dass die Gerüchte stimmten, sie hätte ihren Sohn ihren Freiern ausgeliefert.

»Wie die Stiftung? Wissen Sie, die haben versucht, Adam zu helfen und damit natürlich auch mir. Ich denke, ich komme sehr gut klar, vielen Dank.«

»War Adam in einem Programm der Stiftung? Oder interessierte er sich dafür?«

Mairie schüttelte den Kopf. »Ich weiß wirklich nicht, was das für eine Rolle spielt. Noch mal: Wie wollen Sie mir konkret helfen, und was soll ich dafür tun?«

»Erzählen Sie mir von Adam«, sagte Ben.

»Das werde ich nicht tun. Es hilft niemandem, wenn Sie über ihn schreiben. Am wenigsten mir.« Sie hob ihre Tasse mit beiden Händen, um sich daran zu wärmen, und verbarg den Mund dahinter.

»Ms Gordon, nach allem, was ich erfahren habe, hatte Adam einen Unfall. Aber man sagte mir auch, er sei ein trauriger Junge gewesen. Ich glaube, dass man sehr viele Menschen dafür sensibilisieren kann, dass unser Sozialsystem nicht überall greift, wenn man ihnen von Adam erzählt.«

Sie durchschaute ihn. »Das würde bedeuten, ich hätte mich nicht richtig um meinen Jungen gekümmert, richtig?«

»Nein, Sie verstehen mich falsch, man müsste über die Schule und …«

»Die Schule? Ich weiß, dass ich selbst für mein Kind verantwortlich bin. Nicht die Lehrer. Adam war ein sehr stilles Kind, das ist richtig, aber das war seine Art. Mehr gibt es darüber nicht zu sagen.«

»Und sein Unfall?«

»Gehen Sie jetzt.« Mairie Gordon stand auf und verschränkte die Arme. »Alle beide.«

»Um ehrlich zu sein, mich interessiert vor allem der Anteil, den die Stiftung …«

»Die Stiftung macht gute Arbeit.«

»Kennen Sie einen Marc Cunningham?«

»Nein. Und jetzt gehen Sie.«

Sander sah mit großen Augen von einem zum anderen und wusste nicht recht, ob er aufstehen oder wie Ben sitzen bleiben sollte. Ben erlöste ihn, indem er sich erhob. »Wir würden es uns auch einiges kosten lassen, wenn Sie ...«

Sie unterbrach ihn. »Ich brauche kein Geld.«

»Auch nicht für Ihren Umzug?«

Sie stürmte aus der Küche und riss die Wohnungstür auf. »Guten Tag«, sagte sie bestimmt.

Sander schoss wie ein Blitz durch die offene Tür.

Ben folgte ihm widerstrebend. »Falls Sie es sich anders überlegen«, sagte er und hielt ihr seine Karte hin.

Sie nahm sie nicht. Er steckte sie in einen Mantel, der an der Garderobe hing. Kaum dass er durch die Tür gegangen war, knallte sie auch schon hinter ihm zu.

»Das ist ja mächtig in die Hose gegangen«, seufzte Sander. »Mann, war mir das peinlich. Was für'n Umzug überhaupt?«

Ohne ein Wort rannte Ben die Treppen hinunter. Erst als sie unten angekommen waren, sagte er zu Sander: »Sie hat alle ihre Sachen gepackt. Ich hab mich umgesehen: überall Umzugskartons.«

»Vielleicht wirft sie nur das raus, was sie an Adam erinnert?«, spekulierte Sander.

»Nein. Sie hat alles ausgeräumt. Sie zieht um.«

»Na ja, ich wollt auch nicht mehr da wohnen, wo jemand aus dem Fenster gefallen ist.«

Ben hatte keine Ahnung, wo sie gerade hingingen, ob sie ein Ziel hatten oder ob Sander einfach nur neben ihm herlief. »Umziehen kostet Geld«, gab er zu bedenken.

»Sie geht *anschaffen*«, erinnerte Sander.

»Diese Frau soll *hier* anschaffen gehen?«

Hilflos hob Sander die Schultern. »Mann, was weiß ich. Alle sagen es. War ich dabei oder was?«

»Das sind alles nur Gerüchte«, sagte Ben ungeduldig. »Sie ist nicht anschaffen gegangen, und sie hat ihren Sohn auch nicht irgendwelchen Pädophilen überlassen.« Er schüttelte mit Nachdruck den Kopf. »Ich bin mir sicher, dass sie sich ihren Lebenswandel eigentlich nicht leisten kann.«

»Lebenswas?«, fragte Sander ungeduldig. Das schnelle Tempo, das Ben beim Gehen vorlegte, schien ihn zu nerven.

»Wie sie lebt.« Ben blieb so abrupt stehen, dass Sander in ihn hineinrannte. »Sie hatte einen nagelneuen Mantel an der Garderobe hängen. Wie Secondhand sah er nicht aus. Und wie einer, den man sich von Sozialhilfe leisten kann, auch nicht. Gibt's Gerüchte über einen reichen Liebhaber? Jemanden, der nicht hier aus der Gegend kommt?«

Sander schüttelte verblüfft den Kopf. »Ich hab nichts davon gehört.«

Ben sah sich um. »Ein reicher Liebhaber. Vielleicht nicht superreich, aber mit gutem Einkommen. Er hat keine Lust, sich hier mit ihr zu treffen. Will, dass sie in einer besseren Gegend wohnt. Vielleicht sogar mit ihm zusammen. Überstürzter Umzug kurz nach dem Tod des Sohns ... Der Sohn war bei ihren Beziehungen immer irgendwie im Weg ... Das wäre ein Familiendrama. Kein Bezug zur Stiftung. Wer könnte dieser Mann sein?«

»Ist das unser Problem?«, stöhnte Sander. »Und meinst du jetzt im Ernst, die hat den kleinen Adam aus dem Fenster geschmissen? Das kann ich mir nicht vorstellen ...«

»Ich kann mir auch vieles nicht vorstellen. Er wollte vielleicht nicht umziehen, ist gesprungen ... Vielleicht wirklich ein Unfall. Nein, hier geht's nicht weiter. Wo sind wir überhaupt? Waren wir hier schon mal, oder sieht einfach nur alles gleich aus?«

»Es sieht alles gleich aus. Aidan oder Ryan?«

»Aidan. Hoffen wir nur, dass sein Vater die Waffen diesmal gut unter Verschluss hat.«

Sander trabte los. »Der schießt manchmal auf Tauben.«

Ben holte auf. »Luftgewehr?«

»Scharfe Munition.«

Einen Tag zuvor ...

»So geht es nicht weiter«, sagte er und sah aus dem Fenster auf Loch Lomond.

Sein Sohn schüttelte den Kopf. »Nein, nein, bald haben wir es geschafft, und dann ...«

»Ich kann nicht mehr.« Er drehte sich um und sah ihm in die Augen. »Ich will nicht mehr.«

Sein Sohn packte ihn bei den Schultern. »Wie stellst du dir das denn vor? Das können wir niemandem erklären. Die Polizei wird kommen. Wir wandern alle ins Gefängnis. Willst du das?«

Er wusste, dass er nicht zu ihm durchdringen würde, also sagte er nicht, was er sagen wollte. »Bestimmt hast du recht.«

Sein Sohn war erleichtert. »Alles wird gut, Dad. Glaub mir. Denk immer daran, wofür wir das alles tun.«

Er wartete, bis er allein im Zimmer war. Dann drehte er sich um und sah wieder auf das Wasser, auf die Berge. Niemals, dachte er, kann ich mir das verzeihen.

23

Caitlin sah die Kathedrale von Durham vorbeiziehen. Gleich kam Newcastle, dann war es noch eine Stunde bis Edinburgh.

Val nervte den Fahrkartenkontrolleur mit kaum nachvollziehbaren Fragen wie: »Warum fährt der *Flying Scotsman* nur einmal am Tag und dann auch noch so früh?« Sie hätte es »romantisch« gefunden, mit einem Zug, der *Flying Scotsman* hieß, nach Edinburgh zu reisen. Caitlin trauerte dem verpassten Zug nur wegen der Zeitersparnis nach. Val war dazu übergegangen, mit dem Kontrolleur zu flirten, und Caitlin versuchte, Schlaf nachzuholen.

Wenn nur diese Schmerzen nicht wären.

Sie hatte die Tabletten, die ihr die Ärztin gegeben hatte, schon genommen. Das Rezept würde sie erst in Edinburgh einlösen können. Bis dahin musste sie durchhalten. Der Schlaf kam schnell. Den Stopp in Newcastle bekam sie nur noch in einem angenehmen Dämmerzustand mit, und sie wachte erst wieder auf, als sie in Edinburgh einfuhren.

Val, die den Süden Englands noch nie verlassen hatte, rüttelte aufgeregt an ihrer Schulter. »Ich hab das Meer gesehen. Die Hills of Lammermuir. Und davor sind wir über die Grenze gefahren.« Sie strahlte Caitlin an. Als sie Caitlins Gesicht sah, fiel ihr wieder ein, warum sie unterwegs waren, und sie nahm ihre Freundin fest in die Arme, bis sich diese beschwerte, sie bekäme keine Luft mehr.

Von unterwegs hatte Caitlin die Anwältin Sophie Nesbitt angerufen und sich für neun Uhr abends mit ihr in Stirling verabredet. Val bestand darauf, in Edinburgh noch etwas zu essen, bevor sie den Anschlusszug nahmen, und erst, als sie in Stirling aus dem Zug stiegen, fiel Caitlin ein, dass sie vergessen hatte, ihr Rezept einzulösen.

»Hoffentlich ist es noch nicht zu spät«, murmelte sie und sah auf Vals Armbanduhr.

»Wo treffen wir die Anwältin?« Val ließ die Reisetasche auf den Boden knallen.

»Sie wohnt am Victoria Square. Drei Minuten mit dem Auto.«

»Prima. Hab ich noch Zeit für Kaffee und Klo?«

»Ich könnte schon mal mein Rezept einlösen.«

»Zu Fuß?«

»Ich nehme ein Taxi, und wenn ich fertig bin, sammel ich dich hier wieder ein. Soll ich die Reisetasche mitnehmen?«

»Quatsch. Du ramponiertes Wesen lässt da schön die Finger von. Ich stell das Ding so lange in ein Schließfach, okay? Wie lange brauchst du?«

»Zehn Minuten. Vielleicht eine Viertelstunde. Reicht dir das?«

»Klar.«

Caitlin hatte Glück mit dem Taxifahrer. Er half ihr in den Wagen und bot ihr an, im Thistle Centre eine Apotheke zu suchen und das Rezept abzugeben, damit sie ihren Fuß schonen konnte. Der Taxifahrer brauchte allerdings länger als angenommen. Während Caitlin im Wagen wartete, rief sie Val an, um ihr zu sagen, dass sie später kam. Val antwortete nicht. Caitlin musste grinsen: Wenn Val die Fassung verlor, dann bei Anrufen, die sie nicht annehmen konnte, weil sie auf der Toilette saß.

Caitlin schaute nach neu eingegangenen Nachrichten. Wie gut, dass keine gekommen waren. In London hatte sie ihr Handy immer wieder ausgeschaltet, damit die Polizei sie nicht orten konnte. Mittlerweile war das allerdings ihre geringste Sorge. Sie ließ das Gerät an. Ihr Verfolger konnte ihr Handy nicht orten. Er konnte nicht wissen, dass sie wieder in Schottland war. Zum ersten Mal war sie ihm einen Schritt voraus. Sie hoffte, dass sie diesen Vorteil nutzen konnte.

Dann rief sie ihre Anwältin an, um ihr zu sagen, dass sie gleich kommen würden. Sophie Nesbitt hatte bei ihrem ersten Anruf gar nicht erstaunt geklungen, dass Caitlin sich meldete. Als sie ihr jetzt aber von der CD-ROM erzählte, reagierte sie bestürzt.

»Das ist ernst, Caitlin. Sie müssen diese Daten zurückgeben. Haben Sie sie dabei?«

Caitlin ignorierte die Frage. »Haben Sie von der Polizei etwas erfahren? Die müssen mittlerweile rausbekommen haben, an was Thomas gearbeitet hat. Ermitteln sie auch in diese Richtung?«

»Das tun sie«, bestätigte die Anwältin. »Soweit ich weiß, hatte Ihr Exmann den Auftrag, jemanden zu überprüfen. Dieser Auftrag führte ihn nach Schottland. Allerdings ist bisher unklar, warum er sich um einen Platz im Harlan Trent Centre bemüht hatte. Da scheint es keine Verbindung zu geben.«

Caitlin wurde ungeduldig. »Was war das für ein Auftrag?«

Sie hörte Sophie Nesbitt seufzen. »Das wollte man mir nicht sagen. Ich kann heute noch mal mit Detective Inspector Reese reden, vielleicht erfahre ich mehr. Er sagte nur, dieser Auftrag von Thomas sei eine heiße Spur, die Sie allerdings noch nicht vom Haken ließe.«

»Der Auftrag hatte was mit mir zu tun?«, fragte Caitlin.

»Das habe ich auch gefragt. Es könnte sein, dass Thomas sich diesen Auftrag selbst gegeben und nach Ihnen gesucht hat. Eine seltsame Idee, aber warum nicht. Inspector Reese versicherte mir allerdings, es gäbe eine indirekte Verbindung zu Ihnen, was auch immer das heißen mag.«

Caitlin versuchte, das Ganze zu verstehen: »Einen Auftrag, der eine indirekte Verbindung zu mir hatte? Ich bin keine Geheimnisträgerin oder so was.«

»Lassen Sie uns reden, wenn Sie hier sind.«

Caitlin hoffte, dass sie in ein paar Minuten mehr erfahren würde. Thomas' Leben erschien ihr immer fremder, immer geheimnisvoller. Wenn sie jetzt an ihn dachte, kam er ihr nicht mehr wie ihr Exmann vor, sondern wie ein Unbekannter, den sie nie richtig kennengelernt hatte. Vielleicht war der unbekannte Thomas der, den sie geheiratet hatte. Nur war er dann irgendwann untergetaucht. Er hatte einen herrschsüchtigen, ungerechten Thomas an seiner Stelle zurückgelassen und war auf Abenteuerreise gegangen. Eine ungeheure Sehnsucht überfiel Caitlin, dass der alte Thomas zu ihr zurückkam, sie in die Arme schloss und ihr sagte, dass alles wieder gut werden würde.

Der Taxifahrer kam mit ihren Schmerztabletten zurück.

»Sorry, aber da drin war die Hölle los. Ging wirklich nicht schneller. Wohin jetzt?«

Caitlin versuchte noch einmal, Val zu erreichen. Wieder antwortete sie nicht. »Wir fahren zurück zum Bahnhof. Da sammeln wir meine Freundin ein, und dann weiter zum Victoria Square«, sagte sie.

Sie erreichten den Bahnhof. »Schade, dass Sie erst im Dunkeln hier angekommen sind«, plauderte der Taxifahrer los. »Kennen Sie Stirling? Es ist hübsch hier. Morgen können Sie sich alles ansehen, bei Tageslicht. Zu Fuß ist das viel leichter und viel hübscher, Sie sehen ja, was ich für Umwege fahren muss. Obwohl, mit Ihrem schlimmen Fuß ... Damit gehen Sie aber zum Arzt?«

»Nein«, sagte Caitlin und hielt nach Val Ausschau. »Wo könnte Sie denn sein?«, fragte sie verwundert.

»Vielleicht wartet sie drinnen«, schlug der Mann vor, während er sich vorsorglich in die Taxischlange einreihte. »Sie wollen also *nicht* mit dem Fuß zum Arzt?«

»Nein. Sie meinen, sie wartet bei diesem Wetter in der zugigen Bahnhofshalle?«, zweifelte Caitlin.

»Es gibt komische Leute«, meinte der Taxifahrer, und ihr war nicht klar, ob er sie oder Val damit meinte. »Oh, sehen Sie, da vorne: ein Rettungswagen. Hoffentlich hat sich nicht schon wieder jemand vor den Zug geworfen. Erst letzte Woche hat sich hier einer umgebracht. Spielschulden, alles war weg, und dann auch noch schlechte Nachrichten vom Arzt. Halbes Jahr hat der ihm gegeben. Hat er sich wohl gedacht: Was soll ich noch ein halbes Jahr warten.«

Caitlin bezahlte ihn vorsorglich, bat ihn, trotzdem zu warten, und humpelte in die Bahnhofshalle. Sie sah eine große Menschentraube. Polizisten rannten an ihr vorbei. Der Taxifahrer hatte wohl recht gehabt, jemand hatte versucht, sich das Leben zu nehmen. Ob Val in der neugierigen Menge stand? Caitlin scannte die Leute. Sie konnte Val nirgendwo sehen.

Ein paar Passanten lösten sich aus der Traube. »Das arme Ding«, hörte sie sie sagen. »So jung.«

Ihr Herz schlug schneller. »Was ist passiert?«, fragte sie eine Frau, die direkt an ihr vorbeiging.

»Ein Überfall.«

»Wer ist überfallen worden?«

»Eine junge Frau. Hier vor allen Leuten. Ich hab es nicht gesehen, aber jemand hat gesagt, ein Mann hätte versucht, ihr die Tasche abzunehmen, und weil sie sich gewehrt hat, hat er sie einfach niedergeschlagen. Und dann knallte es. Ganz laut.«

Nicht Val!, dachte sie und rannte los, ohne Schmerzen in ihrem Fuß zu spüren, kämpfte sich durch die Menschenmenge, wurde zurückgestoßen, kämpfte sich wieder vor, bis sie endlich etwas sehen konnte: Jemand kniete neben Val und sprach mit einem Polizisten, der schweigend zuhörte, während die Rettungssanitäter ihre Ausrüstung einpackten. Weitere Polizisten schirmten die Szenerie ab und forderten die Neugierigen auf weiterzugehen.

»Lassen Sie mich zu ihr«, bettelte Caitlin den Polizisten an, der vor ihr stand.

Er sah sie an.

»Ich muss zu ihr«, flehte sie. »Ich muss ihr helfen. Warum hilft ihr niemand? Warum gehen die Sanitäter wieder weg?« Ihre Stimme wurde lauter. »Sie müssen ihr helfen!«

Der Mann, der neben Val kniete, sah zu ihnen hoch. »Lassen Sie sie durch«, sagte er zu dem Polizisten, der daraufhin Caitlins Arm nahm und sie behutsam zu Val führte.

Sie lag auf dem Bauch, mit dem Gesicht nach unten, aber Caitlin wusste, dass es Val war. Die Haare, die Kleidung, es war ihre Freundin. Neben ihrem Körper breitete sich eine dunkelrote Blutlache aus.

»Warum helfen Sie ihr nicht?«, fragte Caitlin, vor Schock ganz starr. Dr. Balfour, der Mann, der neben Val gekniet hatte und nun auf sie zuging, legte ihr eine Hand auf die Schulter.

»Kannten Sie sie?«, fragte er sanft.

»*Kannte* ich sie?«, fragte Caitlin und begriff.

24

Die Hendersons lebten in einem der neuen Reihenhäuser, die die Stadt in Craigmillar gebaut hatte, um die Gegend aufzuwerten. Wie Mairie Gordon dachte Mrs Henderson zunächst, Vater und Sohn stünden vor ihrer Tür. Ob etwas mit ihrer Tochter sei, fragte sie alarmiert, und wollte Ben und Sander schon hereinbitten. Als sie erfuhr, dass es um Aidan ging, knallte sie ihnen die Tür vor der Nase zu und rief: »Verschwinden Sie, oder ich hole die Polizei.«

Wirklich Angst hätte sie den beiden wohl erst gemacht, wenn sie mit ihrem Mann und dessen Waffensammlung gedroht hätte. Ben und Sander verschwanden trotzdem. Sie nahmen nicht den Weg zurück, den sie gekommen waren, sondern schlenderten die frisch geteerten Straßen entlang. Ein Großteil der Reihenhäuser war bereits bezogen worden, und die neuen Bewohner gaben sich redlich Mühe, sich vom Rest des Viertels abzusetzen: strahlend weiße Gardinen hinter den Fenstern, die handtuchbreiten Rasenstücke vor den Häusern gepflegt wie ein Golfplatz und in der Einfahrt nagelneue, energiesparende Kleinwagen.

»Sie sah eigentlich nach Mittelklasse aus«, bemerkte Ben.

Sander warf ihm einen düsteren Blick zu.

»Okay, wie soll ich es sonst nennen? Kennst du ein anderes Wort für Mittelklasse?«

Der Junge verdrehte die Augen. »Nee, echt, als ob ich da empfindlich wär. Es ist so: Die Hendersons machen nicht erst seit ein paar Wochen auf dicke Hose. Wollten schon immer was Besseres sein. Er hat einen Job als Hausmeister, und sie geht Teilzeit irgendwo an der Kasse arbeiten. Sie haben allen, die keinen Job hatten, jeden Tag reingedrückt, wie toll sie's haben. Vor 'ner Weile haben sie geerbt und sind dann gleich zur Bank gerannt, um ein Haus anzuzahlen. Nix mehr Miete, hat der alte Henderson gesagt, lieber Hypotheken fürs Eigenheim abstottern, von wegen Absicherung im Alter und besser fürs Kind.«

Nicht zum ersten Mal dachte Ben, dass es der Junge als Journalist weit bringen würde: offen, interessiert und immer das Ohr dicht an der Gerüchteküche. »Seit wann haben sie das Haus?«

»Die sind gerade erst eingezogen. Das sieht man doch.« Fassungslos schüttelte er den Kopf, dann grinste er. »Du musst schon ein bisschen besser hinsehen, echt.«

Er wollte Ben zeigen, dass er mindestens genauso gut beobachten konnte wie ein echter Journalist. Dass er in Mairies Wohnung nichts von dem bevorstehenden Umzug bemerkt hatte, wurmte ihn offenbar noch.

»Okay, Kleiner, du hast recht. Ich hab nicht so genau hingesehen. Aber warum sind sie nicht weggezogen?«

»Weil sie woanders keinen kennen. Bist du schwer von Begriff? Ich fass es nicht. Was sollen die denn woanders? Wenn sie hierbleiben, können sie auf was Besseres machen und es allen zeigen. Wenn sie woanders hinziehen, sind sie nur die, die aus Craigmillar weg sind. Keiner redet mit ihnen. Deshalb stecken sie alles ins Haus. Da ist kein Geld für Schule oder Auto oder was man sonst noch so braucht. Weißt du denn gar nicht, wie's läuft?« Er schlug sich mit der flachen Hand gegen die Stirn. »Denken, Mann, denken! Das soll helfen.«

»Jawohl, großer Meister. Ich meine: Chef.« Ben grinste. »Und jetzt? Die Flemings?«

Eine von Ryans Schwestern, die der Statur nach ganz nach ihrer Mutter kam, blockierte die Wohnungstür und hörte sich stumm alles an, was Ben zu sagen hatte. Das Einzige, was sie zurückfragte, war, wie viel Geld er zu bieten hätte, wenn sie mit ihnen reden würden. Dann ließ sie sie in den nikotingeschwängerten Wohnungsflur.

»Bisschen eng hier«, versuchte Ben dezent anzudeuten, ob sie sich vielleicht irgendwo hinsetzen könnten.

Die Frau verschränkte nur die Arme und ließ die beiden nicht aus dem Blick. »Mama, hier will uns wer Geld schenken.«

Tief aus dem Inneren der Wohnung drang Mamas Stimme, die der von Ryans fülliger Schwester stark ähnelte. Sie plärrte zurück: »Nimm's und schmeiß sie raus, Sammy.« Es folgte ein rasselndes Lachen, das nach einer seit Jahren gut geteerten Lunge klang.

Sammy starrte die beiden unverwandt an und wartete auf etwas, von dem nur sie wusste. Es kam nach ein oder zwei Minuten: ihre Mutter, in einen zeltgroßen Männerbademantel gehüllt. Ben hätte nicht geglaubt, dass der Nikotingestank noch intensiver werden könnte, aber er wurde es.

»Wo haben Sie das Geld?«, fragte Ryans Mutter.

»Mrs Fleming, ich habe gerade schon zu Ihrer Tochter gesagt ...«

»Er ist von der Zeitung«, schaltete sich Sander ein. »Will 'ne Story machen, darüber, dass die Stadt sich nicht richtig um uns hier kümmert.«

Mrs Fleming sah hochinteressiert aus. Da sie sich an ihrer Tochter nicht vorbeidrücken konnte, sagte sie: »Los, ins Wohnzimmer.«

Sie drehte sich um, und Sammy, Sander und Ben folgten ihr in einen von gelben Rauchschwaden durchzogenen Raum. Ben räusperte sich diskret, während Sander anfing zu husten.

»Ich mach mal das Fenster auf«, sagte der Junge und tat es, ohne eine Antwort abzuwarten. Mrs Fleming schien sich nicht daran zu stören. Wie ihre Tochter ließ sie Ben nicht aus den Augen, als sie sich auf das abgewetzte Sofa setzte. Bettzeug lag auf dem Boden, und Ben vermutete, dass hier gleichzeitig auch ihr Schlafzimmer war.

»Und? Wie viel haben Sie für uns?«

»Das hängt ganz von Ihrer Bereitschaft ab, mit mir …«

»Mach's nicht so spannend, Junge«, unterbrach sie Ben. »Worum geht's?«

»Um Ihren Sohn Ryan.«

Mrs Fleming zuckte die Schultern und zündete zwei Zigaretten an. Eine gab sie ihrer Tochter, die im Türrahmen stehen geblieben war. Fluchtweg abgeschnitten, dachte Ben. An dieser Frau kam keiner vorbei. Er sah kurz zu Sander, der sich ans offene Fenster gestellt hatte und versuchte, Sauerstoff in die Wohnung zu schaufeln.

»Was ist mit Ryan?«

»Ich habe gehört, dass Ihr Sohn an den Programmen von We Help teilgenommen hat. Wir vom *Scottish Independent* …«

»Nie gehört«, schnarrte Mrs Fleming.

»Ist 'ne Zeitung«, half Sander.

»Ah. Weiter.«

»Wir dachten uns«, fuhr Ben mit seiner vorbereiteten Geschichte fort, »dass eigentlich die Stadt diese Aufgaben übernehmen müsste. Die Kinder bekommen heutzutage viel zu wenig Anleitung in den Schulen, niemand ist für sie da ...«

»Richtig, richtig«, murmelte Ryans Mutter. »Sind alles Ärsche in der Schule. Wollen, dass die Kinder zu Hause lesen üben. Wie soll das denn einer bezahlen, zu Hause lesen üben? Für Bücher hab ich kein Geld.«

Ben fragte sich, ob sie überhaupt lesen konnte. »Sie haben so recht, Mrs Fleming. Sagen Sie, war Ryan oft bei der Stiftung?«

»Keine Ahnung. Diese Kinder machen sowieso, was sie wollen.«

»Hat er Ihnen jemals etwas davon erzählt? Zum Beispiel, wen er dort getroffen hat, was alles angeboten wird ...«

Sie warf ihrer Tochter einen raschen Blick zu. »Kein Wort. Nie.«

»Das ist schade. Mich würde schon sehr interessieren, was die Stiftung so alles für die Jugendlichen leistet.«

Sie drückte ihre Zigarette in einem überquellenden Aschenbecher aus. Ein alter Filter fing Feuer und kokelte stinkend vor sich hin. »Gehen Sie zu denen und fragen Sie da«, schlug sie vor.

»Der da will mit uns reden, und er will uns Geld geben«, erinnerte ihre Tochter. Sie lehnte mit verschränkten Armen im Türrahmen, die fertiggerauchte Kippe im Mundwinkel.

Mrs Fleming verzog das Gesicht. »Die haben sich gut gekümmert um den kleinen Ryan. Gute Leute. Sehr nett alle.«

»Haben Sie mal jemanden von dort kennengelernt?«

Sie zog den Bademantel fester zusammen. »Na doch, einer kam mal, um zu sehen, wie Ryan so wohnt. Aber der fand, dass hier alles in Ordnung ist.«

»Wissen Sie noch den Namen?«

Sie schüttelte den Kopf. Zu schnell, wie Ben fand.

»Cunningham vielleicht?«, half er nach.

»Keine Ahnung. Ich weiß nicht, was Sie wollen. Hören Sie, ich hab jetzt genug mit Ihnen gesprochen. Bekomm ich mein Geld?«

»Tut mir leid, Mrs Fleming, aber Sie erzählen mir nichts, womit ich etwas anfangen kann.«

»Was soll ich denn erzählen?«

»Vielleicht was über Ryan. Was war er für ein Junge?«

Sie blies Rauch aus. »Normal. Fußball und so.«

»War er ein fröhliches Kind?«

»Wie verrückt.«

»Wie kam es zu diesem Unfall? Es war doch ein Unfall?«

Und wieder der Blick zur Tochter. »Der hat gespielt. Dem ist ein Spiegel kaputtgegangen, und da muss er sich dran geschnitten haben.«

»Wo war das?«

»Im Bad. Der war so. Hatte immer komische Ideen. Wie sie so sind, die Jungs.«

»Wo waren Sie zu dem Zeitpunkt?«

»Einkaufen«, sagte Sammy. »Ich hab sie mitgenommen. Mit dem Auto.«

Ben wollte erst gar nicht versuchen, sich vorzustellen, wie sich diese beiden Frauen in ein Auto quetschten. »Und als Sie zurückkamen, fanden Sie ihn?«

Mrs Fleming nickte. »Es war zu spät. Ich hab die 999 gerufen, aber die konnten nichts mehr machen.«

»Haben Sie versucht, Erste Hilfe zu leisten?«

Sie riss die Augen auf. »Wie denn? War doch alles ...«

»Zu spät«, ging Sammy dazwischen und übertönte damit ihre Mutter.

Aber Ben hätte schwören können, dass Mrs Fleming gerade gesagt hatte: »War doch alles nass.«

Ben gab ihr fünfzig Pfund und sagte ihr, dass es leider für einen Artikel nicht reichte, aber vielleicht könnte er ein paar Dinge in einem anderen Artikel unterbringen, und dann würde sie noch einmal Geld bekommen.

»Die Zeitung muss ich dann aber nicht kaufen«, sagte sie. »Die schicken Sie mir, ja?«

Er versprach es gern, da er es nicht würde halten müssen.

»Nett«, knurrte er, als er mit Sander außer Hörweite war.

»Flachbildschirm. Hab ich im Vorbeigehen im anderen Zimmer gesehen«, flüsterte Sander. »Nagelneuer Flachbildschirm«, betonte er.

Sie gingen über ein leeres Grundstück, das Ben mittlerweile gut kannte: Sander hatte es zu ihrem konspirativen Treffpunkt auserkoren. »Oh, bitte nicht hier. Es ist zu kalt, und es wird schon dunkel. Außerdem bin ich zu alt, um stundenlang auf dem Boden rumzuhocken.«

»Wo sollen wir sonst hin?«

Ben zuckte die Schultern. »In den Jugendtreff?«

Obwohl die Luft nicht sehr feucht war, kam Ben dieser Tag extrem kalt und unangenehm vor. Er war bis auf die Knochen durchgefroren. Dabei hatte er sich warm angezogen. Als sie den Jugendtreff erreicht hatten, behielt er seine Jacke an. Sander schien das Wetter kaum zuzusetzen. Er warf Jacke und Pulli von sich. Darunter: ein Maxïmo-Park-T-Shirt. Ben hatte das gleiche. Sander holte an der Theke zwei Flaschen Cola und fläzte sich auf ein altes Sofa.

»Zeig noch mal deine Liste«, sagte er.

Ben legte sie auf Sanders Knie und sah sich um: Die Jungs, die sich hier aufhielten, schienen alle mit sich selbst beschäftigt zu sein und von Sander und ihm keine große Notiz zu nehmen. Karen war nicht da, dafür standen zwei junge Männer hinter der Theke. Keiner von ihnen war Marc Cunningham. Im Hintergrund lief Musik: Jemand hatte die neue CD von den Kaiser Chiefs aufgelegt. Auch Ben las die Liste noch einmal durch:

Cameron McFadden (15) – Sturz vom Dach
Dylan Christie (10) – ertrunken
Aidan Henderson (12) – mit Vaters Waffe gespielt
Ryan Fleming (8) – Glasscherben, verblutet
Adam Gordon (9) – Sturz aus Fenster, 10. Stock

In dem Fax an die Zeitung war von drei Kindern die Rede gewesen. Dylan Christie konnten sie nach ihren Recherchen durchstreichen. Blieben noch vier, über die er nicht sehr viel mehr in Erfahrung hatte bringen können als das, was ihm ein Vierzehnjähriger an Klatsch und Tratsch übermittelt hatte. Cameron, der vielleicht eine Mutprobe bestehen wollte. Ein Unfall? Möglich. Selbstmord? Auch möglich, im Pub hatten die Leute jedenfalls darüber spekuliert. Mord? Wohl kaum. Cameron war nicht aus einer Wohnung gefallen, sondern vom offenen Dach. Das hätte irgendjemand sehen können, es hätte sich herumgesprochen.

Aidan, der mit Waffen zwar gut umgehen konnte, aber trotzdem eine Kugel abbekommen hatte. Unfall? Möglich. Selbstmord? Ebenso. Mord? Unwahrscheinlich. Das hätte die Gerichtsmedizin festgestellt. Andererseits: Auch die Gerichtsmediziner machten manchmal Fehler ...

Was war mit Ryan, der sich verletzt hatte, während seine Mutter einkaufen war? Ein Unfall? Ben hatte Zweifel. Verbluten dauerte zu lange, es sei denn, der Junge hatte eine Schlagader erwischt. Ein Unfall war zumindest möglich. Und Selbstmord? Bei den Familienverhältnissen – warum nicht? Was hatte seine Mutter gesagt? Es war alles nass? Hatte sich der Junge in die Badewanne gelegt und sich die Pulsadern aufgeschnitten? Aber warum war dann bei der Untersuchung »Unfall« als Todesursache angegeben worden? Hatten die Flemings etwas manipuliert? Was war mit Mord? Seltsame Art zu töten, fand Ben und strich den Gedanken. Vorerst.

Der Letzte auf der Liste war Adam. Adam, der depressive Junge, dem vielleicht der neue Partner seiner Mutter zum Verhängnis geworden war. Unfall? Daran wollte Ben nicht glauben. Selbstmord? Das wäre eine Möglichkeit, wenn der Junge wirklich unter Depressionen gelitten hatte. Ben würde sich über Selbstmorde im Kindesalter erkundigen müssen. Er war immer davon ausgegangen, dass Selbstmordgedanken erst mit der Pubertät kamen. Adam war neun Jahre alt gewesen. Mord? Der reiche Liebhaber will das ungeliebte Kind aus dem Weg schaffen. Die überforderte Mutter weiß sich nicht anders zu helfen. Ja, Mord war eine Möglichkeit.

Was aber kam heraus, wenn man sich diese vier Fälle unter einem gemeinsamen Blickwinkel ansah? Wenn man die Möglichkeit einräumte, die vier Jungs seien sexuell missbraucht worden? Hatte der Täter sie aus dem Weg geschafft? Vielleicht. Hatten sie einen Grund gehabt, sich umzubringen? Sicher. Vielleicht ging es hier gar nicht darum, der Stiftung oder DLP oder sogar Cedric Darney zu schaden. Vielleicht ging es wirklich nur um die Kinder, die sich, in Bedrängnis geraten, umgebracht hatten ...

Sein Handy klingelte. Zuerst konnte er die Frauenstimme am anderen Ende nicht zuordnen. Dann erkannte er sie wieder: Es war die Studentin, die in dem Internetcafé am Grassmarket arbeitete. Sie hatte Dienst gehabt, als das Fax geschickt worden war.

»Heute war eine Schülerin aus Deutschland da. Von der Gruppe, die am Sonntag hier war. Sie kommt jeden Tag. Wir haben uns heute ein bisschen unterhalten und dabei auch noch mal über die Typen von Franz Ferdinand gesprochen. Die sind am Sonntag hier vorbeigekommen. Wissen Sie noch?«

Und ob.

»Diese Schülerin jedenfalls ist eine von diesen Schottlandverrückten, die alles über das Land wissen wollen und jeden Furz für was Besonderes halten. Wissen Sie, was ich meine? Jedenfalls, sie hat mich gefragt, ob es normal sei, dass in Schottland auch Geschäftsleute Internetcafés benutzen. Am Sonntag war nämlich auch eine Geschäftsfrau da und hat das Fax benutzt.«

»Wie sah die Frau aus?«, fragte er.

»Sehr elegant, hat das Mädchen gesagt.«

»Haben Sie zufällig den Namen des Mädchens, oder kann ich sie irgendwo erreichen?«

»Nein, aber als sie von der Frau erzählt hat, konnte ich mich auch wieder an sie erinnern«, antwortete die Studentin. »Sie war vielleicht vierzig. Sie hatte hochgesteckte Haare und sehr schicke, teure Sachen an. Sogar die Hände sahen elegant aus, verstehen Sie? Ich weiß auch nicht, warum ich an die nicht mehr gedacht habe. Aber es war ja auch ordentlich was los an dem Sonntag. Die Band und so ...«

»Welche Haarfarbe?«, fragte Ben.

»Puh, das haben wir auch schon überlegt. Wir konnten es beide nicht genau sagen, aber wir waren uns auf jeden Fall einig: Sie war nicht blond, nicht schwarz und nicht rot. Irgendwas dazwischen. Braun, dunkelblond, brünett ...«

Dr. Keane, dachte er, als das Gespräch beendet war. Bree Livingston. Aber welchen Grund hätte eine von ihnen, ein solches Fax an den *Scottish Independent* zu schicken?

Und warum hatte die Absenderin in der Zwischenzeit nichts mehr unternommen? Sie musste darauf warten, dass etwas passierte. Dass die Presse aktiv wurde. Dass die Polizei eingeschaltet wurde. Wunderte sie sich nicht, dass nichts geschah?

Oder wusste sie, dass er recherchierte?

»Mir ist was aufgefallen«, riss ihn Sander aus seinen Gedanken. »Bei Aidan, Ryan und Adam.«

Ben sah ihn neugierig an. Jemand stellte die Musik lauter, sodass ihm Sander fast ins Ohr schreien musste.

»Und zwar, da ist überall Geld im Haus, seit die Kids tot sind. Die einen sagen, sie haben geerbt. Die andere zieht um und tut geheimnisvoll. Und wo die Dicken den Flachbildschirm herhaben, weiß auch keiner so genau.«

»Du meinst, sie haben alle nach dem Tod ihrer Söhne Geld bekommen?«

Sander zuckte die Schultern. »Die Frage ist nur, von wem.«

»Von der Stiftung«, überlegte Ben. »Aber warum?«

»Aus reiner Menschenliebe? Ich hab mal gelesen, dass es so was geben soll.«

»Nein. Weil was faul ist. Schweigegeld. Was, wenn sich die Jungs alle umgebracht haben?«

»Und der Grund ist das, was ihnen hier passiert ist?«

»Und jemand von der Stiftung hat versucht zu verhindern, dass die Leute Alarm schlagen. Geld war das einfachste Mittel, weil sie alle Geld brauchten.«

»Krass«, urteilte Sander. »Jamie hätte sich auch fast umgebracht.«

»Sich und das kleine Mädchen«, erinnerte ihn Ben. »Hast du seitdem noch mal was von Jamie gehört?«

Sander schüttelte den Kopf. »Bei denen geht keiner ans Telefon, und als ich geklingelt hab, hat keiner aufgemacht, obwohl die da waren.«

»Das klingt nicht gut«, bestätigte Ben, als sein Handy wieder klingelte.

»Hier ist Mairie«, sagte eine leise Stimme. Ben hielt sich das andere Ohr zu, um sie besser hören zu können. »Sie hatten mir Ihre Karte gegeben. Ich ... Meine Güte, sind Sie in einem Club?«

»Nein, im Jugendtreff. Was kann ich für Sie tun?«

»Können wir uns sehen?«

»Natürlich. Wann und wo?«

Sie zögerte so lange mit der Antwort, dass er schon dachte, sie hätte aufgelegt. »Ich ziehe gerade um. Nach Craigentinny, in die Moira Terrace.«

»Soll ich hinkommen?«, fragte er.

»Nein«, sagte sie hastig. »Treffen wir uns in einem Pub? In Portobello? Das ist nicht weit von meinem neuen Zuhause.« Sie erklärte ihm den Weg, und er versprach, in ungefähr einer Stunde bei ihr zu sein.

»Mairie hat uns angelogen«, beantwortete Ben Sanders fragenden Blick.

Der Junge sprang auf. »Gehen wir zu ihr?«

»Nicht wir. Ich. Sorry.«

Als Ben durch die Dunkelheit zur Bushaltestelle ging, glaubte er, in einem der vorbeifahrenden Wagen Marc Cunningham zu erkennen. Der Wagen fuhr in nördliche Richtung. Leise verfluchte Ben seine übertriebene Vorsicht, nicht mit dem Auto nach Craigmillar gefahren zu sein.

Der 42er-Bus fuhr durch bis zur King's Road, wo er ausstieg. Er ging die Straße entlang bis zum Strand. Kein Pub. Mairie musste etwas verwechselt haben. Als er sie anrief, dauerte es nicht lange, bis sie sich meldete.

»Sie sind schon da?«, rief sie, halb verwundert, halb erfreut.

»Ja. Sie müssen was verwechselt haben. Hier ist kein Pub.«

Sie dachte einen Moment nach. »Dann ist es an der nächsten Ausfahrt des Kreisels. Es heißt The First and Last. Ich war noch nie drin, aber ich habe es bei einem Spaziergang gesehen. Ich bin gleich bei Ihnen.«

»Ich finde es schon. Wenn nicht, frage ich mich durch«, sagte Ben.

Sie antwortete nicht.

»Mairie? Sind Sie noch da?«

»Pscht«, machte sie.

Zumindest glaubte er, das gehört zu haben. An dem, was er als Nächstes hörte, hatte er keinen Zweifel: Es war ein Schuss. Dann ein lautes Scheppern. Ihr Handy war zu Boden gefallen.

Stille.

»Mairie! Ist alles in Ordnung?«, rief er in das Handy. Keine Antwort, bis auf ein Rascheln.

Besetztzeichen.

Jemand hatte die Verbindung unterbrochen. Er hoffte, dass es Mairie selbst gewesen war. Als er wieder versuchte, sie anzurufen, meldete sich nur ihre Mailbox.

25

Man kann nicht ewig weinen, dachte Caitlin. Auch wenn man zwischendurch glaubt, dass man nie wieder etwas anderes als diesen Schmerz spüren kann. Irgendwann hört man einfach wieder auf. Was auch immer es ist, der Körper regelt es von selbst.

So war es auch bei ihr. Was folgte, war ein verstörendes Gefühl, alles sei ganz und gar irreal. Und schließlich stieg brennende Wut in ihr auf. Auch etwas, das der Körper von selbst zu regeln schien. Ein Überlebensmodus, in den er sich versetzte. Schluss mit dem Geheule. Caitlin fühlte sich stark genug, sich allem zu stellen.

Sie verließ Sophie Nesbitts Gästezimmer und ging hinunter in die Eingangshalle. Hinter einer Tür war leise Musik zu hören. Sie klopfte und hörte die Anwältin »herein« rufen.

Der großzügige Raum war in das warme Licht einer Stehlampe getaucht. Die Lampe stand neben einem klassischen Mahagoni-Schreibtisch mit einer eingearbeiteten Unterlage aus dunkelgrünem Leder, auf der ein kleiner schwarzer Laptop stand. Sophie Nesbitt saß auf einem Klavierhocker, der weder Rücken- noch Armlehne hatte. Im Kamin knisterten Holzscheite. Daneben stand ein großes, mit blauem Samt bezogenes Sofa. Caitlin ging über die weichen Seidenteppiche darauf zu und setzte sich.

Sie fühlte sich wie immer in Sophies Gegenwart unwohl: Während diese Frau aussah, als käme sie gerade von einem Fotoshooting, war Caitlin selbst in einem völlig derangierten Zustand: zerzaustes Haar, schlabbrige Kleidung (sie trug noch immer Vals Sachen) und überall Verbände. Verquollene rote Augen, eine dicke rote Nase.

»Besser?«, fragte Sophie.

Caitlin nickte tapfer.

»Ich habe eben mit der Polizei telefoniert«, fuhr Sophie fort. »Val wurde aus nächster Nähe erschossen. Ihre Reisetasche ist verschwunden, deshalb geht man von einem Raubüberfall aus.«

»Raubüberfall mit einer Schusswaffe. Sind wir in London?«

Sophie wartete, bis sich Caitlin wieder beruhigt hatte. »Dr. Balfour sieht übrigens von einer Anzeige wegen Körperverletzung ab.«

Caitlin schloss die Augen. Sie war auf Balfour losgegangen, hatte geschrien und nach ihm getreten, bis er zu Boden ging. Die anwesenden Polizisten hatten Mühe gehabt, sie von ihm wegzuzerren.

»Wie kamen Sie nur darauf, dass er etwas mit dem Tod Ihrer Freundin zu tun haben könnte?«

Weil er immer vor Ort gewesen war, dachte Caitlin: Sie fand Thomas' Leiche – Balfour stellte den Tod fest. Sie wachte im Krankenhaus auf – Balfour maß gerade ihren Blutdruck. Ihr Haus und das von Bernie brannten ab – Balfour war in der Nähe. Sie floh aus der Klink – Balfour sammelte sie ein und ermöglichte ihr die Flucht. Val wurde erschossen – Balfour kniete in ihrem Blut. Wie kam sie nur darauf?

»Ich habe die Nerven verloren«, erklärte sie der Anwältin. »Val war meine beste Freundin. Wir kannten uns noch aus der Grundschule. Mit ihr hab ich mehr Zeit verbracht als mit ...« Sie stockte, sagte es dann aber doch: »... als mit meiner Mutter.«

Sophie lächelte sie traurig an. »Wir müssen noch ein paar Dinge besprechen. Ist das in Ordnung?«

Caitlin nickte.

»Dr. Balfour lässt Sie grüßen und Ihnen sein aufrichtiges Beileid ausrichten. Er fragt, ob er irgendetwas für Sie tun kann?«

»Ist dieser Mann ein Heiliger oder was?«, stöhnte Caitlin. »Ich beschimpfe ihn öffentlich als Mörder und verprügele ihn fast, und er bietet mir seine Hilfe an?«

»Er ist ein sehr guter Arzt, nach allem, was ich von Jenna Kerr, der Wirtin des Pubs in Callander, gehört habe. Ich habe auch mit Inspector Reese gesprochen. Er ist sauer, weil Sie sich Ihrer Verhaftung entzogen haben. Mittlerweile geht er allerdings nicht mehr davon aus, dass Sie etwas mit dem Brand zu tun haben. Auch das haben Sie Dr. Balfour zu verdanken. Und der hervorragenden Arbeit der hiesigen Spurensicherung. Einzelheiten?«

»Nicht jetzt.«

»Der Haftbefehl gegen Sie wurde also fallen gelassen. Man ermittelt weiterhin in alle Richtungen, wie es so schön heißt.«

»Hoffentlich auch mal in eine, die von mir wegführt«, stöhnte Caitlin.

»Ich habe etwas mehr über den letzten Auftrag Ihres Exmanns erfahren«, sagte Sophie. »Es ist noch nicht klar, wer sein Auftraggeber war. Offenbar wurde er über einen Strohmann engagiert. Aber die Polizei hat herausgefunden ...«

Sie unterbrach sich, weil es an der Tür klopfte. Ein Mann steckte den Kopf herein.

»Andrew«, sagte sie mit hochgezogenen Augenbrauen. »Ich dachte, du bist in London.«

»Oh, ich musste früher zurück.« Er nickte Caitlin zu. »Heute Abend ist ein Meeting in der Firma. Wollte mich umziehen und nur schnell Hallo sagen, damit du dich nicht erschreckst. Du hast Besuch?«

»Eine Klientin. Wir sind gerade im Gespräch. Wenn es dir nichts ausmacht ...«

»Natürlich. Einen schönen Abend noch. Ich bin schon weg.« Er schloss leise die Tür.

»Ihr Mann?«, fragte Caitlin.

Sophie nickte, ohne weiter darauf einzugehen.

»Möchten Sie etwas trinken? Sie müssen entschuldigen, ich war die ganze Zeit mit Ihrem Fall beschäftigt ... Soll ich Ihnen etwas holen?«

Caitlin lehnte dankend ab. Sophie schwieg einen Moment und erkundigte sich dann nach Caitlins Befinden, ob ihr das Zimmer so recht sei, ob es noch irgendetwas gäbe. Es war, als wolle sie Zeit schinden, um nichts über Thomas' Auftrag sagen zu müssen, bis Caitlin sie direkt darauf ansprach.

»Oh, selbstverständlich«, sagte Sophie. Sie nahm einen Notizblock vom Schreibtisch und blätterte darin herum. Sie schien nervös und mit den Gedanken woanders zu sein. Die Fassade der kühlen Anwältin bröckelt, seit ihr Mann hier war, dachte Caitlin, konnte sich aber keinen Reim darauf machen.

»Der Auftraggeber Ihres Exmanns ist noch nicht ermittelt«, fuhr Sophie fort.

»So weit waren wir schon«, sagte Caitlin ungeduldig. »Sie wollten mir sagen, woran er gearbeitet hat.«

»Seine Recherchen beschäftigten sich in der Hauptsache mit einem Pharmaunternehmen, das Ihnen gut bekannt sein dürfte: Duncan Livingston Pharmaceutics.«

Caitlin starrte ihre Anwältin mit offenem Mund an. »Aber ... er hat nicht über die Stiftung recherchiert, oder?«

»Nein. Man hatte ihn auf einige Mitarbeiter von DLP angesetzt.«

»Und warum wollte er in diese Klinik? War jemand von DLP Patient im Harlan Trent Centre?«

Sophie wich ihrem Blick aus und blätterte in ihrem Notizbuch. »Die Polizei ist sich in diesem Punkt nicht sicher ...«

»Nicht sicher? Ich verstehe das nicht, wie kann man sich da nicht sicher sein? Entweder jemand von DLP ist dort Patient oder nicht.«

»Wäre es nur so einfach.« Es klang, als sagte sie es mehr zu sich als zu Caitlin. »Einer der Geschäftsführer von DLP ist Anteilseigner des Harlan Trent Centre. Als Privatmann.«

Caitlin versuchte, Sophies Blick einzufangen, aber die Anwältin drehte sich um und schien auf ihrem aufgeräumten Schreibtisch nach etwas zu suchen, mit dem sie sich beschäftigen konnte.

»Sagen Sie, gibt es vielleicht etwas, das Sie mir noch nicht gesagt haben?«, fragte Caitlin.

Sophie drehte sich nicht zu ihr um. »Meinen Sie etwas Bestimmtes?«, fragte sie lediglich zurück.

»Sie wirken zerstreut.«

Die Anwältin drehte sich auf ihrem Klavierhocker um und sah sie mit einem entschlossenen Lächeln an. »Es hat nichts mit Ihnen zu tun. Mein Mann ...« Sie stockte. »Meine Ehe ist nicht die beste.«

Am liebsten wäre Caitlin im Boden versunken. Sie murmelte eine Entschuldigung. Egozentrisch von ihr, jedes Husten persönlich zu nehmen und jedes Augenzwinkern auf sich zu beziehen. Sie kehrte zum eigentlichen Thema zurück.

»Ich dachte bis gestern noch, mein Exmann hätte als Investmentbanker gearbeitet und sich mit Zahlen und Märkten und lauter Dingen beschäftigt, unter denen ich mir nichts vorstellen konnte. Und dann erfuhr ich: Nein, er war schon lange als Wirtschaftsdetektiv tätig und verdiente viel mehr Geld, als ich immer annahm. Ich war mit diesem Mann verheiratet. Und jetzt sitze ich hier und denke: Verdammt, ich habe ihn überhaupt nicht gekannt.«

Sophie Nesbitt nickte. »Ich verstehe. Das war ein Schock.«

»Aber wissen Sie was? Ich will trotzdem wissen, wer ihn getötet hat. Und noch viel mehr will ich wissen, wer Val getötet hat. Es war vermutlich derselbe Täter, oder?«

Sophie antwortete nicht. Sie sah Caitlin nur an.

»Jedenfalls werde ich das nicht der Polizei überlassen. Der Täter hat unsere Reisetasche geklaut. Er wusste, dass ich in London war. Er wusste über meine Mutter Bescheid. Er wusste, dass Thomas diese CD-ROM hatte.«

»Vielleicht ist Thomas deshalb gestorben? Wenn ich einmal zusammenfassen darf, was die Polizei bisher herausgefunden hat und was Sie mir erzählt haben, dann komme ich zu dieser Theorie: Es gab ein Treffen nachts am Loch Katrine. Und als Lebensversicherung hat er daher im Vorfeld die CD-ROM an Ihre Adresse geschickt.«

»Reinziehen wollte er mich«, sagte Caitlin. »Er hat dem Täter gesagt: Okay, ich hab deine Daten, aber da kommst du so leicht nicht ran, weil ich sie bei meiner Exfrau deponiert habe, die findest du nie. Und schon war mir der Kerl auf den Fersen. Dieser widerliche Mistkerl!«

»Ja, und er hat seinen Gegner unterschätzt. Er dachte, eine Mitwisserin würde ihn schützen – auch wenn diese in Wirklichkeit nichts wusste. Er ging nicht davon aus, dass er es mit einem so skrupellosen Menschen zu tun haben würde, der lieber mehrmals mordet, als sich erpressen zu lassen.«

»Wollte er den anderen erpressen? Oder einfach nur überführen? Seinem Auftraggeber Informationen weiterleiten?«

Sophie stand auf und ging im Zimmer auf und ab. Beim Anblick ihrer eleganten hochhackigen Pumps fing auch Caitlins anderer Fuß an zu schmerzen. »Ob er den anderen erpressen oder ihm mitteilen wollte, dass er ihn welcher Sache auch immer verdächtigt oder ihn gar überführt hat, bringt uns nicht weiter. Viel wichtiger ist: Worum ging es?«

»Irgendwas Medizinisches. Es waren Gesundheitsdaten. Er schnüffelte jemandem hinterher, der mit Medikamentenherstellung zu tun hat. Und dann wollte er sich in ein Krankenhaus einweisen lassen.«

»Eine Entzugsklinik«, verbesserte Sophie. »DLP arbeitet an einem Medikament, das die menschliche Suchtanfälligkeit im Gehirn ausschalten soll. Aber das wissen Sie wahrscheinlich.«

»Nein, ich wusste nur, dass sie Generika herstellen«, sagte Caitlin. »Und irgendjemand sagte mal, sie würden an *eigenen* Sachen arbeiten. Aber ich erinnere mich nur daran, dass von einem Schmerzmittel die Rede war.«

»Das und einiges mehr. Wenn dieses Präparat, das die Suchtanfälligkeit ausschaltet, auf den Markt käme – das wäre eine Revolution.« Sophie sah Caitlin an wie eine Lehrerin, die auf die richtige Antwort des Schülers wartet.

»Und auf der CD-ROM waren Daten von Suchtpatienten«, sagte Caitlin langsam. »Wenn es nicht völlig ausgeschlossen wäre, würde ich sagen: illegale Menschenversuche.«

Sophie hörte auf, wie ein Tiger im Käfig auf und ab zu wandern. »Warum wäre es völlig ausgeschlossen?«

Caitlin schüttelte den Kopf. »So was ist nicht erlaubt. So was macht niemand ...«

»So was machen Pharmakonzerne, seit es sie gibt. Glauben Sie, die Menschenversuche im Dritten Reich waren eine einmalige Sache, die nur unter Hitler stattfand? Gehen Sie mal nach Afrika. Der halbe Kontinent ist ein einziges Versuchslabor, und die Menschen sind die Ratten.«

»Ich dachte immer, das seien Gerüchte«, sagte Caitlin leise. »Val ist gestorben, weil irgendein kranker Typ Daten darüber braucht, an welchen Leuten er ein neues Medikament austesten kann? Und diese Leute sterben vielleicht auch?«

Sophie nickte. »Wir werden uns morgen mit der Polizei besprechen.«

Keine schlafenden Hunde wecken, hatte Sophie ihr gesagt. Doch genau das würde sie tun: Sie schrieb eine SMS an das Handy Ihres Exmanns.

Es gibt eine Kopie.

Diesmal schrieb er nicht sofort zurück. Als sie keine Lust mehr hatte zu warten, rief sie Dan an. Er ging ans Telefon.

»Ich bin mit Lenny essen«, erklärte er. Im Hintergrund waren gedämpft Stimmen zu hören. »Ein Arbeitsessen. Demnächst laufen neue Projekte an. Zwei in Glasgow, ein drittes ist in Planung, aber das wissen Sie ja.« Er erkundigte sich nach ihrem Befinden und schien sich aufrichtig zu freuen, als sie sagte, dass die Polizei den Haftbefehl gegen sie hatte fallen lassen. Die Nachricht vom Tod ihrer besten Freundin nahm er, wie die meisten Menschen, unbeholfen auf, was Caitlins Herz rührte.

»Kann ich ... Können wir irgendwas für Sie tun? Ich bin sicher, Lenny würde Ihnen auch gern helfen. Darf ich Sie auf Lautsprecher stellen?«

Jetzt hörte sie Lennys Stimme. »Fühl dich gedrückt!« Mehr musste er nicht sagen. Sie weinte schon wieder, aber mit einem Lächeln und einem warmen Gefühl. Dann erzählte sie, was sie herausgefunden hatte.

»Dan, was denken Sie? Es betrifft auch die Stiftung, nicht wahr? Wenn es Unregelmäßigkeiten bei DLP gibt ...«

Dan schien es die Sprache verschlagen zu haben. Sie hörte, wie Lenny sagte: »Du hast unseren Chef ganz schön aus den Socken gehauen.«

»Menschenversuche«, stöhnte Dan. »Sie meinen nicht genehmigte Testreihen?«

»Es ist die naheliegendste Idee.«

»Entschuldigen Sie, ich bin fassungslos. Ich hätte meine Hand für DLP ins Feuer gelegt. Und jetzt so was.«

»Es ist noch nichts bewiesen«, hörte sie Lenny murmeln. »Vielleicht hat unsere Kleine einfach nur eine viel zu blumige Fantasie.«

»Vielleicht, vielleicht auch nicht. Ich werde der Sache auf den Grund gehen«, antwortete Caitlin.

»Caitlin, tun Sie das nicht. Passen Sie auf sich auf. Dieser Verrückte ist gefährlich. Wo sind Sie überhaupt? Sind Sie in Sicherheit?«

Sophie hatte ihr das Versprechen abgenommen, niemandem zu sagen, wo sie sich befand. Wenigstens daran wollte sie sich halten. »Ich bin weit weg und in Sicherheit«, sagte sie deshalb.

Dan schien das nicht genug zu sein. »Caitlin, Sie dürfen sich nicht in Gefahr bringen. Ich will nicht, dass Ihnen etwas passiert.«

Sie hörte leises Kichern. Lenny gab sich keine Mühe, es zu unterdrücken.

»Ich passe schon auf. Aber könnten Sie meine Theorie einfach mal durchspielen? Sie kennen DLP besser als ich, und vielleicht fällt Ihnen was ein, das mir weiterhilft ...«

»Überlassen Sie es der Polizei«, bat Dan. »Gehen Sie schlafen, und sprechen Sie morgen mit diesem Inspector.«

Sie glaubte, echte Besorgnis in seiner Stimme zu hören. Und darüber freute sie sich, trotz allem.

26

Ben war auf dem Weg zu den Flemings, als ihm Sonia McFadden über den Weg lief. Wieder trug sie schwer an einer Aldi-Tüte. Ihm fielen die Sachen ein, die sie das letzte Mal herumgeschleppt hatte. Abgelegte Kleidung, hatte er gedacht, aber heute wusste er es besser. Sie war bereits in dem Wohnblock verschwunden. Also rannte er die Treppe hinauf, erwischte sie noch vor ihrer Wohnungstür und packte sie am Arm. Als sie schreien wollte, hielt er ihr den Mund zu.

»Reden Sie mit mir«, zischte er sie an.

Ihre Augen wurden riesengroß, sie schüttelte den Kopf.

»Wie viele Kinder sollen noch sterben? Eben hat jemand Mairie Gordon erschossen. Wollen Sie Ihr Leben lang Angst davor haben, dass jemand Sie oder Ihren Mann oder Ihre anderen Kinder umbringt? Reden Sie!«

Sie hatte die Tüte fallen gelassen und versuchte, ihn abzuschütteln. Er nahm seine Hand von ihrem Mund und packte sie fest an der Schulter.

»Gehen Sie«, flüsterte sie. »Die Leute.«

Er folgte ihrem Blick nicht. Weil es ein Trick sein konnte. Und weil es ihn nicht interessierte, ob jemand zusah. »Ich gehe erst, wenn Sie aufgehört haben, mich anzulügen.« Er verstärkte den Druck seiner Hände.

»Sie tun mir weh!«

»Ich weiß von Marc Cunningham.«

Wieder riss sie die Augen auf.

»Ich weiß, dass Sie Geld bekommen. Sie schleppen

neue Sachen für Ihre Kinder in einer billigen Tüte nach Hause, damit es keiner merkt.« Er ließ sie los und nahm die Tüte. »DVDs, Spielsachen, ein Rucksack ... Hier ist ein Kassenzettel. Heute gekauft.« Er ließ die Sachen auf den Boden fallen und packte die weinende Frau. »Die anderen sind nicht so zurückhaltend. Die Hendersons haben ein Haus mit dem Geld angezahlt. Die Flemings haben sich einen Flachbildschirm geleistet und wer weiß, was noch alles. Mairie Gordon wollte mit dem Geld ganz neu anfangen. Sie ist vor einer Stunde erschossen worden.« Er schüttelte sie.

Die Wohnungstür ging auf und ihr Mann Colin kam aus der Wohnung geschossen.

»Lass meine Frau los.« Er holte nach Ben aus, der sich schnell duckte. Der Schlag traf Sonia. Sie jaulte auf und ging zu Boden. Keuchend und mit geballten Fäusten stand Colin McFadden vor Ben, bereit für den nächsten Schlag.

»Wagen Sie es nicht. Ich habe es gerade Ihrer Frau gesagt: Mairie Gordon wurde ermordet. Und vielleicht sind Sie die Nächsten.«

»Nicht, wenn wir nicht mit dir reden«, knurrte McFadden.

»Und wem wollen Sie weismachen, Sie hätten mir nichts gesagt? Ich weiß schon von Marc Cunningham. Ich weiß, dass Sie Geld bekommen haben. Jemand hat ein Fax an meine Zeitung geschickt. Darin steht, dass das Stiftungsprojekt gescheitert sei. Weil schon drei Kinder gestorben seien. In Wirklichkeit sind es mehr, nicht wahr? Mindestens vier. Aidan Henderson, Ryan Fleming, Adam Gordon und Ihr Sohn. Richtig? Wie viel haben Sie bekommen, damit Sie nicht verraten, was mit Ihrem Sohn los war? Warum haben Sie den Kerl nicht angezeigt? Na, kommen Sie schon, sagen Sie's mir: Wie viel war Ihnen das Leben Ihres Kindes wert? Tausend? Mehr? Weniger? Haben Sie schlechter verhandelt als die anderen?«

Colin McFadden sank in sich zusammen. Seine Arme hingen schlaff neben seinem Körper, und er sah mit einem Mal aus, als hätte er wochenlang nicht geschlafen. »Komm rein. Dann erzähl ich's dir. Aber komm nicht auf die Idee, mich zu verpfeifen. Wir haben nie gesprochen. Okay?«

Ben folgte ihm in eine enge, überraschend saubere Küche. In McFaddens Körper kehrte Energie zurück, doch diesmal war es nicht Wut, was ihn antrieb. Diesmal war es Angst. Er ließ sich auf einen Stuhl fallen und trommelte nervös mit der Hand auf dem Tisch herum, suchte nach Worten, schien aber nicht zu wissen, wie er anfangen sollte.

»Es geht um Cunningham«, half Ben nach. »Er hat sich an Ihren Sohn rangemacht, richtig?«

Colin McFadden nickte, dann schüttelte er den Kopf. »Ich schwör dir, wenn er ihn *so* angefasst hätte ...« McFadden presste die Kiefer zusammen. Sein ganzer Körper bebte.

»Colin, ich weiß, es ist schwer, darüber zu reden. Und peinlich. Cunningham hat sich als psychologischer Berater das Vertrauen der Jungs erschlichen, und dann hat er ...« Ben geriet ins Stocken.

McFadden sah ihn nicht an. Er starrte auf die Tischplatte, knirschte mit den Zähnen und hatte die Hände zu Fäusten geballt.

Ben atmete tief durch. »Er hat sie missbraucht. Ein paar

von den Jungs kamen einfach nicht damit klar. Ihr Vertrauen war zerstört, sie schämten sich, wussten nicht, mit wem sie reden sollten und ... brachten sich um. Dann fanden ihre Eltern heraus, was geschehen war. Sie sprachen mit Cunningham. Er zahlte Schweigegeld. Oder zahlte die Stiftung?«

Camerons Vater sah ihn verständnislos an. »Was? Moment, du bist auf dem ganz falschen Dampfer! Wie kommst du denn auf den Scheiß?«

»Ich kann verstehen, dass Sie ...«

Der andere Mann explodierte. »Hey, du Stück Scheiße, ich hab gesagt, ich rede mit dir. Aber wenn du alles nur verdrehst und am Ende noch so einen Dreck über meinen Sohn verbreitest, dann ...«

Ben rechnete damit, gleich die schlimmsten Prügel seines Lebens zu beziehen. Aber McFadden, der aufgesprungen war und die geballte Faust schon drohend über seinem Kopf schwang, brach unerwartet zusammen. Er sank auf den Küchenstuhl, verbarg das Gesicht in den Händen und schluchzte.

»Colin, es ist okay. Reden Sie einfach mit mir. Ich versichere Ihnen, dass ich nichts Schlechtes über Ihren Jungen sagen oder schreiben werde. Wirklich nicht. Aber Sie müssen mit mir reden, damit ich endlich weiß, was wirklich passiert ist.« Er war sich so sicher gewesen, dass er schon alles wusste. Aber jetzt kamen ihm Zweifel: Natürlich hätte ein sexueller Missbrauch durch Marc Cunningham dem Ruf der Stiftung und damit auch dem Ruf von DLP empfindlich und nachhaltig schaden können. Aber hätten sie Cunningham dann nicht längst aus dem Verkehr gezogen? Gaben sie wirklich eine Menge Geld dafür aus, dass sich Cunningham weiter an den Jungs vergehen konnte? Was hätte die Stiftung davon? Der Mann war eine tickende Zeitbombe. Irgendwann würde er an jemanden geraten, der den Mund nicht einfach hielt. Nein, Bens Theorie war falsch gewesen, das wusste er jetzt.

»Am Anfang«, sagte Colin McFadden, »am Anfang waren meine Frau und ich echt froh, dass die von der Stiftung diesen Jugendtreff aufziehen wollten. Dann weiß man, wo sich die Kinder rumtreiben. Dann ist wer da, der auf sie ein Auge hat. Man macht sich ja immer Sorgen, ganz egal, was die Bengel einem erzählen. Na, eines Tages stand dieser Cunningham vor der Tür. *Dr.* Cunningham. Psychiater und Neurologe, sagte er. Tat ganz feierlich. Mr McFadden, sagte er, wollen Sie uns helfen, die Welt zu verändern? Wollen Sie Menschenleben retten? Das fragte er mich, und was sagt man da, man sagt: Klar, logisch, was soll ich tun? Er erzählte mir was von Wissenschaftlern, die rausgefunden hatten, warum so viele Leute saufen. Also, warum sie Alkoholiker sind, genauer gesagt. Ein Gen ist schuld, oder mehrere Gene, ich weiß es nicht mehr. Und diese Wissenschaftler haben einen Impfstoff gefunden. Wer geimpft ist, kann kein Alkoholiker werden. Verstehst du?«

Ben schüttelte den Kopf.

»Gleich verstehst du's. Dieser Dr. Cunningham sagte also, er arbeitet für eine bekannte Klinik, die«, Colin verstellte die Stimme, »*gute Erfolge im Kampf gegen den Alkoholismus erzielt* hat. So weit klar. Diese Klinik arbeitet mit diesen Wissenschaftlern, die den Impfstoff erfunden haben. Und jetzt suchen sie jemanden, an dem sie den Impfstoff ausprobieren können. Menschliche Laborratten. Das hat nicht er gesagt. Das sage ich. Heute.« Wieder ließ er sein Gesicht in die Hände sinken.

Ben wartete ab.

McFadden atmete ein paar Mal tief durch. »Ich fragte: Was kann denn passieren, wenn man das Zeug nimmt? Und Cunningham sagte: ›Wir haben den Impfstoff schon an vielen jungen Menschen ausprobiert. Sie haben ihn sehr gut vertragen.‹ Ich fragte also: ›Warum braucht ihr noch mehr Leute zum Testen? Und warum meinen Jungen? Nehmt doch mich, meine Frau wär euch ewig dankbar, wenn ich nichts mehr trinken würde!‹ Da sagte Cunningham: ›Nein, das geht nicht, es ist nur für Leute, die noch nie Alkohol getrunken haben.‹ Also sagte ich: ›Mein Junge hatte schon mal Alkohol getrunken.‹ Und er sagte: ›Genau deshalb bin ich hier, wir müssen jetzt wissen, ob man auch Kindern, die schon angefangen haben zu trinken, helfen kann. Aber es geht nur mit Kindern, nicht mit Erwachsenen.‹«

»Warum nur mit Kindern?«

»Ich weiß es nicht, Mann, ich weiß es nicht. Er hat geredet und geredet, und ich hab ihm geglaubt. Verdammt, er hat einen verschissenen Doktortitel, und was hab ich? Das hat sich alles gut angehört, und ...«

»Und er hat Ihnen Geld angeboten.«

»Fünfhundert Pfund! Weißt du, was fünfhundert Pfund für uns sind?«

Ben nickte nur.

»Er hat mir versprochen, dass das Zeug keine Nebenwirkungen hat. Er hat gesagt: Das Einzige, was passieren kann, ist, dass der Junge sein Leben lang eine besonders hohe Alkoholtoleranz hat, aber abhängig wird er trotzdem nicht. Ich hab ihm vertraut, Mann!«

»Aber Cameron ist die Impfung nicht bekommen?«

Colin nickte. »Wurde ganz komisch. Schlief nicht mehr, war launisch und aggressiv, zog sich immer mehr zurück, sprach mit keinem mehr.«

»Depressionen?«

»Und wie. Als er zum ersten Mal davon anfing, dass er am liebsten sich und alle um ihn herum umbringen würde, dachten wir noch: Klar, der macht sich wichtig. Pubertät und so. Aber dann ist er wirklich vom Dach ...« Er starrte mit leerem Blick vor sich hin. Seine Frau hatte sich im Wohnzimmer eingeschlossen. Ben hörte sie schon seit einer ganzen Weile weinen. Er fragte sich, ob sie jedes Mal weinte, nachdem sie von dem Geld Sachen für ihre anderen Kinder gekauft hatte.

»Was passierte nach Camerons Tod?«, fragte Ben.

»Ich ging zur Stiftung. Zu dieser Frau, die hinten im Büro sitzt. Ich hab ihr alles gesagt. Ich dachte, sie dreht durch und kauft sich diesen Typen. Aber nein, sie wusste über alles Bescheid. Ich glaube, er hatte unsere Adresse sogar von ihr.«

Dr. Keane. Die im Harlan Trent Centre gearbeitet hatte, wo Marc Cunningham Psychiater gewesen war. Sie hatten also gemeinsame Sache gemacht.

»Und Ihnen wurde wieder Geld geboten, damit Sie schweigen?«

Er nickte. »Wir mussten auch an unsere anderen Kinder denken. Sie hatten uns versprochen, dass die Testreihen sofort eingestellt werden.«

»Wann haben Sie gemerkt, dass Sie angelogen wurden?«

Colin schnaufte. »Als die Hendersons in ihr neues Haus gezogen sind.«

»Haben Sie noch mal kassiert?«

»Von wegen. Ich bin wieder zu dieser Frau gegangen und hab ihr gesagt: Da stimmt was nicht. Ich hab sie gefragt, ob sie die anderen Eltern gewarnt hat, und sie hat gesagt ja, machen Sie sich keine Gedanken. Also hab ich nach den Hendersons gefragt. Darauf hatte sie auch eine Antwort: Vielleicht sieht das für Sie nicht so aus, sagte sie, aber in Wirklichkeit ist das bei den Hendersons ein Unfall gewesen. Und dann meinte sie noch, die Hendersons hätten genug geerbt, um für die Bank kreditwürdig zu sein.«

»Haben Sie ihr das geglaubt?«

Er schüttelte den Kopf. »Aber an dem Abend lag 'ne tote Ratte vor unserer Tür, mit einem Zettel. Da stand drauf: ›Seid vorsichtig!‹«

»Haben Sie eine Ahnung, wo der Impfstoff herkam? Wer ihn hergestellt hat?«, fragte Ben, fürchtete aber, dass Cunningham und Keane die Spuren gut verwischt hatten.

Diese Mühe hatten sie sich offenbar nicht gemacht. »DLP«, kam es wie aus der Pistole geschossen. »Das haben die mir nicht gesagt. Aber ich hab einmal die Verpackungen gesehen, die Cunningham in seinem Koffer hatte. Und da stand ›DLP‹ drauf. Wo soll's denn sonst hergekommen sein?«

Ja, woher sonst.

Zwei Minuten später stand Ben vor dem Haus und telefonierte mit Cedric. Er erzählte ihm, wie er vor Mairies neuem Haus die Polizei beobachtet hatte, die nur noch ihren Tod feststellen konnte. Wie er die Wahrheit aus Colin McFadden herausgeholt hatte.

Cedric würde die Polizei verständigen und sie auf Dr. Keane und Cunningham ansetzen.

Er rief Nina an. Gleich würde Sander bei ihr vorbeikommen.

Rief Sander an, er solle sich in Sicherheit bringen. Wenn's sein musste, die Familie mitnehmen.

Rief ihnen ein Taxi.

Rief den Rettungsdienst an und erzählte, so gut es ging, von Jamie, damit sie sich um ihn kümmern konnten.

Dachte nach. Das Fax. Wer hatte es geschickt? Etwa Bree? Hatte sie gewusst, dass die Medikamente von DLP kamen, und versucht, ihr schlechtes Gewissen loszuwerden?

Vielleicht steckte sie gar nicht alles in die eigene Tasche. Vielleicht musste sie Geld abzweigen, um die misslungenen Tests zu finanzieren. Um die immer teurer werdende Entwicklung zu finanzieren. Um Schweigegeld zu zahlen. Ben hatte recherchiert: Seit bekannt gegeben worden war, welche Medikamente DLP als Nächstes auf den Markt bringen würde, war der Aktienwert gestiegen. Und stieg weiter. Negativschlagzeilen – egal ob über die Stiftung oder über DLPs misslungene Medikamententests – würden ihn ins Bodenlose stürzen lassen.

Warum hätte Bree ihn auf diese Spur bringen wollen?

Vielleicht hatte sie längst kein eigenes Geld mehr in der Firma. Vielleicht hatte sie stillschweigend ihre Anteile verkauft, ihr Geld in teure Immobilien angelegt und den Rest auf einem Schweizer Nummernkonto in Sicherheit gebracht. Und jetzt wollte sie alles zerstören. Cleveres Ding, dachte er. Nur ein bisschen melodramatisch. Oder sie hatte doch ein Gewissen?

Sobald bekannt werden würde, dass Keane und Cunningham von der Polizei gesucht wurden, würde Bree alles vernichten. Wenn sie es nicht schon getan hatte. Es gab nur einen Weg, das zu verhindern: Er musste zu ihr.

Er rief noch einmal Cedric an. »Könnten Sie mir noch bei einer Sache helfen?«, fragte er. »Ich muss zu Bree Livingston, und ich möchte sicher sein, dass sie mich reinlässt.«

»Das wird sie«, antwortete Cedric und legte auf.

Wo es einen als investigativen Journalisten so alles hin verschlägt, dachte Ben.

27

Die SMS kam, als Caitlin schon eingenickt war.

Treffen wir uns. Auf dem Parkplatz vor DLP.

In einer Stunde.

Sie brauchte einen Moment, um zu verstehen. Dann kämpfte sie sich aus dem Bett, zog sich an und rief ein Taxi.

Sie musste die Polizei verständigen. Aber sie würden ihr nicht glauben. Sophie würde mit ihnen reden müssen. Wenn sie Sophie sagte, wohin sie unterwegs war, würde sie versuchen, sie aufzuhalten.

Dann dürfte sie sich eben nicht aufhalten lassen. Das Taxi war schon unterwegs.

Caitlin wusste nicht, welches Sophies Schlafzimmer war. Unten war noch Licht. Vielleicht schlief sie noch gar nicht. Vorsichtig humpelte sie die Treppe hinunter, ging zum Arbeitszimmer und klopfte an die Tür.

Ihr Mann öffnete.

»Oh, entschuldigen Sie. Ich wollte kurz mit Ihrer Frau sprechen.«

»Sie schläft schon«, sagte er und sah sie neugierig an. »Worum geht es denn? Kann ich helfen?«

Vielleicht war das sogar besser. Er würde sie kaum aufhalten. »Ich muss dringend weg«, begann sie, als sie durch das Fenster einen Wagen vorfahren sah. »Mein Taxi ist schon da. Bitte wecken Sie Ihre Frau, es ist sehr, sehr wichtig. Sagen Sie ihr, sie soll Inspector Reese anrufen und ihm Bescheid geben. Ich treffe jemanden, den er sucht. Auf dem Parkplatz vor der Firma. Sie weiß, worum es geht. Würden Sie das tun? Es ist sehr, sehr dringend.«

»Natürlich«, sagte er ernst. »Das tu ich gern. Hat meine Frau die Nummer von diesem ... Inspector?«

»Ich denke schon.«

»Haben *Sie* sie? Nur zur Sicherheit.«

Caitlin zog ihr Handy aus der Tasche und klickte sich durch die Rufliste. »Hier, das müsste sie sein. Haben Sie was zum Schreiben?«

»Darf ich? Dann schreibe ich sie direkt ab.«

Sie gab ihm das Handy. Draußen hupte der Taxifahrer ungeduldig.

»Sagen Sie doch Bescheid, dass Sie gleich kommen. Der gute Mann denkt sonst noch, Sie versetzen ihn.« Er lächelte ihr zu.

Sie lief raus und bat den Fahrer, noch einen Moment auf sie zu warten. Wieder im Haus, gab ihr Sophies Mann das Handy zurück.

»Danke, ich habe die Nummer notiert und werde meiner Frau sofort Bescheid geben.«

»Danke, Mr Nesbitt.«

»Mitchell«, antwortete er. »Meine Frau hat Ihren Namen behalten.«

»Mr Mitchell«, korrigierte sie sich. »Wünschen Sie mir alles Gute«, rief sie im Gehen.

Er folgte ihr zur Haustür. »Alles Gute.«

Erst als sie im Taxi saß, fiel es ihr auf: Mr Mitchell, mit Vornamen Andrew. Geschäftsführer von DLP. Ehemann von Sophie Nesbitt. Sie musste die Polizei anrufen, Reese klarmachen, was passiert war. Er würde jemanden herschicken. Oder selbst kommen. Ja, das war das einzig Richtige.

Hektisch tastete sie nach ihrem Handy. Es war ausgeschaltet.

»Stimmt was nicht mit dem Ding?«, fragte der Taxifahrer.

»Es schaltet sich nicht ein.« Sie drückte wahllos auf den Tasten herum.

»Akku leer?«

»Nein, vorhin war er noch fast voll ...«

»Zeigen Sie mal. Die Ampel ist gerade rot.« Er ließ sich das Gerät geben. »Komisch, ganz schön leicht. Ist da überhaupt ein Akku drin?«

»Was?« Sie riss es ihm aus der Hand und schob die Klappe weg.

Er hatte ihren Akku entfernt, damit sie nicht telefonieren konnte. Warum?

»Alles klar?«, fragte der Taxifahrer.

»Ja. Sie hatten recht. Der Akku ist leer«, sagte sie und ließ das Handy in ihrer Tasche verschwinden.

Was war hier los?

Der Parkplatz war leer. Links das Gebäude der Stiftung. Rechts das Gebäude von DLP. Dazwischen freie Sicht auf Loch Lomond. Das Wasser des Sees sah aus wie dunkle Tinte, und die Berggipfel hoben sich schwarz von dem nachtblauen Himmel ab. Sie konnte das Plätschern der Wellen hören, so still war es. Am Ufer des Sees leuchteten immer wieder kleine Lichter auf, die sich im Wasser spiegelten, die sich im Himmel spiegelten und zu Sternen wurden. Die Luft legte sich kalt und feucht auf ihre Wangen.

Lauf weg!

Sie konnte nicht weg. Wollte es auch nicht.

Du hast nur dieses eine Leben!

Aber das war nichts mehr wert. Val war ihretwegen gestorben. Ein unschuldiger alter Mann außerdem. Wie könnte sie weiterleben? Sie hatte nichts mehr, wofür es sich zu kämpfen lohnte, außer dieser Sache hier: den Mörder zu finden.

Ein Licht ging an. Eines der Fenster im obersten Stockwerk ganz am Ende des langen DLP-Gebäudes war hell erleuchtet. Caitlin sah eine Gestalt in einem weißen Kittel.

Dann sah sie die offene Eingangstür.

Sie ging in das Gebäude. Blieb stehen und lauschte. Nichts war zu hören. Vielleicht sollte sie dem Licht folgen, dachte sie.

Das ist eine Falle!

Sie orientierte sich kurz: Die rechte Tür führte in einen langen Gang. Die Tür vor ihr in ein Treppenhaus. Es gab keinen Aufzug. Aber was machte das noch? Sie hatte sich an die Schmerzen gewöhnt.

Im obersten Stock angekommen, sah sie das Licht schon. Es war der einzige beleuchtete Raum.

Was bringt es dir, ihn zu treffen?

Was bringt es mir weiterzuleben?, dachte sie bitter.

Sollte sie rufen? Oder einfach hingehen? Mit jedem Schritt wurde sie langsamer, und ihr Herz schlug immer schneller.

Noch kannst du fliehen!

Genau. Durch Loch Lomond schwimmen. Oder durch die Trossachs stolpern. Großartige Idee.

Es sind Häuser in der Nähe, Pubs, belebte Straßen!

Wozu? War es Todessehnsucht, die sie vorantrieb, während ihr Instinkt sie langsamer gehen ließ? Noch fünf Meter. Noch immer war nichts zu hören.

Neben der geöffneten Tür, aus der das Licht quoll, blieb sie stehen und drückte sich an die Wand. Lauschte. Endlich vernahm sie das Rücken eines Stuhls, dann langsame Schritte. Ein Seufzen. Ruhe. Sie stand so lange still, dass sie ihr Blut pulsieren hörte. Und ein rasches Atmen.

Nicht ihres.

War er aufgeregt? War er nicht so kalt, wie sie gedacht hatte? Sie schloss die Augen und konzentrierte sich.

Noch kannst du fliehen!

Auf keinen Fall. Sie öffnete die Augen und stieß sich von der Wand ab. Trat zur Tür und blieb im Rahmen stehen.

»Guten Abend«, sagte sie zu ihm. Er saß mit dem Rücken zu ihr. Trug einen weißen Kittel. Hatte volles grauschwarzes Haar. Als er sich zu ihr drehte, sah sie, dass er um die sechzig sein musste. Die Augen wirkten winzig hinter den Brillengläsern. Er nahm die Brille ab und rieb sich mit Daumen und Zeigefinger den Nasenrücken.

»Oh. Haben Sie sich verlaufen?«, fragte er und klang sympathisch.

Sie versuchte, seine Stimme mit der des Anrufers zu vergleichen. War unsicher. »Ich dachte, ich sei hier verabredet«, antwortete sie.

»Mit mir?« Er setzte die Brille wieder auf.

Sie hob die Schultern. »Jemand hat mir eine SMS geschickt, ich soll hier auf ihn warten.«

»In diesem Raum?«, fragte er erstaunt, und sie wurde noch unsicherer.

»Auf dem Parkplatz«, gab sie zu. »Aber dann sah ich Licht und dachte ...«

»Sie dachten, dass hier etwas nicht mit rechten Dingen zugeht?« Er lächelte sie an. »Da liegen Sie richtig.«

Verwirrt begann sie, an dem Verband ihrer rechten Hand zu zupfen. »Ich ... geh dann mal besser«, stotterte sie.

»Tun Sie das. Ich werde Ihr Rendezvous auf dem Parkplatz auch nicht weiter stören.« Er lächelte immer noch. Wirkte entrückt.

Wissenschaftler, dachte sie. Vielleicht sind sie einfach so. »Was ... Was tun Sie hier?«, hörte sie sich fragen.

»Oh, wie unhöflich von mir. Ich bin Dr. Roger Wallace, und diese Firma hier gibt mir eine Menge Geld dafür, dass ich Dinge erfinde, die nicht funktionieren.«

Sie sah ihn verwundert an. »Was meinen Sie?«

Er winkte ab und lachte. »Ach, das ist eine lange Geschichte, und sie ist nicht wichtig genug, um damit Ihre kostbare Zeit zu verschwenden. In Ihrem Alter haben Sie noch so viel Zeit, Sie wissen gar nicht, wie kostbar sie ist.« Seine Augen wirkten müde, aber wieder lächelte er.

»Dr. Wallace? Bei der Stiftung nebenan arbeitet ein Dan Wallace. Oder vielmehr, er leitet die Stiftung. Er ist, na ja, er war mein Chef. Kennen Sie ihn?«

»Dan ist mein Sohn, wissen Sie das nicht?«

Caitlin schüttelte den Kopf. »Tut mir leid, nein.«

»Nicht so wichtig. Und jetzt gehen Sie. Sie wollten doch jemanden treffen. Wo, sagten Sie?«

»Auf dem Parkplatz vor dem Gebäude.«

»Das ist gut. Los, los. Gehen Sie.« Er machte eine Geste, als wollte er eine Katze verscheuchen, aber sein Lächeln schien ungetrübt. Er nickte ihr zu, und sie ging widerwillig den Gang zurück.

Ich hätte ihn fragen sollen, ob ich hier telefonieren kann, dachte sie, als sie schon im Treppenhaus war. Sie kehrte um. Als sie in den Gang zurückkam, war das Licht verschwunden. Sie ging den Gang hinunter und klopfte an. Keine Antwort. Sie versuchte, die Tür zu öffnen. Abgeschlossen. Sie probierte die anderen Türen. Auch sie waren verschlossen.

Du sitzt in der Falle!

Genau da, wo er mich haben will. Caitlin ging nach unten, die Tür zum Gebäude stand noch immer offen. Auf dem Parkplatz war niemand zu sehen.

Die Stunde musste längst um sein. Sollte sie sich mitten auf den Parkplatz stellen?

Du bist eine Zielscheibe!

Dann hätte sie es vielleicht schneller hinter sich.

Aber dann würde sie auch nicht erfahren, wer er war. Sie entschied sich für die Stufen vor dem Gebäude, setzte sich hin und wartete. Hörte, wie sich eine Tür leise öffnete und wieder schloss. Kein Licht. Nur dieses Geräusch.

Es kam vom Nachbargebäude. Von der Stiftung. Schritte und das Klirren eines Schlüssels. Es klang nicht nach jemandem, der sich verstecken wollte.

Die Schritte kamen näher. Sie sah Umrisse, die Gestalt kam mit festem, federndem Schritt auf sie zu.

»Caitlin«, rief eine bekannte Stimme. »Wie schön, Sie zu sehen.« Er kam näher und blieb vor ihr stehen. Es war Dan.

»Bisschen dunkel hier, was?«, fragte er fröhlich. »Normalerweise lassen sie nachts Sicherheitslampen brennen, aber heute dachte ich mir: Wozu die Verschwendung? Die ganze Überraschung wäre hinüber.«

Sie hatte keine Ahnung, wovon er sprach. Sie war nur froh, ihn zu sehen. Mühsam erhob sie sich. »Dan, ich bin so froh, dass Sie es sind. Hören Sie, wir müssen unbedingt die Polizei verständigen. Es ist eine sehr lange Geschichte, und ich werde Sie Ihnen auch erzählen, aber erst muss ich unbedingt telefonieren.«

Er lächelte sie an. »Telefonieren? Was ist mit Ihrem Handy?«

»Jemand hat den Akku entfernt ... Ich erkläre es Ihnen später. Erst muss ich die Polizei anrufen.«

»Die Polizei? Soso. Wollen Sie dazu mein Handy haben?«

Sie nickte und sah ihm ungeduldig zu, wie er alle seine Taschen abklopfte.

»Irgendwo muss es sein«, murmelte er.

»Ich habe gerade Ihren Vater kennengelernt.« Caitlin versuchte, ihre Nervosität zu unterdrücken. Jetzt war alles in Ordnung. Dan war da. Sie würden die Polizei holen. Es war dumm von ihr gewesen, sich allein mit dem Unbekannten treffen zu wollen. Wenn er sah, dass Dan hier war, würde er erst gar nicht auftauchen. Die Polizei würde sich um alles kümmern. »Ich wusste gar nicht, dass er für DLP arbeitet«, sagte sie.

»Wussten Sie nicht, was?«, lächelte Dan und zog endlich sein Handy hervor. Nachdenklich tippte er auf der Tastatur herum, dann reichte er es ihr. »Wollen Sie nicht lieber?«

Sie nahm es entgegen. Sah auf das leuchtende Display. Es zeigte eine Nachricht an.

Es gibt eine Kopie.

Sie schnappte nach Luft. »Woher ...«

Aber Dan schüttelte den Kopf und legte einen Finger auf den Mund. »Schsch, ganz leise, meine Liebe. Dein Exmann hat es nicht geschafft, uns alles zu versauen. Glaubst du, du kannst es?«

Er hielt eine Pistole in der Hand. Spielte mit ihr herum. Warf sie sogar hoch, um sie wieder aufzufangen.

»Ich hatte eigentlich Andrew Mitchell erwartet. Oder seine Frau.«

Dan lachte. »Seine Frau? Die dumme Gans? Die weiß gar nichts. Nicht mal, dass Andrew ihre Telefonate abhört und ihre Mails liest. Aber dass du auf Andrew gekommen bist, das ist clever. Ich wusste gleich, dass es sich lohnt, dich einzustellen.«

»Heißt das, Sie haben von Anfang an gewusst, dass mein Lebenslauf gefälscht ist?«

»Oh, sicher. Ich habe dich überprüft. Niemand kann einfach so seinen Namen ändern. Es gibt immer Mittel und Wege, um herauszufinden, wie jemand früher hieß. Und siehe da, es war die Exfrau von dem Kerl, der für irgendjemanden – ich vermute für Cedric Darney oder jemanden, der in Darneys Auftrag arbeitet – gerade dabei war, DLP unter die Lupe zu nehmen. Und die Stiftung. Also auch mich. Er war gut, dein Exmann. Clever. Aber ich bin besser. Ich merke sofort, wenn jemand versucht, mich auszuspionieren. Er hatte es erst auf Bree abgesehen. Sie weiß bis heute nicht, dass jemand in ihren Unterlagen herumgewühlt hat. Dann ist er ganz schnell auf Andrew und mich gekommen. Kein Dummkopf, dein Ex. Hat er dich hier eingeschleust? Habt ihr euch nur zum Schein scheiden lassen, damit du verdeckt für ihn ermitteln kannst?«

Caitlin schüttelte den Kopf. »Ich hatte gar keinen Kontakt zu ihm.«

»Du sollst mich nicht anlügen«, sagte Dan mit Bedauern in der Stimme. »Irgendwie musst du an die CD-ROM gekommen sein, die er Andrew geklaut hat.«

»Sie können es glauben oder nicht. Aber ich hatte mit Thomas schon seit Monaten nichts mehr zu tun.«

»Soll ich etwa an einen wunderbaren Zufall glauben?«, fragte Dan leise. »Dass dich das Schicksal hierhergebracht hat? Und ich dachte schon, ich hätte den ach so genialen Plan durchschaut. Den Feind bewusst in die eigenen Reihen aufnehmen, um absichtlich falsche Informationen zu streuen. Schlau von mir, was? Aber überflüssig. Geschadet hat es nicht. Weißt du übrigens, wem dieses schöne Ding einmal gehört hat?« Dan hielt die Pistole so, dass der Lauf auf sie zielte.

Sie wich zurück.

»Richtig. Deinem Exmann. Wie praktisch, dass er sie nie hat registrieren lassen, so hat sie keiner vermisst. Schon eine Ironie des Schicksals, dass du durch die Waffe deines Exmanns sterben wirst, findest du nicht?«

Hinhalten, dachte sie. Zeit schinden. Hoffen, dass ihr etwas einfiel, wie sie hier wieder rauskam. »War es Andrew, der sich heute die CD-ROM zurückgeholt hat?«, fragte sie.

»O nein. Er hatte etwas Besseres zu tun.«

»Er war in London.«

Dan lachte. »Das Pflegeheim ist nicht besonders gut bewacht. Da ist das Harlan Trent Centre schon was anderes. Aber wer will schon den Alten was tun? Leider war Andrews Ausflug umsonst. Deine Mutter hatte wirklich keine Ahnung von irgendwas.«

»Dann haben Sie Val erschossen.«

Dan zog ein schuldbewusstes Gesicht. »Sie wollte mir die Tasche einfach nicht geben, das dumme Ding. Na ja, Andrew war auf dem Rückweg von London, und unser getreuer Mitarbeiter Marc hatte in der Zwischenzeit in Edinburgh zu tun. Noch ein widerspenstiges Mädchen zähmen.« Er lachte leise. »Also musste ich es übernehmen.«

»Welcher Marc?«, fragte Caitlin verwirrt.

»Ach, meine Liebe, wenn du wüsstest, wer alles mit uns zusammenarbeitet ... Aber das muss dich im Moment wirklich nicht interessieren.«

Sie zögerte. »Was, wenn ich die Tasche gehabt hätte?«, fragte Caitlin dumpf.

»Dann würde deine Freundin noch leben.« Dan lächelte. »Man könnte sagen, sie ist nur deinetwegen gestorben.«

»Schwein«, sagte Caitlin.

»Spricht man so mit seinem Chef?« Er lachte. »Aber jetzt sind wir ins Plaudern gekommen. Dabei haben wir noch was vor. Bitte hier entlang, dann sind wir auch schon am Wasser.« Er deutete auf den schmalen Weg zwischen den beiden Gebäuden, der direkt zum See führte. »Ich habe mir ein Spiel überlegt. Du könntest versuchen loszuschwimmen, um dein Leben zu retten. Und immer, wenn ich der Meinung bin, dass du zu nah am Ufer schwimmst, schieße ich auf dich. Wäre das ein Angebot? Ich kann übrigens hervorragend zielen.«

Sie überlegte noch, ob sie ihm sagen sollte, was sie von ihm hielt, fand aber, dass das sinnlos wäre. Was gäbe es schon zu erwidern auf ein »Sie sind wahnsinnig«? Auch ein »Die Polizei ist unterwegs« würde wenig nützen. Er würde den Bluff sofort durchschauen. Nein, sie hatte ihm nichts mehr zu sagen. Sie konnte nur noch untergehen. Und das sagte sie ihm auch.

»Ich kann nicht schwimmen.«

Er lachte. Konnte sich gar nicht beruhigen, so lustig fand er ihr Geständnis. Lachte Tränen, während sie den weiß gekleideten Mann beobachtete, der auf dem Dach balancierte.

Er sprang.

Sie schrie.

Als Dan sich, immer noch lachend, umdrehte, um ihrem Blick zu folgen, löste sich ein Schuss. Er traf eine Fensterscheibe, die klirrend zerbrach. Dan lachte nicht mehr, er schrie und rannte am Gebäude entlang auf seinen Vater zu, dessen weißer Laborkittel im Mondlicht leuchtete.

Caitlin rannte. Zurück zum Parkplatz, wo sie ein Auto parken sah. Sie erkannte den Wagen: Er hatte nach ihrem Unfall am Straßenrand gewartet. Andrew Mitchell, dachte sie und rannte weiter, obwohl sie die Schmerzen kaum aushalten konnte. Andrew Mitchell, er wird mich kriegen, dachte sie, versuchte, Tempo zu machen, erreichte die Straße und schaffte noch ein paar Meter, bis jemand sie so brutal festhielt, dass sie fast stürzte. Sie schrie auf, jemand hielt ihr den Mund zu.

Vergangenen Sonntag ...

Thomas fluchte vor sich hin. Auf was für einen albernen Treffpunkt hatte er sich eingelassen? Das kam davon, wenn man die Gegend nicht kannte. Immer nur dort treffen, wo man die Fluchtwege schon ausspioniert hat, dachte er. Aber es würde schon gut gehen, er war abgesichert. Natürlich hatte er kein einziges Beweismittel mitgebracht. Das war seine Lebensversicherung: dass er alles an einem sicheren Ort aufbewahrte. Die zweite Lebensversicherung war seine Waffe.

Thomas war seinem Auftraggeber gegenüber immer loyal. Zum Schein würde er auf einen Deal mit demjenigen eingehen, den er bespitzelte. In Wirklichkeit würde er die Gelegenheit nutzen, um weitere Beweise zu sammeln. Um seinem Auftraggeber einen zu hundert Prozent sauberen Fall abzuliefern. Sofern bei so viel Schmutz an diesem Fall irgendetwas sauber sein konnte.

Er war eine halbe Stunde früher gekommen, um sich mit der Umgebung vertraut zu machen. Kein idealer Ort. Kaum Deckung. Andererseits: Der andere hätte auch keine. Das Mondlicht war hell genug, und es gab Handyempfang. Kein Mensch weit und breit.

Es würde gut gehen. Er hatte es im Gefühl. Außerdem war bisher immer alles gut gegangen. Deshalb engagierten ihn die Leute. Weil bei ihm immer alles gut ging.

Thomas war gespannt auf den Mann. Ob er die Fassung verlieren würde, wenn er erfuhr, was Thomas alles über ihn herausgefunden hatte? Ob er ruhig bleiben würde? Am

Telefon hatte er ihm Geld angeboten, aber Thomas hatte da noch nicht alle Karten auf den Tisch gelegt. Jetzt würde er es tun. Er freute sich schon darauf.

Ein Rascheln war zu hören. Schritte.

Er kam. Thomas sah seine Umrisse im Mondlicht. Er ging mit raschen, sicheren Schritten. Guter Mann, dachte er. Kein Feigling.

Dann stand er vor ihm, die Hände in den Manteltaschen.

»Sie sind allein«, sagte der andere.

»Nicht mehr lange. Sie sind früh.«

»Sie auch.«

Er wartete ab.

»Wollen wir reden?«

»Ich möchte noch etwas warten.«

Der Mann lächelte und sah an ihm vorbei. »Da kommt jemand«, sagte er.

Thomas hatte nichts gehört. Er wollte sich nicht umdrehen. Es konnte eine Falle sein.

Aber dann sagte der Mann: »Da ist sie, sehen Sie?«

Und Thomas machte den Fehler: Er drehte sich um.

Er spürte, wie sich die Schlinge um seinen Hals legte.

Wie sie sich immer fester zuzog.

Mit beiden Händen versuchte er, sie zu lösen. Er machte es nur noch schlimmer.

Er trat wild um sich, verlor einen Schuh.

Ihm blieb die Luft weg. Und er dachte an seinen Schuh.

Der See, der im Mondlicht vor ihm lag, begann sich zu drehen. Eine Gestalt huschte geduckt am Ufergestrüpp entlang.

Aber vielleicht träumte er auch. Träumte.

28

Erst dachte Ben noch, es sei ein Fehler gewesen, die Frau mit ins Gebäude zu nehmen. Sie konnte nicht richtig laufen und war so bleich im Gesicht, dass er dachte, sie würde gleich umkippen. Aber sie hielt durch. Er lotste sie zu Mitchells Büro – wie gut, dass er mit Cedric hier gewesen war und sich umgesehen hatte –, und sie stand Schmiere, während er in der Dunkelheit den Schlüsselbund durchprobierte, den ihm Bree mitgegeben hatte.

Bree hatte ihn schon erwartet – oder besser erwarten lassen. Ein Concierge begleitete Ben im Fahrstuhl zu Bree Livingstons Penthouse. Sie hatte schlechte Laune, weil sie seinetwegen einen Theaterbesuch hatte absagen müssen. Nachdem sie ihn in den offenen Wohnbereich geführt hatte, erklärte er ihr ohne Umschweife, warum er hier war. Er hatte nicht einmal abgewartet, bis sie ihm einen Platz angeboten hatte. Bree reagierte schockiert. Er musste zusehen, wie ihr Kreislauf erst absackte und dann gleich wieder hochfuhr, so hoch, dass ihre Haut zu glühen begann.

»Davon habe ich nichts gewusst«, sagte sie.

Er glaubte ihr.

»Wie kommen Sie auf mich? Denkt Ihr Chef auch, dass ich dahinterstecke?«, fragte sie und fächelte sich Luft zu.

Er fand, es sei nicht der richtige Zeitpunkt, ihr zu erklären, dass er nicht der persönliche Assistent von Cedric Darney, sondern Reporter beim *Scottish Independent* war.

»Diese Wohnung hier ... Ein Haus in der Schweiz ...«

Sie winkte ab. »Hätte er mich gefragt, ich hätte ihm

gesagt, woher das Geld kommt.« Bree stand auf und ging zu einem Wandschrank. Sie öffnete eine Schublade und nahm einen Brief heraus. »Hier. Lesen Sie das.«

Ben überflog das Schreiben und musste lachen. »Sie haben sieben Millionen Pfund bei der National Lottery gewonnen?«

Sie verdrehte die Augen. »Meine kleine Schwester hat mir ein Los zum Geburtstag geschenkt. Ursprünglich wohl, um mich zu ärgern, aber dann ... Sie sehen es ja. So etwas hängt man nicht an die große Glocke, das verstehen Sie sicher. Das Haus in der Schweiz habe ich übrigens für mich *und* meine Schwestern gekauft«, fügte sie hinzu. »Aber das ist wohl kaum von Interesse.«

»Was ist mit Andrew Mitchell?«

Sie zuckte die Schultern. »Sie meinen, ob er dahintersteckt? Ja, vielleicht. Warum nicht?«, murmelte sie nachdenklich.

»Entschuldigen Sie, wenn ich so direkt bin, aber – Sie kennen ihn näher?«

Wieder zuckte sie die Schultern. »Nur, weil wir ab und zu miteinander geschlafen haben, heißt das nicht, dass er keine Geheimnisse vor mir hatte.«

»Die Affäre ist beendet?«

Bree nickte. »Seit ein paar Wochen. Er hatte von heute auf morgen keine Zeit mehr für mich.« Sie lächelte, immer noch hochrot im Gesicht. »Wenn Sie mich fragen, ist er dumm genug, bei so etwas mitzumachen, aber nicht schlau genug, um sich das allein auszudenken.«

»Wer könnte noch beteiligt sein?«

Sie lachte auf. »Wenn ich das wüsste. Ich kann das alles gar nicht glauben. Meine Firma geht den Bach runter. Alles, was meine Familie aufgebaut hat, wird von diesem elenden kleinen Aufsteiger zerstört. Und ich war auch noch mit ihm im Bett!«

Ben hatte den Verdacht, dass sie Letzteres am meisten quälte.

»Warten Sie.« Sie ging zu einer antiken Kommode, öffnete eine der Schubladen und kam mit einem Schlüsselbund wieder. »Hier. Die Schlüssel für das DLP-Gebäude.« Sie hielt die einzelnen Schlüssel hoch. »Eingangstür. Mein Büro. Das von Andrew. Diese hier sind, glaube ich, für die Labors, und irgendeiner passt sicher zu Andrews Safe. Er hat wahrscheinlich vergessen, dass ich seinen Safeschlüssel habe.«

Ben nahm die Schlüssel und steckte sie ein. »Nach Marc Cunningham und Angela Keane wird zurzeit gefahndet.«

Sie hob die Augenbrauen. »Dann fahren Sie am besten direkt zu DLP. Ich habe eben noch mit Andrew telefoniert, er sagte, er sei auf dem Weg in die Firma. Warum, das wollte er mir nicht sagen, nur, dass es um die Stiftung ginge.«

»Danke.«

»Sie bedanken sich bei mir? Vergessen Sie's. Sorgen Sie dafür, dass ich den Kerl so schnell nicht wiedersehen muss. Ich würde ihn häuten, teeren und federn. Und anschließend vierteilen.«

Er glaubte Bree jedes Wort.

Ben rannte los. Er rief die Polizei an und versuchte, alles zu erklären. Es dauerte fast die gesamte Fahrt. Er interpretierte sämtliche Verkehrsregeln neu und kam trotzdem den kleinen, entscheidenden Moment zu spät. Andrew

Mitchells Wagen fuhr gerade auf den Parkplatz von DLP. Ben hielt an der Straße und versteckte sich hinter der Mauer, die das Firmengelände umgab. Er hörte Mitchell nicht aussteigen. Was tat er, warum blieb er im Auto sitzen, verdammt noch mal? Und dann lief ihm diese Frau in die Arme. Sie sah aus, als sei der Teufel hinter ihr her.

Sie schrie auf, und er hielt ihr den Mund zu.

»Ruhig. Die Polizei ist unterwegs.«

Sie schien sich wirklich zu beruhigen. Langsam lockerte er die Hand an ihrem Mund. Sie hatte sich beruhigt. Er wusste nicht, was hier los war, aber er hatte eine Ahnung, deshalb fragte er: »Laufen Sie vor Andrew Mitchell weg?«

Sie nickte. »Und vor Dan Wallace.« Sie sprach so leise und abgehackt, dass er sie kaum verstand. »Wer sind Sie?«

»Ben Edwards. *Scottish Independent.* Ich bin hinter den beiden her. Und Sie?«

»Caitlin Anderson. Die beiden sind hinter mir her. Waren wir nicht mal verabredet?«

»Caitlin Anderson? Von der Stiftung?«

Sie nickte.

»Endlich lerne ich Sie auch mal kennen. Ich dachte zwischendurch, Sie wären eine Erfindung.«

»Ich wünschte, ich wäre eine.« Sie sank auf den Asphalt. »Wann kommt die Polizei?«

»Jedenfalls nicht schnell genug, um die beiden daran zu hindern, Beweise zu vernichten. Ich fürchte, das müssen *wir* tun.« Er sah, dass sie zitterte.

»Wir? Und wie sollen wir das hinkriegen?«

»Indem wir da reingehen.«

»Wenn's weiter nichts ist ...«

Sie hörten, wie jemand auf Andrew Mitchells Wagen zurannte.

»Das ist Dan Wallace«, flüsterte Caitlin.

Wallace riss Mitchells Fahrertür auf. »Mein Vater ist vom Dach gesprungen!«, schrie er.

Was Mitchell antwortete, konnte Ben nicht verstehen. Aber dann rannten die beiden Männer gemeinsam weg. Hinter das Gebäude.

»Ich habe ihn springen sehen«, sagte Caitlin.

»Wie kommt es, dass die beiden hinter Ihnen her sind?«, fragte Ben.

»Sie haben meinen Exmann ermordet, und meine beste Freundin. Es geht um Patientendaten und illegale Forschungsreihen und die Stiftung ...« Sie unterbrach sich. »Ich glaube nicht, dass wir genug Zeit dafür haben.«

»Okay«, sagte er. »Später. Solange ich weiß, dass wir auf derselben Seite stehen.«

»Wenn Sie hinter den beiden her sind, dann ganz bestimmt.«

»Wir müssen da jetzt rein«, sagte er.

»Ich weiß.«

Ben fand den richtigen Schlüssel zu Mitchells Büro und öffnete die Tür. Dann schloss er sie beide ein und machte sich auf die Suche nach dem Tresor, in dem die belastenden Unterlagen sein mussten. Caitlin mühte sich in der Zwischenzeit ab, den schweren Schreibtisch in Richtung Tür zu schieben, was mit nur einer Hand und einem kaputten Fuß eher langsam vonstattenging. Er half ihr, fand den Tresor hinter einem der Bilder an der Wand (alles Originale von hoffnungsvollen Nachwuchstalenten, soweit Ben es im fahlen Mondlicht erkennen konnte) und öffnete ihn.

Er war leer bis auf eine Uhrenschachtel mit einer Patek Philippe.

»Dann sind die Sachen in Dans Büro?«, schlug Caitlin vor.

»Dahin schaffen wir es nie. Einer von denen hat eine Waffe ...«

»Ich fürchte, dass beide bewaffnet sind.«

»Wenn die uns erwischen, erschießen sie uns, vernichten alle Beweise und machen sich aus dem Staub.«

Caitlin wischte sich den Schweiß von der Stirn. Sie schien noch blasser als eben, und er dachte: Wenn sie nicht bald zu einem Arzt kommt, muss sie niemand mehr erschießen.

»Ich dachte, die Polizei ist unterwegs«, sagte sie erschöpft.

Er nickte, um sie zu beruhigen. »Ich habe auf dem Weg hierher angerufen. Die schicken ja nicht einfach mal eine Hundertschaft los, nur weil jemand anruft und sagt, hey, ich glaube, bei DLP läuft was schief, aber stichhaltige Beweise hab ich keine. Wollten mich auf morgen vertrösten. Es hat ziemlich lange gedauert, bis man mich endlich ernst genommen hat, und dann sollte ich mit einem Inspector Reese sprechen.«

»Oh«, machte Caitlin.

»Sie kennen ihn?«

»Als ich ihn das letzte Mal sah, wollte er mich verhaften.«

Ben zog die Augenbrauen hoch. »Aber er hat Sie wieder laufen lassen?«

»Ich bin abgehauen.«

»Hätten Sie sich mal schön verhaften lassen«, murmelte er und rieb sich das Kinn. »Jedenfalls hat es fast die ganze Fahrt hierher gedauert, um diesem Sturkopf klarzumachen, worum es geht.«

»Hoffentlich kommen sie bald«, flüsterte Caitlin.

Gerade wollte Ben den Schreibtisch von der Tür wegschieben, als er Licht unter dem Türspalt sah. Er gab Caitlin ein Zeichen, sich ruhig zu verhalten. Sie kauerte sich an die Wand neben der Tür und lauschte mit angehaltenem Atem. Ben suchte den passenden Schlüssel und steckte ihn ins Schloss.

Schritte kamen näher. Stimmen. Er erkannte die von Andrew Mitchell. Das Klirren von Schlüsseln. Sie standen direkt vor der Tür.

Er tat es Caitlin gleich und presste sich gegen die Wand. Caitlin tastete nach seiner Hand und hielt sie fest. Er drückte sie sanft und hoffte, es würde ihr ein wenig Sicherheit geben, Sicherheit, die er selbst nicht spürte.

Ein Schlüssel wurde ins Schloss gesteckt. Der Schlüssel, den Ben benutzt hatte, blockierte von innen. Jemand schlug gegen die Tür. Leises Gemurmel. Ein weiterer Versuch, diesmal ungeduldiger. Weitere Schläge und dann ein Schrei: »Diese Schlampe.«

Ben fühlte, wie Caitlin zusammenzuckte.

»Sie kommen hier nicht rein«, flüsterte er ihr ins Ohr.

Sie nickte ohne Überzeugung.

Als der erste Schuss fiel, schrak er so heftig zusammen, dass er Caitlin fast umgerissen hätte. Ein zweiter Schuss.

»Wir kommen da rein, du Miststück«, schrie jemand. Nicht Andrew Mitchell. Also musste es Dan Wallace sein.

Caitlin ließ sich zu Boden sinken. Er hörte, wie einer der beiden wegrannte. Der andere schlug weiter gegen die Tür.

»Was haben die vor?«, wisperte Caitlin.

Ben zuckte die Schultern. Hoffentlich kommt diese scheiß Polizei bald, dachte er, und dann: Wenn die beiden hier so dringend reinwollen, dann müssen die Unterlagen noch im Raum sein.

»Es muss noch einen Tresor geben«, flüsterte er Caitlin zu. »Oder ein Versteck, irgendwas.«

»Wir können jetzt nicht suchen.«

»Warum nicht? Wir dürfen nur kein Licht machen, sonst machen wir uns zur Zielscheibe, falls sie auf die Idee kommen, von außen reinzuwollen. Außerdem haben wir einen Vorteil: Sie wissen nichts von mir.«

Er hängte jetzt jedes Gemälde ab, auf der Suche nach einem zweiten Tresor, den er nicht fand. Wieder Schritte auf dem Gang, wieder leise Stimmen und dann laute Schläge gegen die Tür, viel lauter als das Hämmern der Fäuste zuvor.

»Sie schlagen die Tür ein«, zischte Caitlin.

»Und ich habe keine Ahnung, wo man hier noch was verstecken könnte.« Er trat gegen eines der Gemälde.

Wieder ein Schlag gegen die Tür, vielleicht von einer Axt.

»Wann kommt die Polizei?«, fragte Caitlin, Tränen im Gesicht.

Sie hatte lange durchgehalten, dachte Ben, aber jetzt kann sie nicht mehr. Er packte sie an den Schultern. »Wir schaffen das«, flüsterte er ihr zu und wunderte sich, wie überzeugend er klingen konnte, wenn er log.

Noch ein Schlag. Diesmal splitterte Holz.

Caitlin schrie auf.

»Schrei du nur, hier hört dich niemand«, hörte er Dans Stimme.

Caitlin schrie, rollte sich auf dem Boden zusammen, die Arme schützend über den Kopf gelegt. Ben überlegte kurz, ob er sie ohrfeigen sollte, damit sie sich beruhigte. Fand dann, dass ihre Hysterie ein Vorteil war.

Er sah sich noch einmal in Andrew Mitchells Büro um. Hockte sich vor den Schreibtisch und zog alle Schubladen auf. Fand viel zu viele ungeordnete Papiere, um beurteilen zu können, ob irgendetwas davon wichtig war. Suchte weiter, während ihm die ersten Holzsplitter um die Ohren flogen. Der Mann würde kompromittierendes Material ja wohl nicht offen herumliegen lassen. Aber vielleicht tat er genau das.

Ben hielt einen schlichten Ordner in der Hand, den er unter einem Aktenstapel auf dem Schreibtisch hervorgezogen hatte. Auf dem Ordnerrücken stand: »Sitzungsprotokolle (Kopien)«. Nur dass sich darin keine Sitzungsprotokolle befanden. Protokolle sahen anders aus.

Er hatte die Unterlagen gefunden.

Die Männer hatten mittlerweile ein Loch in die Tür gehackt. Ein bisschen wie bei *Shining*, dachte Ben, nahm die Papiere aus dem Ordner, stopfte sie unter seinen Pullover und legte den leeren Ordner zurück unter den Stapel. Dann drückte er sich wieder an die Wand neben der Tür.

Caitlin hatte aufgehört zu schreien. Sie weinte jetzt laut und rief: »Aufhören!«, und: »Hilfe!«

Eine Waffe wäre gut. Die da draußen hatten Pistolen, aber er hatte den Überrumplungsbonus auf seiner Seite.

Das Loch in der Tür wurde größer. Einer der beiden versuchte durchzugreifen, um an den Schlüssel zu gelangen. Ohne Erfolg.

Ein Lichtkegel fiel durch das Loch direkt auf Caitlin.

Sie würden sie sehen können. Auf sie schießen können.

Ben glitt auf den Boden und robbte zu ihr, zog sie zur Seite, dann stellte er sich wieder an die Wand.

Die Bilder. Die einzigen Waffen, die es hier gab. Er nahm eines der Gemälde und hielt es mit beiden Händen fest. Wer auch immer von den beiden als Erster hier hereinkommen würde, er würde dieses Bild auf den Kopf bekommen.

Weitere Schläge. Ben konnte die Axt jetzt sehen. Schluchzend rollte sich Caitlin auf dem Boden näher an ihn heran.

Wieder kam ein Arm durch das Loch. Er fand den Schlüssel und zog ihn ab.

»Das ist … der ist von Bree«, rief Mitchell entgeistert.

»Das ist doch jetzt egal«, schrie der andere und schloss die Tür auf. Scheiterte an dem Schreibtisch. Wenn sie sich zwei, drei Mal gegen die Tür warfen, würden sie sie weit genug aufbekommen haben. Ben sah nach Caitlin. Sie war in die hintere Ecke des Raums gekrochen, noch immer zusammengekauert, noch immer die Arme schützend über den Kopf gelegt. Er hielt das Gemälde fest in beiden Händen.

Sie warfen sich gegen die Tür. Noch einmal.

Und noch einmal.

Der Spalt war jetzt breit genug. Einer der beiden zwängte sich durch, mit der Schulter zuerst. Ben schlug ihm mit dem Bild auf den Arm, dann auf die Schulter. Schlug immer wieder zu, so fest er konnte. Der Mann schrie. Ließ etwas fallen.

Die Pistole.

Ben stellte einen Fuß darauf und drängte den anderen immer weiter zurück. Dann hob er die Waffe auf und trat die Tür zu. Er ging hinter dem Schreibtisch in Deckung und schob ihn wieder vor die Tür. Jemand schoss auf ihn.

Er wollte zurückschießen. Nur um denen zu zeigen, dass auch sie jetzt bewaffnet waren. Aber das Magazin war leer. Wieder warfen sie sich gegen die Tür. Wieder öffnete sie sich einen Spalt breit, genug, um die beiden Männer durchzulassen. Ben stand an die Wand gedrängt, ein neues Bild in der Hand, bereit zu kämpfen.

Dazu kam es nicht. Er hörte Stimmen. Die Polizei war gekommen. Jemand forderte die Männer im Gang auf, die Waffe fallen zu lassen.

Prompt fiel ein Schuss.

»Andrew!«, schrie Dan Wallace.

Es war vorbei. Andrew Mitchell hatte sich erschossen.

In den frühen Morgenstunden saßen sie im Wartebereich des Krankenhauses von Alexandria und ließen sich von der zuständigen Ärztin versichern, dass mit Caitlin alles in Ordnung kommen würde. Viel Ruhe würde ihr helfen.

Der Inspector knurrte vor sich hin, dass es diese Frau immer wieder schaffte, sich ihm zu entziehen. Ben freute sich darauf, in aller Ruhe mit Caitlin Anderson reden zu können.

Sofern sie sich ihm nicht ebenso entzog wie dem Inspector. Sie schien in der Tat schwer greifbar zu sein.

29

»Das heißt, wenn dieser Cedric Darney keine Erkundigungen eingeholt hätte, wer für die fehlenden Gelder und die gefälschten Bilanzen zuständig war, würde Thomas noch leben?«, fragte Caitlin, als Ben mit zwei Tassen Tee zurück in ihr Krankenzimmer kam.

»Aber es hätte nicht verhindert, dass sie ihren Impfstoff an Kindern testen. Schwere Depressionen, aggressives Verhalten sowie Suizid als Nebenwirkungen waren offenbar nicht abschreckend genug. Wallace, sein Vater und Mitchell haben einfach immer weitergemacht.«

»Einfach wohl nicht. Schuldgefühle waren doch wohl der Grund, warum Dans Vater sich umgebracht hat.«

Ben zuckte die Schultern. »Vielleicht auch, weil er es nicht ertragen hätte, wenn sein Ruf als Wissenschaftler ruiniert gewesen wäre.«

»Ich verstehe nicht, warum es unbedingt Kinder sein mussten.«

Ben erzählte ihr, dass die Testreihen mit bereits abhängigen Erwachsenen gescheitert waren. Im Harlan Trent Centre hatten sie Freiwillige rekrutiert. Deshalb hatte sich Thomas dort um einen Platz bemüht: nicht um sich selbst heilen zu lassen, sondern um eine Spur zu verfolgen. Offenbar hatte er nicht nur den Auftrag gehabt herauszufinden, wer hinter den gefälschten Bilanzen von DLP steckte. Er sollte auch noch die genauen Hintergründe klären. Und so war Thomas den illegalen Medikamententests auf die Spur gekommen.

Sie mussten die Tests aber nach kurzer Zeit abbrechen. Gleichzeitig fälschten Wallace und Mitchell die Ergebnisse und bestachen einen der Verantwortlichen im Zulassungsverfahren. Nach außen sah alles weiterhin gut aus, und Wallace verlegte seine Forschungen heimlich auf Kinder und Jugendliche, die bisher noch nie mit Alkohol in Berührung gekommen waren. Außerdem wollte er Versuche durchführen mit Kindern, die bereits Alkohol konsumiert hatten. Auch diese beiden Testreihen scheiterten: einmal an den Nebenwirkungen, dann an dem Ausbleiben der eigentlich erhofften Wirkung. An die Adressen der Kinder waren sie dank Wallace' Sohn Dan über die Stiftung gekommen – und mit Hilfe der Daten-CDs, die sie dem NHS stehlen ließen.

»Aber wer hat das Fax geschrieben, das Sie auf die Sache angesetzt hat?«

Ben lächelte und nahm einen Schluck von seinem Tee. »Sophie Nesbitt, Ihre Anwältin, die sich übrigens gleich nach der Nachricht vom Tod ihres Mannes nach Neuseeland abgesetzt hat. Wie es aussieht, hat sie schon sehr lange gewusst, was er trieb. Vielleicht hat sie ein Telefonat belauscht, vielleicht hat sie Unterlagen gefunden, man weiß es nicht. Ihr ist nichts nachzuweisen. Deshalb wird kein Verfahren gegen sie eröffnet.«

Caitlin wurde nachdenklich. Sophie Nesbitt hatte die ganze Zeit also gewusst, was ihr Mann zu verantworten hatte. Deshalb ihre seltsame Reaktion, nachdem Andrew zu ihnen ins Zimmer geschaut hatte. Aber warum war sie nicht direkt zur Polizei gegangen und hatte ihn angezeigt? Hatte sie ihren Mann so sehr geliebt? Hatte sie Angst vor einem öffentlichen Skandal gehabt? Vielleicht, aber dann hätte sie vermutlich gar nicht gehandelt. Warum also hatte sie ein Fax an die Zeitung geschickt?

»Hat ihr Mann sie erpresst?«, fragte Caitlin.

Ben zuckte die Schultern. »Kann ich nicht sagen. Es wäre eine Möglichkeit. Gerüchten zufolge hatte Sophie ein Verhältnis, das ihrem Ruf in den höheren Kreisen sehr geschadet hätte.«

Caitlin machte große Augen. »Mit wem?«

Ben grinste. »Neugierig? Ich weiß es leider nicht. Aber es heißt, mit einer Frau.« Dann wurde er wieder ernst. »Die Polizei hat übrigens zweifelsfrei festgestellt, wer wen umgebracht hat. Wollen Sie es wissen?«

Sie nickte und schluckte den Kloß im Hals hinunter.

»Es war alles so, wie Dan es Ihnen gesagt hat: Er hat Ihren Exmann umgebracht. Er hat Thomas' Waffe mitgenommen und Val damit getötet. Marc Cunningham hat in Edinburgh eine Zeugin erschossen, kurz bevor sie mit mir sprechen konnte. Ihr Name war Mairie Gordon.«

»Und wer hat den Brand gelegt?«

»Das waren die beiden zusammen. Andrew hat Sie zunächst mit dem Wagen bedrängt, damit Sie einen Unfall bauen. Er hätte in Kauf genommen, dass Sie sterben, schließlich hätte man Ihnen den Brand trotzdem anhängen können. Er hat einen leeren Benzinkanister und Streichhölzer in Ihrem Wagen deponiert und dann in Callander, wo Dan auf ihn wartete, das Haus angezündet. Ihr Chef tat dann ganz besorgt und beteiligte sich an der Suche nach Ihnen. Aber das wissen Sie wohl alles schon.«

»Und welche Rolle spielte Dr. Keane?«

Er zuckte die Schultern. »Sie hat sozusagen die Basisarbeit zusammen mit Marc Cunningham gemacht. Keane hat die Familien ausgesucht und war als Ansprechpartnerin für sie da. Cunningham hat anschließend die Testreihen überwacht und ebenfalls den Kontakt mit den Familien gehalten.«

Sie sprachen noch zwei oder drei Stunden, ohne zu merken, wie die Zeit verging. Caitlin erzählte ihm, wie es ihr ergangen war, und auch von ihm wollte sie alles ganz genau erfahren, bis sich das Puzzle vollständig zusammengesetzt hatte.

»Was passiert mit Sander? Und mit seinem Freund Jamie?«

»Ich will Sander helfen, damit er ein Stipendium für eine Privatschule bekommt. Cedric hat ebenfalls seine Hilfe angeboten, und ich konnte ihn überreden, über einen Stipendienfonds für Schüler aus sozial schwachen Familien nachzudenken.«

»Das sind gute Nachrichten.«

»Nicht so gut sind sie für Jamie. Er wird noch eine Weile im Krankenhaus bleiben. Die Ärzte sind offen gestanden ratlos, wie sie diese sogenannte Impfung, die man ihm verpasst hat, rückgängig machen können.«

»Und was passiert mit den Eltern? Denen von Jamie und den anderen Kindern, die an der Testreihe teilgenommen haben?«

Ben zögerte. »Das muss rechtlich geprüft werden. Inspector Reese hat zwar mit diesen Ermittlungen nichts zu tun, aber er hat angedeutet, dass die Staatsanwaltschaft in Edinburgh wild entschlossen ist, dafür zu sorgen, dass diese Eltern nicht einfach so davonkommen.«

Caitlin nickte traurig. »So ein Jugendzentrum wäre eine gute Sache gewesen«, überlegte sie.

»Haben Sie Interesse?«, fragte Ben, und sie hielt es für einen Scherz. »Nein, im Ernst. Der Vater meiner Freundin hat eine große Firma. Kekse und solches Zeug. Er will die Stiftung übernehmen. Duncan Livingston Pharmaceutics wird geschlossen, Cedric will es so.«

»Der Vater Ihrer Freundin?«, fragte Caitlin verblüfft.

Ben lachte. »Seine Keksfabrik wächst und expandiert, und vor allem sucht er eine sinnvolle Aufgabe für seinen zukünftigen Schwiegersohn. Das wäre dann ich«, erklärte er augenzwinkernd.

»Sie leiten ab jetzt die Stiftung?«

Er schüttelte den Kopf. »Das hätte er gern. Aber seit mein Artikel über diese ganze Sache erschienen ist, kann ich mich vor Angeboten nicht mehr retten. Ich kann mir jetzt aussuchen, was ich als Nächstes mache. Und das werde ich mir auch in Ruhe überlegen.«

Caitlin sah ihn lange an, während er ihrem Blick standhielt. »Sie wollen endlich Ihren großen Traum leben, richtig?«

Er lächelte.

»Das wird Ihrem Schwiegervater nicht gefallen.«

Er zuckte die Schultern. »Ich weiß ja nicht mal, ob ich wirklich heiraten will. Die nächste Zeit werde ich viel nachdenken müssen. Das Angebot an Sie steht übrigens immer noch«, wechselte er das Thema. »Daran hat sich in den letzten Minuten nichts geändert.«

Sie fühlte sich sehr müde. »Ich weiß nicht, was ich hier noch soll«, murmelte sie. »Auf der anderen Seite wüsste ich auch nicht, wo ich sonst hingehen könnte.«

Ben stand auf und nickte ihr zu. »Gut zu wissen, dass ich nicht der Einzige bin, der über seine Zukunft nachdenken muss. Ich frag Sie morgen wieder. Okay?«

Gegen ihren Willen musste sie lachen. »Okay.«

Sie schlief erschöpft ein, nachdem er gegangen war, und als sie wieder wach wurde, war es draußen bereits dunkel.

Hierbleiben und für die Stiftung arbeiten, dachte sie, und der Gedanke gefiel ihr, auch wenn sie es mindestens noch eine Woche lang Ben Edwards gegenüber nicht zugeben würde. Sie setzte sich auf und schaltete das Licht ein. Neben ihrem Bett stand ein Blumenstrauß. Reese, der sich doch endlich bei ihr entschuldigen wollte? Oder vielleicht Jenna, Sergeant Kerrs Schwester und Wirtin des Myrtle Inn, die ihre vielbesungene gute Seite zeigte? Lenny in einem Anflug von Herzlichkeit? Sonst kannte sie hier niemanden.

Sie suchte nach einer Karte, fand aber keine. Wahrscheinlich waren die Blumen von Ben, und eine Schwester hatte sie ins Zimmer gebracht, als sie schlief. Caitlin setzte sich auf die Bettkante und wartete, bis sich ihr Kreislauf stabilisiert hatte. Dann ging sie vorsichtig ein paar Schritte auf und ab.

London war ihr Zuhause. Dort war sie geboren worden und aufgewachsen. Sie hatte fast ihr gesamtes Leben in dieser Stadt verbracht. Ihre Mutter war dort. Vielleicht würde sie sie öfter im Krankenhaus besuchen. Vielleicht aber auch nicht.

War London nicht voller schmerzlicher Erinnerungen? An Val, an ihre Ehe? Die Erinnerungen gab es auch hier, und sie wusste, sie würde sie überallhin mitnehmen. Ob

Sophie Nesbitt in Neuseeland vergessen konnte? Sie bezweifelte es.

Wenn sie zurück nach London ginge, müsste sie sich einen Job suchen. Das Geld, das sie nach ihrer Scheidung bekommen hatte, war fast aufgebraucht, und sie hatte durch den Brand alles verloren. Ob eine Versicherung zahlte? Vielleicht konnte sie Schadenersatz geltend machen? Ihr Kopf fing bereits bei dem Gedanken an Papierkram und Behördengänge an zu schwirren. Besser nicht daran denken. Nicht jetzt.

Sie stellte sich ans Fenster und sah in die Dunkelheit, sah erleuchtete Fenster und Straßenlampen und Autoscheinwerfer. Die Freiheit, die sie in ihren ersten vier Wochen gefühlt hatte, als sie morgens am Loch Katrine gelaufen war, fiel ihr ein. Dieses Gefühl hatte sie zuvor nicht gekannt. Vielleicht sollte sie darauf hören und hierbleiben. Was hatte sie schon zu verlieren?

Es klopfte leise an der Tür, aber niemand kam herein. Sie hörte Stimmen auf dem Gang, zwei Männer. Ihr Magen zog sich zusammen, obwohl sie wusste, dass sie in Sicherheit war. Wieder klopfte es, diesmal energischer, und Lenny schneite herein. Er schloss sogleich die Tür hinter sich, wie um sicherzugehen, dass ihm niemand folgte.

»Ungehobelter Kerl«, stöhnte er und küsste die Luft neben Caitlins Wangen. »Du siehst entsetzlich aus. Hast du keine vernünftigen Kleider?« Er zupfte an dem weiten schwarzen Pullover, der einmal Val gehört hatte.

Caitlin lachte. »Ich besitze rein gar nichts mehr. Sei froh, dass sie die einzigen Sachen, die ich noch habe, wenigstens gewaschen haben.«

Lenny rümpfte die Nase. »Es stinkt trotzdem hier drin. Krankenhausgeruch. Ich hasse Krankenhäuser.« Er ließ sich auf ihr Bett fallen, nahm sich eine Zeitschrift, die die Krankenschwestern ihr gebracht hatten, und fing an zu blättern.

»Du hast einen neuen Job in Edinburgh?«, fragte sie ihn.

»Büroleiter eines hochrangigen Parlamentsmitglieds«, sagte er beiläufig.

»Wow! Und? Gefällt's dir?«

»Ist ganz okay«, murmelte er.

»Sind die Blumen von dir?«, fragte sie.

Er warf die Zeitschrift auf das Kopfkissen und sah zu ihr hinüber. »Seh ich aus, als hätte ich gar keinen Geschmack? Dieser Strauß gehört verboten.« Missbilligend schnippte er gegen eine Rose. »Völlig stillos.« Er stand auf und gesellte sich zu ihr ans Fenster.

Sie sagte nicht, dass ihr der Strauß gefiel.

»Oder hast du endlich einen Verehrer?«, seufzte er. »Wenigstens haben sie diesen fürchterlichen Dan aus dem Verkehr gezogen.«

»Ich hatte immer den Eindruck, du magst ihn«, protestierte Caitlin, die nicht die Einzige gewesen sein wollte, die sich in Dan Wallace getäuscht hatte.

Lenny rollte mit den Augen. »Also bitte.«

Sie lächelte. »Sag mal, was hast du eben eigentlich gesagt, als du reingekommen bist?«

Lenny tat, als müsse er nachdenken. »So was wie: Du siehst entsetzlich aus? Entschuldige, aber es ist die Wahrheit.«

»Nein, davor hast du so etwas gesagt wie: ungehobelter Kerl.«

Lenny zuckte die Schultern. »Ach das. Der wollte mich erst gar nicht reinlassen. Hat behauptet, er sei vor mir dran. Also wirklich. Ich musste ihm erst sagen, dass wir zwei die besten Freunde sind und ich ihn kennen würde, falls er dir nahestehen würde. Verschweigst du mir was?«

Caitlin hob die Schultern. »Ich weiß nicht mal, von wem du redest.«

»Zu ihm würden diese Blumen passen.«

»Wie sah er aus?«

»Fast so groß wie ich. Ein bisschen größer. John Hannah vor fünfzehn Jahren. Ach, egal. Ich gehe jetzt, die Arbeit ruft, und wenn er noch da ist, schicke ich ihn rein.«

Schon war er wieder aus dem Zimmer gestürmt, und Caitlin wartete auf ihren nächsten Besucher.

Es kam niemand.

Er hat sich schnell abwimmeln lassen, dachte sie und musste lächeln.

Dr. Balfour würde wiederkommen.

Eine Woche später...

»Lies ihn doch wenigstens«, sagte ihr Bruder und fischte den Brief aus dem Abfalleimer. Er hielt ihn ihr unter die Nase.

Jenna drehte sich um und verließ die Küche.

»Soll ich ihn lesen?«

»Wag es nicht«, fuhr sie ihn an.

Er folgte ihr in den ersten Stock, wo ihr Schlafzimmer war.

»Warum bist du so sauer auf Sophie, hm? Weil sie davon gewusst hat? Oder weil sie dir nichts davon gesagt hat?«

Jenna zog die Sachen, die sie zum Saubermachen getragen hatte, aus und warf sie auf den Boden. Dann stellte sie sich vor ihren Schrank und wühlte demonstrativ darin herum.

»Aha. Weil sie dich nicht eingeweiht hat. Aber vielleicht wollte sie dich ja nur schützen?«

Sie zerrte einen braunen Pullover und eine Jeans heraus und zog sich an.

»Ich hätte auch nichts getan, um dich in Gefahr zu bringen, und ich bin dein Bruder.«

Jenna fädelte einen Gürtel durch die Schlaufen. »Gut zu wissen. Dann würde ich auch mit dir nichts mehr zu tun haben wollen.«

Sie stürmte aus dem Zimmer. Er folgte ihr.

»Du kannst nicht die ganze Welt retten, hörst du? Es gibt Dinge, an denen selbst du nichts ändern kannst.«

Sie blieb so abrupt auf dem Treppenabsatz stehen, dass

er sie fast umrannte. »In dem Fall hätte ich etwas tun können.«

Sie rannte die Treppe hinunter.

Sergeant Kerr sah auf den Umschlag. »Aber die Brief-
marke darf ich abmachen, ja? Mein Kleiner sammelt seit
Neustem, und aus Neuseeland hat er noch keine.«

Sie rannte die Treppe hoch und riss ihm den Brief aus
der Hand. »Meiner«, knurrte sie und rannte wieder hinunter.

Sie würde ihn lesen. Nicht sofort. Aber sie würde ihn lesen.

Zoë Beck
Das falsche Leben
Thriller
st 5198. 391 Seiten
(978-3-518-47198-2)
Auch als eBook erhältlich

Jeder Mensch hat seinen Preis

Die Schriftstellerin Mina Williams wacht auf und kann sich an nichts erinnern. Woher kommen diese Schmerzen? Und warum ist sie nackt? Neben ihr liegt ein Mann, ebenfalls nackt – und tot.

**Grandioser Auftakt
von Zoë Becks Schottland-Reihe**

suhrkamp taschenbuch

Zoë Beck
Das alte Kind
Thriller
st 5199. 365 Seiten
(978-3-518-47199-9)
Auch als eBook erhältlich

Wo ist Felicitas?

Carla muss einige Tage von ihrer kleinen Tochter getrennt im Krankenhaus verbringen. Als sie Felicitas endlich wiedersehen darf, ist Carla überzeugt, dass ihr das falsche Baby untergeschoben wurde. Doch niemand glaubt ihr …

Fiona wacht in ihrer Badewanne auf. Das Wasser färbt sich allmählich rot – von ihrem Blut. Sie wird in letzter Sekunde gerettet und behauptet, jemand hätte versucht, sie zu töten. Doch niemand glaubt ihr …

**»Beck macht aus zwei veritablen Albträumen
einen eleganten Psychothriller mit einem
besonderen Blick für zwangsneurotische Situationen.«**
Deutschlandradio Kultur

--- **suhrkamp taschenbuch** ---

Zoë Beck
Die Lieferantin
Thriller
st 4964. 324 Seiten
(978-3-518-46964-4)
Auch als eBook erhältlich

»Knapp, knackig und sehr finster.«
Der Standard

London, in einer nicht allzu fernen Zukunft: Ein Drogenhändler treibt tot in der Themse, ein Schutzgelderpresser verschwindet spurlos. Ellie Johnson weiß, dass auch sie in Gefahr ist. Sie leitet das heißeste Start-up Londons und zugleich das illegalste: Drogen in höchster Qualität, per App bestellt, per Drohne geliefert. Anonym, sicher, perfekt organisiert. Die Sache hat nur einen Haken – die gesamte Londoner Unterwelt will ›Die Lieferantin‹ tot sehen.

**»So komplex die Handlung, so rasant
liest sich dieser Roman weg.«** *taz. die tageszeitung*

»Ein packender und souverän erzählter Großstadtthriller.«
Der Tagesspiegel

»Ein atemberaubender Thriller.« *Kölner Stadt-Anzeiger*

suhrkamp taschenbuch

»Für Fans von intelligenten Science-Fiction-Thrillern.« *Denis Scheck, WDR*

Deutschland in der nahen Zukunft. Die Küsten sind überschwemmt, weite Teile des Landes sind unbewohnt, und die Natur erobert sich verlassene Ortschaften zurück. Berlin ist nur noch eine Kulisse für Touristen. Regierungssitz ist Frankfurt, das mit dem gesamten Rhein-Main-Gebiet zu einer einzigen Megacity verschmolzen ist. Dort, wo es eine Infrastruktur gibt, funktioniert sie einwandfrei. Nahezu das gesamte Leben wird von Algorithmen gesteuert. Allen geht es gut – solange sie keine Fragen stellen.

»Zoë Beck erzählt flott, sie nimmt sich aber auch Zeit für ihre starken Frauenfiguren. Sie entwirft einen Hightech-Alptraum, führt mitten hinein in die Normalität eines zukünftigen Alltags.« *Matthias Schümann, NDR*

—— suhrkamp taschenbuch ——

Weitere Informationen erhalten Sie unter www.suhrkamp.de
oder in Ihrer Buchhandlung.